U0558290

世界中国学系列丛书

清末进化论翻译的政治思想

西方与日本路径的比较研究

宋晓煜 / 著

上海社会科学院出版社
SHANGHAI ACADEMY OF SOCIAL SCIENCES PRESS

目 录

序　章

第一节　问题的提出与研究目的

1895 年，清政府在甲午中日战争中战败，与日方缔结《马关条约》，将台湾岛及其附属岛屿、澎湖列岛等割让给日本。1900年，清政府利用了高举"扶清灭洋"大旗的义和团，向外国列强宣战，其后，八国联军占领北京，翌年，清政府与十一国签订《辛丑条约》。在如此严酷的国际形势下，进化论思想传入中国，引起巨大反响。就连儿童也开始学习进化论，清末的乡土志里出现了进化论思想的相关内容，[①] 民国初期的低年级修身教科书里也引入了"竞争"这一具有进化论意味的概念。[②]

"所有活着的有机体"（all living organisms）经由"变化"（alteration）和"多样化"（diversification），从简单向复杂进化，进化论（theory of evolution）就是以这种认知为基础的学问。[③] 关于进

① 详见，巴兆祥：《清末乡土志考》，佐藤仁史译，《史学》73（1），2004 年 6 月，第 35 页、第 62—63 页。

② 详见，方光銳：《中国清末民初期の修身教科書と日本》，博士学位论文，名古屋大学，2013 年，第 101 页。

③ 参见，Oxford English Dictionary オンライン版，　http：//www.oed.com/；フランク・B・ギブニー編集：《ブリタニカ国際大百科事典　小項目事典》3，東京：ティビーエス・ブリタニカ，1988 年，第 697 頁；フランク・B・ギブニー編集：《ブリタニカ国際大百科事典》10，東京：ティビーエス・ブリタニカ，1988 年，第 232—246 頁。

化的简单思考早在公元前就已存在。19 世纪，法国博物学家拉马克
（Jean-Baptiste de Monet Lamarck）主张"用进废退"，其后，英国生
物学家达尔文（Charles Robert Darwin）于 1859 年出版《物种起
源》，阐释"自然选择"等概念，以此为时间节点，进化论作为自
然科学的学说得以正式确立。此后历时数十年，该学说传入位于东
亚的日本和中国。

　　日本系统地引入进化论思想是在 1877 年。彼时，美国动物学
家莫斯（Edward Sylvester Morse）在东京大学进行演讲和授课，介
绍进化论思想。其后，伊泽修二译《生种原始论》（1879 年）、神
津专三郎译《人祖论》（1881 年）等生物进化论相关著作的日译本
相继问世。① 1882 年，加藤弘之出版《人权新说》，主张用进化论
来解释社会，以进化论为武器批判天赋人权论。以此为契机，日本
社会变得更加重视社会进化论而非生物进化论。

　　尽管近代日本与中国在进化论的翻译史、传播史上存在诸多共
通之处，但是两国进化论思想的传播形式和路径颇为不同。进化论
最初是以演讲的形式正式传入日本，并且在此之前，诸如文明开
化、天赋人权论等近代欧洲思想已系统传入日本。而在中国，"进
化论是第一个被系统介绍到中国的近代欧洲思想"，② 最初是以译
著的形式传入。严复的译本《天演论》（1897 年末开始连载）没有

---

① 关于日本出版的进化论相关译书的书目，参见，渡辺正雄：《明治初期のダーウィニ
　ズム》，芳賀徹、平川祐弘、亀井俊介、小堀桂一郎編：《講座比較文学 5・西洋の
　衝撃と日本》，東京：東京大学出版会，1973 年，第 89 頁。
② 伊藤秀一：《清末における進化論受容の諸前提：中国近代思想史における進化論
　の意味（1）》，《研究》22 号，1960 年 3 月，第 62 頁。

忠实翻译赫胥黎（Thomas Henry Huxley）的原著《进化与伦理》（*Evolution and Ethics*，1894年），并且，从严复的按语及其在译文的增删加工中可以读取到严复自己的政治思想、斯宾塞的社会进化论等内容。换言之，与日本不同，进化论在中国的传播始于翻译，且从一开始就被寄予厚望，被期待其在社会层面的灵活运用。

　　再者，两国进化论思想的传播存在"时间差"。日本是从西方直接引入进化论，中国则不仅仅采取一条路径。任达（Douglas R. Reynolds）指出，1898—1907年是中日关系的"黄金十年"（a golden decade）。[1] 在此背景下，中国除了从西方直接引入进化论以外，还经由日本间接引入日本人的进化论译书和著作。例如，斯宾塞的不少著作先被译成日语，然后，日译版又被转译成中文。加藤弘之、有贺长雄、岸本能武太等日本学者的社会进化论代表性著作也被相继翻译成中文。例如，有贺长雄著、译者佚名的《族制进化论》（1902年）；有贺长雄著、麦鼎华译《人群进化论》（1903年版、1933年版）；岸本能武太著、章炳麟译《社会学》（1902年）。其中，加藤弘之的著作被翻译得最多，从1899年到1903年共计出现9部中译本，尤以杨荫杭的译本《物竞论》广为人知。[2] 与此相比，那些主张进化论的日本动物学家们的著作在清末没有得到多少关注。中华民国成立以后，生物进化论相关著作的中译本有所增

---

① 任达（Douglas R. Reynolds）：《新政革命与日本：中国，1898—1912》，李仲贤译，南京：江苏人民出版社，2006年，第6页。
② 关于加藤弘之著作的中译本，参见本书第三章。

多，诸如石川千代松、丘浅次郎等日本动物学家的著作被陆续翻译。① 如此看来，清末进化论的传播可谓是以社会进化论为主。

　　进化论的翻译史、传播史是近代翻译史、近代思想传播史中的典型案例，反映了近代的历史性思想变动。当进化论经由日本路径这一"捷径"传入中国时，中国人接收的未必是原汁原味的西方思想。举例而言，进化论与人种论往往被联系在一起叙说，当进化论从大英帝国这个"白人"国家传入日本这个逐步实现近代化的"黄种人"国家时，日本的知识分子需要对此做出回应与改写。中国虽与日本同为"黄种人"国家，却逐渐沦为半殖民地半封建社会，当中国的知识分子翻译日本人的进化论译书和著作时，又会进行相应的改写。笔者正是从这个角度出发，设定了本书的主题，试图具体分析该时期的进化论译书。

第二节　相关研究综述

　　清朝末年，进化论的诸多相关著作被翻译成中文，进化论思想

---

① 查看《中国译日本书综合目录》可知，清朝末年，相比社会进化论，日本人的生物进化论相关著作较少被翻译成中文，该目录只收录了一部译著，即，寺田宽二著，东文译书社译《人与猿》（东文译书社，1907 年）。民国时期，石川千代松、丘浅次郎等主张进化论的动物学家的著作被翻译成中文。例如，1920 年，商务印书馆出版丘浅次郎的著作《进化与人生》（進化と人生，1906 年）的中译本；1927 年，亚东图书馆出版丘浅次郎的著作《进化论讲话》（進化論講話，1904 年）的中译本。两部译书的译者均为刘文典。此外，《中国译日本书综合目录》还记载了如下书目，即，石川千代松著，罗宗洛译《进化论》（商务印书馆，1936 年）。参见，实藤惠秀监修、谭汝谦主编、小川博编辑：《中国译日本书综合目录》，香港：中文大学出版社，1980 年，第 108、113 页。

在中国得到广泛传播。如佐藤慎一所述，严复没有采取摘录的形式，而是把西方的思想类著作完整翻译成中文，首次以系统的形式将其介绍给中国，与此相对，梁启超所做的则是概括归纳工作，甚至借用日本人的词汇，将加藤弘之、有贺长雄等日本学者的学说介绍给中国。① 换言之，中国的进化论传播存在两种方式，一种是严复等人对进化论著作的翻译，另一种是梁启超等人对进化论思想的概括。在佐藤慎一看来，对社会进化论的普及事业贡献最大的不是严复，而是梁启超。②

确实，梁启超的归纳概括为社会进化论的普及做出了巨大的贡献。然而，研究界一方面高度评价了梁启超的功绩，另一方面，对于除《天演论》以外的各类进化论译书鲜有关注。

举例而言，在美国研究界，史华兹（Benjamin I. Schwartz）于 1964 年出版专著《寻求富强：严复与西方》（*In Search of Wealth and Power: Yen Fu and the West*），该书主要以严复为研究对象，特别是第四章到第九章，分章节探讨了严复的六部译书。史华兹的学生浦嘉珉（James Reeve Pusey）于 1983 年出版著作

---

① 佐藤慎一：《近代中国の知識人と文明》，東京：東京大学出版会，1996 年，第 122、125 页。另外，根据吉泽诚一郎的考察，梁启超在参考达尔文著、立花铣三郎译《生物始源：一名种源论》（原著：《物种起源》）与石川千代松著《进化新论》的基础上，于 1902 年发表文章《天演学初祖达尔文之学说及其略传》，介绍了达尔文的学说及其传记。参见，吉澤誠一郎：《近代中国における進化論受容の多様性》，《メトロポリタン史学》7，2011 年 12 月，第 75—76 页。

② 佐藤慎一：《近代中国の知識人と文明》，第 124 页。另外，朱琳认为梁启超与进化论有过三次"相遇"，分别是，与严复译《天演论》的相遇，与康有为《三世进化说》的相遇，与经由日本的进化论的相遇。详见，朱琳：《梁啓超における中国史叙述：「専制」の進化と「政治」の基準（1）》，《人文学研究所報》52，2014 年 8 月，第 95—115 页。

《中国与达尔文》（*China and Charles Darwin*，作者 1976 年的博士论文）。该书考察了康有为、严复、梁启超、孙中山、章太炎、胡适等近代知识分子如何认识进化论并试图将进化论应用于社会。

与美国研究界相同，日本和中国的研究界主要关注中国近代思想史中进化论的吸收、应用、意义、影响等，不仅考察康有为、严复、梁启超等主张进化论思想的知识分子，而且关注鲁迅等受到进化论影响的知识分子。小野川秀美、佐藤慎一、千代木有儿、坂元弘子、伊藤秀一、区建英、吉泽诚一郎等产出了许多日文研究成果。但是没有出现综合考察中国进化论思想的日文著作。在中国，吴丕的《进化论与中国激进主义 1859—1924》（2005 年）、王中江的《进化主义在中国的兴起：一个新的全能式世界观（增补版）》（2010 年）等著作对于系统理解近代中国的进化论思想颇为有益；李楠的博士论文《生物进化论在中国的传播（1873—1937）》（2012 年）围绕近代中国科学杂志中生物进化论的传播展开考察；彭春凌对章太炎译《斯宾塞尔文集》展开了深入的研究，填补了研究的空白。

说到进化论的关键词，有"物竞天择""适者生存""生存竞争""自然淘汰""优胜劣汰"等。这些词汇虽然给时人以极大的刺激，但是倘若中国知识分子仅仅知晓这些词汇，或者仅仅阅读了概要，恐怕很难形成具有逻辑性和体系性的认知，也就难以将进化论灵活纳入自身的立场中加以运用。相较而言，翻译对于知识分子思想体系的建构相当重要。比如，章太炎曾与曾广铨合译斯宾塞的两篇文章，1898 年将其刊载于《昌言报》。[①] 在此基础上，章太炎又吸收了各种理论，终于形成了自己的思想理论，他在著作《俱分进化论》（1906 年）中提出，"善亦进化，恶亦进化"。[②]

如前文所述，中国在引入进化论思想时与日本不同，译书从最初就发挥了极大的作用。并且在此之后，中国也大量出版了进化论思想的相关译书。尽管我们很难掌握各个译书的销售数额等，也很难知悉究竟有哪些人阅读了这些译书，但是毫无疑问，正因为读者对进化论译书的需求较大，才会有这么多著作被翻译成中文。也正因此，在考察进化论译书时，还应考察这些译书面世时的时代背景等。

进入本书的论证之前，还需简短区别一下"社会进化论"和"社会达尔文主义"这两个概念。正如葛奇蹊所述，日本研究界存在"进化论""社会进化论""达尔文主义""社会达尔文主义""进化学""进化说""进化思想"等诸多表述，这些表述与各个学

① 两篇译文分别是：《论进境之理》（*Progress: Its Law and Cause*）和《论礼仪》（*Manners and Fashion*）。关于翻译经过、译文特征、参照底本等，参见，黄克武：《晚清社会学的翻译——以严复与章炳麟的译作为例》，孙江、刘建辉主编：《亚洲概念史研究》第 1 卷，北京：商务印书馆，2018 年，第 32—37 页；彭春凌：《章太炎译〈斯宾塞尔文集〉原作底本问题研究》，《安徽大学学报（哲学社会科学版）》，2017 年 5 月，第 67—77 页。另外，该译文是由懂英语的曾广铨解释原文意思，由不懂英语的章太炎执笔书写译文，因此，笔者原以为难以从译文中读取章太炎的思想倾向，撰写本书时没有将其选为研究对象。彭春凌则在《章太炎译〈斯宾塞尔文集〉研究、重译及校注》中对其进行了深入细致的分析，揭示了章太炎的思想倾向。

② 章炳麟：《俱分进化论》（章炳麟编辑《民报》第 7 号，民报发行所，1906 年 9 月 5 日），《民报》合订本第 1—7 号，北京：科学出版社，1957 年影印本，第 2 页。另外，关于章太炎对进化论的认知，还可参见，葛奇蹊：《明治时期日本进化论思想研究》，北京：东方出版社，2016 年，第 206—212 页。

者的研究背景有关。① 鹈浦裕将"社会达尔文主义"定义为"将达尔文进化论中'生存竞争、适者生存'这两个概念适用于解释人类社会现象的东西"。② 松本三之介解释称，所谓"社会进化论"，"一般是基于与生物进化论的类比，理解说明社会的生成及变化过程的理论"。③ 因此，可以将"社会进化论"和"社会达尔文主义"理解为同义。④ 不过，在"达尔文主义"（Darwinism）一词当中，达尔文的存在感极强。然而，斯宾塞作为社会达尔文主义/社会进化论的代表性学者，"没有等到达尔文，就独立形成了他自己的理论框架"。⑤ 举例为证，达尔文就在《物种起源》第 3 版的引言中写道："1852 年，斯宾塞先生在《领导者报》上撰文（此文 1858年重刊于他的论文集中），对生物特创论和演化论进行了详细的对比。……这位作者 1855 年还根据智力和才能是逐渐获得的原理讨论过心理学。"⑥ 有鉴于此，若是使用"社会达尔文主义"一词，似乎有忽略斯宾塞之嫌。故而本书采用"社会进化论"这一术语，

---

① 葛奇蹼：《明治时期日本进化论思想研究》，第 19 页。
② 鹈浦裕：《近代日本における社会ダーウィニズムの受容と展開》,柴谷篤弘、長野敬、養老孟司編:《講座進化 2・進化思想と社会》,東京： 東京大学出版会，1991年，第 122 页。
③ 松本三之介：《近代日本における社会進化思想（一）》，《駿河台法学》7（1），1993 年 10 月，第 202 页。
④ 一些百科事典、百科全书将"社会进化说"/"社会进化论"与"社会达尔文主义"（social Darwinism）等同视之。参见，フランク・B・ギブニー編集：《ブリタニカ国際大百科事典　小項目事典》3，第 407、409 页；相賀徹夫編集：《日本大百科全書》 11，東京： 小学館，1986 年，第 279、284 页。
⑤ 松本三之介：《近代日本における社会進化思想（一）》，第 203 页。
⑥ 达尔文：《物种起源（附〈进化论的十大猜想〉）》，舒德干等译，北京：北京大学出版社，2018 年，引言，第 8 页。

尽量避免使用"社会达尔文主义"一词。

第三节　研究框架与方法

进化论，特别是社会进化论，给近代中日两国带来巨大的影响。并且，两国在引入进化论时存在"时间差"。本书主要分为四章。第一章考察中日两国进化论翻译的历史背景，然后，如图 0-1 所示，探讨中国引入进化论的路径，即，西方路径与日本路径。简言之，第二章分析以英文原著为底本的《天演论》和《斯宾塞尔劝学篇》，第三章选取以日文原著为底本的《物竞论》和《政教进化论》，第四章考察以日译本为底本的《政法哲学》和《原政》。通过将译书与原著进行细致的比较，聚焦译者在译文中的添加、删除、修改等行为。

首先，第一章把中日两国进化论思想的翻译史、传播史视为中日两国近代翻译史的一个领域，探讨其历史背景。中国的进化论翻译史和传播史并非一个独立的过程，而是中国近代翻译史的一环，并且与日本进化论思想的翻译史、传播史密切相关。为此，本章在以往的庞大研究成果的基础上，概括分析中日两国的近代翻译史，特别是近代社会科学翻译史、进化论翻译史及传播史中的共同点、相互影响关系等，借此阐明研究清末进化论翻译的意义。

第二章主要关注最早把进化论系统介绍给中国人的严复。严复从 1897 年末开始连载译著《天演论》，有关严复及《天演论》的研究成果数不胜数。然而，严复翻译的《斯宾塞尔劝学篇》虽然与《天演论》连载于同一时期，却往往被研究者一笔带过。《斯宾塞

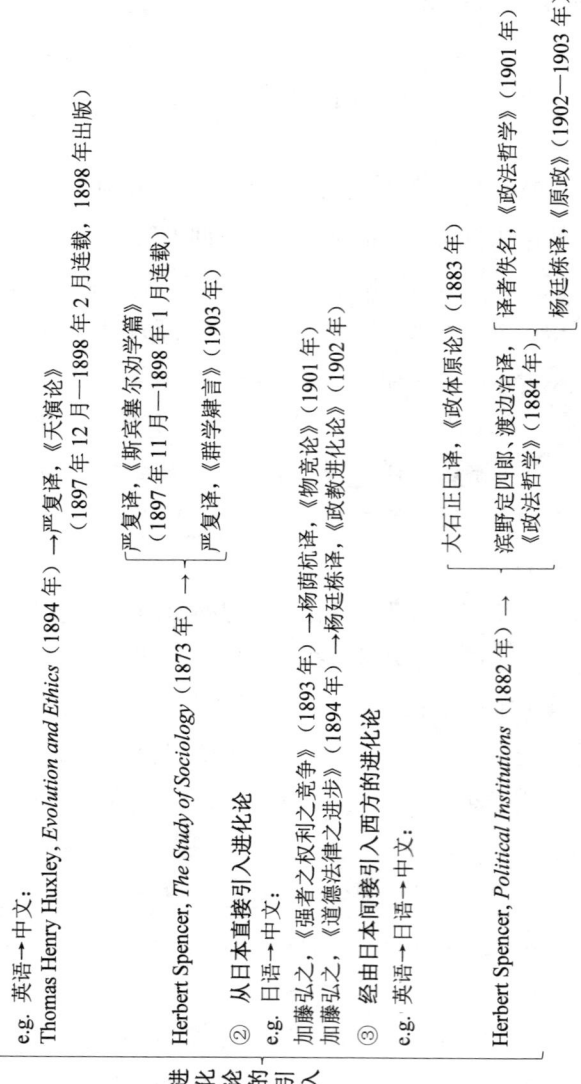

图 0-1 进化论的引入路径

尔劝学篇》的作者是斯宾塞。众所周知，在《天演论》的按语及译文中译者自行添加的语句里，斯宾塞的存在感很强。因此，本章试图分析同时期严复翻译的《天演论》和《斯宾塞尔劝学篇》到底存在怎样的关联，两部译作是否存在共同点，从共同点当中又能读取到严复怎样的政治思想。

第三章主要聚焦日本学者加藤弘之的著作的中译本。清朝末年，中国人除了从西方直接引入进化论思想以外，还把日本人的进化论著作翻译为中文。其中，加藤弘之作为主张社会进化论的著名学者，其多部著作被翻译成中文。关于该现象，以往的研究成果往往只是停留在描述中国从加藤弘之著作中吸收进化论这一路径。尽管研究者们注意到梁启超曾经介绍过加藤弘之的著作，却很少有人研究早期中国留日学生翻译、吸收加藤弘之进化论思想的过程。然而事实上，在加藤弘之著作的中译本当中，《物竞论》先是连载于《译书汇编》，其后又以书籍的形式，经由译书汇编社、作新社陆续出版到第三版。此外，《政教进化论》在被出洋学生编辑所出版之后，又被广智书局出版，该书也绝非无名之辈。因此，本章首先整理加藤弘之著作的中译本的相关史料，明确了研究中国留日学生翻译活动及"东学东渐"的意义。在此基础上，重点比较加藤弘之著作《强者之权利之竞争》与杨荫杭译本《物竞论》、加藤弘之著作《道德法律之进步》与杨廷栋译本《政教进化论》，试图分析留学生杨荫杭和杨廷栋作为译者，对加藤弘之的著作抱有怎样的认知。

最后，第四章重点考察了在日本引起巨大反响的斯宾塞著作的日译本是怎样被翻译成中文的。清朝末年，中国知识分子不仅翻译了日本人的进化论著作，而且通过转译日文译书间接学习西方思想。可是在此之前，很少有人研究过斯宾塞著作日译本的中文转译情况。本章对比分析了斯宾塞的原著《政治制度论》（*Political Institutions*，1882 年）、日译本《政体原论》与《政法哲学》，中文转译本《政法哲学》与《原政》。首先考察了日译本《政体原论》与《政法哲学》的翻译动机、译文特征，然后将两部中译本与日译底本《政法哲学》进行对照，考察两部中译本的译者是否为一人。最后分析了两书中国译者对和制汉语的态度、对进化论思想的认知、政治立场等。

第一章　中日两国进化论翻译的历史背景

引　言

在近代日本和中国，进化论都产生了巨大的影响。迄今为止，研究者们从进化论的传播、吸收、影响等各种角度展开分析。概而言之，日本研究界在 20 世纪取得了丰硕的研究成果，进入 21 世纪以后，研究热度虽然有所降低，但是每隔几年，进化论又会重新进入人们的视野。譬如，达尔文诞辰 200 周年（2009 年）前后，日本举办了与达尔文相关的各类展览、研讨会等；期刊《学术的动向》第 15 卷第 3 号（2010 年）的主题为达尔文；日本思想史学会 2021 年度大会的主题为"进化、宗教、国家"。相较日本，21 世纪以来，中国的进化论思想相关研究变得活跃起来。李楠通过调查 1873 年至 1937 年的中国科学杂志，分析了该时期生物进化论在中国的传播；[①] 葛奇蹊综合分析了明治日本的进化论思想；[②] 彭春凌则聚焦章太炎，产出了大量关于近代中国和日本进化论思想的研究成果。[③]

---

① 李楠：《生物进化论在中国的传播（1873—1937）》，博士学位论文，西北大学，2012 年。

② 葛奇蹊：《明治时期日本进化论思想研究》，北京：东方出版社，2016 年。

③ 例如，彭春凌：《章太炎译〈斯宾塞尔文集〉研究、重译及校注》，上海：上海人民出版社，2021 年。

可见直至今日，进化论仍然是个历久弥新的研究课题。

近代日本和中国在引入西学之初，有两种方式。一种是将其翻译为日文/中文，另一种是用日文/中文解释、概括、介绍西学。其中，翻译可以详细、系统地介绍西学，是传播思想的重要手段。倘若在引入西学的起点——翻译这个阶段就无法做到忠实再现，那么中日两国读者接受的极有可能是被歪曲的西方学说，进而导致连锁反应。在中国学界，尽管严复翻译的《天演论》备受瞩目，其他进化论译书却极少受到关注，以笔者管窥，尚未有研究成果涉及中日两国进化论翻译史、传播史的系统比较。

此外，不应把中日两国的进化论翻译史、传播史作为独立的过程来理解，而应将其视作近代翻译史、特别是近代社会科学翻译史的一环。近代翻译虽然以学习西方为主要目的，然而中日两国的翻译活动虽有相似之处，却也呈现出路径的差异。除了西方路径以外，中日两国也曾相互经由对方国家获取西方的相关信息。在社会科学类书籍的翻译领域，该状况尤其明显，进而影响到两国的政治动向、社会制度、思想演变、语言表述等。

基于这一状况，本章将在比较近代中日两国社会科学翻译史的基础上，考察中日两国在翻译西学问题上的相互影响和正向互动。同时以进化论思想在中日两国的不同处境为例，深入探讨"翻译的思想"在中日两国近代化过程中所扮演的不同作用。

第一节　"状况的共有"：近代西学译介的诞生

19 世纪中叶以来，中日两国都深深感受到来自西方列强的威压，为了探查西方列强走向强大的原因，两国都翻译了大量的西方书籍，迎来了翻译的"黄金时代"。1883 年，矢野文雄描述日本的翻译盛况道，"方今译书出版之盛，其数几万卷，何止汗牛充栋"。① 这一概括同样适用于近代中国。

关于近代翻译史的研究成果虽然颇为丰富，但是很少见到有关中日两国翻译史的比较研究。其中，魏映双从时代背景、引入外国文学的原因及倾向、对近代文学发展产生的影响等角度出发，分析了两国近代小说的翻译。② 陈润总体比较了中日近代翻译活动，考察了两国历史背景、统治者对西方的态度、翻译机构及其影响等。③尽管这两篇论文未能触及翻译的相关细节，却证明了比较研究中日近代翻译的可行性。

中日两国之所以经历翻译的盛况，与当时两国所经历的时代状况息息相关。概括而言，该时期中日两国在翻译西学的过程中，大致具有如下几个相似的特征。

第一，中日两国都在西方列强的压迫下打开国门，这一历史背景给近代翻译史带来了重大影响。1840 年以前，中国历史上总共发生过两场大规模的翻译活动。第一场是佛经翻译，"从汉末到宋初，历时一千多年，以唐代为鼎盛时期"；第二场是明末清初西方耶稣会传教士来到中国时兴起的以宗教、自然科学为主的翻译活动。④

① 矢野文雄：《訳書読法》（1883 年），吉野作造编：《明治文化全集第十六卷·外国文化篇》，东京：日本評論社，1928 年，第 455 页。
② 参见，魏映双：《浅析中日近代翻译小说的差异》，《山东商业职业技术学院学报》第 7 卷第 5 期，2007 年 10 月，第 90—93 页。
③ 参见，陈润：《中日近代史上的翻译活动对比》，《中国西部科技》第 9 卷第 11 期，2010 年 4 月，第 94—95 页。
④ 郭延礼：《中国近代翻译文学概论》，汉口：湖北教育出版社，1998 年，第 3—5 页。

在第一场翻译活动当中，统治者有组织地推进佛教经典的翻译，起到了极大的作用；至于第二场，如钱存训（Tsuen-Hsuin Tsien）所言，该时期的翻译活动其实是传播西方宗教的一种手段，在这一过程中，中国人显得较为被动，而非主动。① 总体而言，中国人在这两场翻译活动期间并未感受到外国的威胁。

而要论及 1840 年以前的日本翻译史，按照翻译对象国来分类似乎更为贴切。虽然日本也曾翻译过朝鲜及欧洲的著作，② 不过还是以翻译中国和荷兰著作为主。日本从开始使用汉字起就在"翻译"中国的书籍，即所谓的"汉文训读"。1720 年，江户幕府第八代将军德川吉宗允许引进与基督教无关的外国书籍后，荷兰语书籍的翻译开始兴盛起来。③ 加藤周一指出，1840 年以前的日本在翻译两国书籍时也很少感受到外国的威胁。④

与此形成鲜明对比的是，中日两国的近代翻译史与锁国体制的崩溃密切相关。1757 年，乾隆皇帝下令，"嗣后口岸定于广东，不得再赴浙省。此于粤民生计，并赣韶等关，均有裨益。而浙省海防，亦得肃清"。⑤ 此后，清政府把中国通商口岸限定在广州，并

---

① Tsuen-Hsuin Tsien, *Western Impact on China Through Translation*, Chicago：The University of Chicago, Master's thesis, 1952, p. 186. 另外，钱存训认为明末清初的翻译高潮始于 1582 年，终于 1773 年。Tsien, *Western Impact on China Through Translation*, p. 15.

② 详见，木村毅：《日本翻訳史概観》，木村毅编：《明治文学全集 7・明治翻訳文学集》，東京：筑摩書房，1972 年，第 375 页。

③ 丸山真男、加藤周一：《翻訳と日本の近代》，東京：岩波書店，1998 年，第 31 页。

④ 加藤周一：《明治初期の翻訳——何故・何を・如何に訳したか》，加藤周一、丸山真男校注：《日本近代思想大系 15・翻訳の思想》，東京：岩波書店，1991 年，第 343 页。

⑤《大清高宗纯（乾隆）皇帝实录》（十一）卷五百五十・二十四（乾隆二十二年十一月），台北：台湾华文书局，1968 年，第 8047 页。

先后出台《防夷五事》等条令，标志着闭关锁国政策的实施。17世纪到19世纪中叶，日本同样实行锁国政策，仅保留长崎、对马等港口同中国、荷兰、朝鲜等国进行有限贸易。三谷博指出，近世初期的闭关锁国政策最为重视日本人出入国境的问题，到了18世纪末，松平定信把禁止进港的对象扩展至普通外国船只，"日本对外政策的焦点已经从禁止日本人出国与回国转向针对外国船只的入港靠岸"。① 换言之，中日两国在19世纪中叶被迫打开国门以前都处于"锁国"状态。以鸦片战争（1840—1842年）和佩里来航事件（1853年）为契机，两国难以继续维持锁国体制，开始与西方交流频繁，来自西方列强的威胁促使中日两国积极开展翻译活动。

　　第二，随着与西方交流的深化，两国翻译活动的焦点也呈现出相似的推移顺序。1923年，梁启超在文章《五十年中国进化概论》中称，"近五十年来，中国人渐渐知道自己的不足了"，"第一期，先从器物上感觉不足"，"第二期，是从制度上感觉不足"，"第三期，便是从文化根本上感觉不足"。② 梁启超可谓一语中的，翻译活动的焦点也伴随着这一认知变化而发生变化。钱存训和郭延礼认

---

① 三谷博：《黑船来航》，张宪生、谢跃译，北京：社会科学文献出版社，2017年，第10页。

② 梁启超：《五十年中国进化概论》（1923年），《饮冰室合集》第五册，北京：中华书局，1989年，"文集之三十九"，第43—45页。梁启超在文中指出，在第一期（"鸦片战争后"），"制造局里头译出几部科学书"，在第二期（"从甲午战役起到民国六七年间止"），"学问上最有价值的出品，要推严复翻译的几部书。算是把十九世纪主要思潮的一部分介绍进来。可惜国里的人能够领略的太少了"。在第三期，"革命成功将近十年，所希望的件件都落空，渐渐有点废然思返。觉得社会文化是整套的，要拿旧心理运用新制度，决计不可能，渐渐要求全人格的觉悟"。

为，中国近代翻译界先是聚焦自然科学，随后转至社会科学，最后转移到文学等领域。[1] 加藤周一则认为，日本近代翻译界先是关注军事类及兵法，其后关注法律制度、地理知识和历史，最后关注文学艺术类。[2]

具体而言，中国和日本的知识分子最先认可的是西方的自然科学。正如魏源主张"师夷长技以制夷"，佐久间象山主张"东洋道德、西洋艺术"[3] 那般，两国知识分子先是被西方列强的强大军事实力所震撼，主要翻译实用性较强的自然科学类书籍。

其后，随着留学生和使节的增多，越来越多的知识分子实地体验过国外的生活，或是间接获知了外国的情况，国际交流、制度改革等课题促使人们大量翻译出版具有实用价值的社科类书籍。[4] 举例而言，严复于 1877 年被派往英国格林尼治皇家海军学院（Royal Naval College，Greenwich）留学，专业是"驾驶"。[5] 然而，在留学过程中，他对西方社会制度与思想等产生了浓厚的兴趣，主动学习了许多社会科学方面的知识。英国留学生涯给其思想带来了极大的影响，严复回国后相继翻译了《天演论》《原富》《群学肄言》《群己权界论》《社会通诠》《法意》等社科类书籍。同样，日本学者津田真道于 1862—1865 年期间在荷兰的莱顿大学留学，师从西

---

① 参见，Tsuen-Hsuin Tsien, *Western Impact on China Through Translation*, pp. 191 – 194；郭延礼：《中国近代翻译文学概论》，第 7—15 页。

② 丸山真男、加藤周一：《翻訳と日本の近代》，第 149—150 页。

③ 此处的"艺术"是指西方科学技术。

④ 郭延礼：《中国近代翻译文学概论》，第 8 页。

⑤ 孙应祥：《严复年谱》，福州：福建人民出版社，2003 年，第 32 页。孙应祥将严复的留学学校写为"格林尼次海军学院"。笔者采用如今较为普遍使用的译名"格林尼治皇家海军学院"。

蒙·卫斯林（Simon Vissering）教授。1867 年，津田真道撰写了堪
称"宪法草案"的《日本国总制度》。① 而且，他把当年在卫斯林
课上用荷兰语记录的笔记翻译成日语，命名为《泰西国法论》，并
于 1868 年出版。毫无疑问，留学生涯使中日两国知识分子对西方
的社会制度、政治制度等产生了更多的思考。

　　最后受到关注的是文学翻译。郭延礼认为，经世致用思潮、中
国知识分子对中国文学的自我优越感、文学翻译的高难度等是造成
文学作品最晚受到中国翻译界关注的原因。② 至于日本的文学翻译，
吉武好孝指出，明治初年翻译的文学作品不过是教养类读物，是为
了向普通民众介绍外国的政治制度、风俗民情等，可是到了明治十
一、十二年（1878、1879 年），不少人学习了外语知识，且明治初
年的社会政治大变动基本尘埃落定，越来越多的平民开始急切希望
阅读新时代的文学作品，于是，有志者纷纷转向外国文学的翻译。③
人们对实用价值的重视是日本较晚聚焦文学翻译，尤其关注"写实
类"文学作品的原因之一。此外，在近代日语文体尚未完全成形的
时代，文学作品的翻译绝非易事。

　　第三，翻译标准尚未规范，从译文中往往能见到译者自己的增
删修改。一方面，为了使翻译更为规范，中日两国知识分子曾做出
不少努力。比如，严复提出"信达雅"翻译三原则；森田思轩的

---

① 坂野润治：《未完的明治维新》，宋晓煜译，北京：社会科学文献出版社，2018 年，
第 33 页。
② 郭延礼：《中国近代翻译文学概论》，第 11—15 页。
③ 吉武好孝：《明治·大正の翻訳史》，東京：研究社，1974 年，第 46 页。

"周密译"备受日本文坛欢迎。[①] 从另一方面来说，正是由于翻译标准尚未规范，才产生了各种各样的翻译观。例如，日本曾出现"豪杰译"一词，这种不拘小节、恣意改动原文的翻译手法甚至传到中国，梁启超就是中国"豪杰译"的代表之一。[②]

　　如果只从翻译质量来看，近代翻译作品良莠不齐，不像现在这样忠实于原文。可是，正因为近代的译者们对原文进行了各种增删加工，今天的我们才能够了解到近代译者是如何理解西方文化的。例如，严复除了专门添加按语进行解说和评论以外，还多次增、删、修改原文。如果放在今天来看，增、删、修改原文的行为必然会遭到诟病，然而在近代，他翻译的《天演论》却名噪一时，得到不少好评。

　　第四，翻译体系中存在"文言译—口语译"的对立。[③] 1902年，梁启超与严复围绕翻译问题展开了争论。当时，严复刚刚出版了译著《原富》，底本是亚当·斯密（Adam Smith）的《国富论》（*The Wealth of Nations*）。梁启超在《新民丛报》第一号中，一方面对严复的翻译进行了称赞，另一方面针对严复使用的复古文体阐述了不同意见。"但吾辈所犹有憾者，其文笔太务渊雅，刻意摹仿先秦文体，非多读古书之人，一翻殆难索解。夫文界之宜革命久矣。欧美日本诸国文体之变化，常与其文明程度成比例。……著译之

---

① 中里理子认为，"周密译是指对原文逐字逐句精密翻译，在此基础上采用汉文独特的韵律"。中里理子：《森田思軒の周密文体の特徴「探偵ユーベル」に見る文章表現上の特色》，《学校法人佐藤栄学園埼玉短期大学紀要》2，1993 年 3 月，第 69 页。

② 详见，蒋林：《梁启超"豪杰译"研究》，上海：上海译文出版社，2009 年。

③ 参见，水野的：《近代日本の文学的多元システムと翻訳の位相——直訳の系譜》，《通訳翻訳研究への招待》1 号，2007 年 1 月，第 4 页。

业，将以播文明思想于国民也，非为藏山不朽之名誉也。"① 对此，严复在《新民丛报》第七号回答道："若徒为近俗之辞，以取便市井乡僻之不学，此于文界，乃所谓凌迟，非革命也。……吾译正以待多读中国古书之人。"② 1902 年是清政府多方位模仿日本推行清末新政的第二年，在这一时间点提出改革文体的人还比较少见。其后，经历了科举制度废除、新文化运动等事件，白话文作为一种崭新的文体迅速发展起来。

　　与近代中国的"白话文运动"相比，日本的"言文一致"运动兴起得更早。二者都主张书面语与口语相一致，而要实现这一主张，则需通过翻译活动来获知及模仿外语的语法、词汇等。言文一致和白话文在翻译实践中取得的成功极大地推动了两国的语言改革。举例而言，木村毅高度评价了二叶亭四迷翻译的俄国作家屠格涅夫的小说《幽会》（《猎人笔记》的一个短篇），他认为，"奠定日本言文一致基础的，既不是山田美妙，也不是尾崎红叶，功劳首推二叶亭四迷。而在二叶亭四迷的作品当中，译作《幽会》的影响

---

① 梁启超：《绍介新著：原富》（《新民丛报》第一号，1902 年），梁启超主编：《新民丛报》第一册，北京：中华书局，2008 年，第 135 页。

② 严复：《与梁启超书·二》（1902 年），王栻主编：《严复集》第三册，北京：中华书局，1986 年，第 516—517 页。章清梳理了严复与梁启超之间的文体之争，他指出，1897 年前后，严复对于梁启超发表在《时务报》上的文字多有批评，到了 1902 年，梁启超又反过来批评严复的译文，然而梁启超本人其实对文体持"双重标准"，在其 1906 年与徐佛苏的通信中明确区分了"著书之体"和"报章文字"，倾向于在不同的文本中采用或庄严或浅近的文风。章清：《清季民国时期的"思想界"》，北京：社会科学文献出版社，2021 年，第 388—392 页。

力应该比著作《浮云》更胜一筹"。① 正如柳父章所说，"通过翻译西方语言，日语自身也被重新创造了"。② 中国的情况也很相似。1919 年，胡适用白话翻译了美国诗人莎拉·蒂斯黛尔（Sara Teasdale）的诗歌《关不住了》（*Over the Roofs*），以此为契机，中国的白话诗歌逐渐成熟。③

　　第五，翻译为两国近代化做出重要贡献，给两国社会带来巨大的影响。中日两国都是迫于西方列强的压力才打开国门，这就促使他们尽可能多地获取西方的信息情报。加藤周一指出，日本当时有两条路可选，一条是把英语作为日本的国语，例如，森有礼就主张过英语国语化，另一条就是翻译，最终日本选择了翻译。④ 中国同样面临着此类选择，梁启超曾言，"欲救斯弊，厥有二义。其一使天下学子，自幼咸习西文；其二取西人有用之书，悉译成华字"。⑤ 因为第二种方法效率更高，所以梁启超一直大力推进翻译活动。对于中日两国而言，发展国力是当务之急，翻译可以有效加速两国吸收西方科技、文化的进程。

――――――――――

① 木村毅：《日本翻訳史概観》，第 391 页。此外，吉武好孝也指出，外国文学的翻译为言文一致运动做出了重要贡献。吉武好孝：《明治·大正の翻訳史》，第 79—80 页。
② 柳父章：《近代日本語の思想：翻訳文体成立事情》，東京：法政大学出版局，2017年，第 27 页。
③ 王飞：《翻译与现代白话文的形成》，《安庆师范学院学报（社会科学版）》第 27 卷第 1 期，2008 年 1 月，第 125 页。
④ 加藤周一：《明治初期の翻訳――何故·何を·如何に訳したか》，第 346 页。森有礼（1847—1889 年），政治家、教育家，曾创立明六社，担任日本历史上第一任文部大臣。
⑤ 梁启超：《论译书》（1896 年），梁启超：《饮冰室合集》第一册，北京：中华书局，1989 年，文集之一，第 66 页。

如上所述，中日两国近代翻译史存在着诸多相似之处。然而在近代翻译史的研究领域，常常能见到关于文学翻译的研究成果，而自然科学翻译和社会科学翻译的相关研究却不多见。并且，当人们提及"近代翻译"这个概念时，往往会忽视自然科学翻译和社会科学翻译。而本章接下来将以社会科学翻译以及其中的进化论部分为中心，详细探讨中日两国在该领域的互动及影响。

第二节　中日社科译介的互鉴与演变

一、定义"社会科学"

在近代翻译史领域，社会科学是指哪些学科？钱存训在其论文《透过翻译看西方对中国的影响》（*Western Impact on China Through Translation*）中制作了近代译书的数据表格，并按照不同学科进行分类。其中，在 1851—1911 年的表格里，政治·法律（Gov't & Law）、经济（Economics）、教育（Education）被划归为社会科学（Social Sciences）；在 1912—1940 年的表格里，社会学（Sociology）也被添加到社会科学领域。[1] 其实，1911 年以前中国出版过关于社会学的书籍，比如严复的译著《群学肄言》出版于 1903 年，底本是赫伯特·斯宾塞的《社会学研究》（*The Study of Sociology*，1873年）。然而，钱存训虽然对该书有所提及，却未将其归入 1851—

---

① Tsuen-Hsuin Tsien, *Western Impact on China Through Translation*, pp. 221–225. 该论文的精简版被收录在 *Far Eastern Quarterly* 第 13 卷第 3 期（1954 年 5 月）。

1911 年表格中的"社会学"类别，原因不明。①

　　另一方面，也有学者采用广义的"社会科学"概念对译书分门别类。譬如，《中国译日本书综合目录》对清朝至 1978 年的译书进行分类，其中，社会科学类（Social Sciences）译书分为 10 类，分别是：总论（Social Sciences）、统计（Statistics）、教育·体育（Education & Physical Education）、礼俗（Customs & Folklore）、社会（Sociology）、经济（Economics）、财政（Finance）、政治（Political Science）、法律（Law）、军事（Military Science）。② 该书把财政与经济相区分，并把军事管理类书籍纳入社会科学的范畴。

　　本书采用社会科学的广义定义，结合具体情形把"地理"等跨学科领域纳入社会科学范畴。

二、近代社科翻译的相关研究成果

　　关于社会科学翻译，日本学界尤为关注译词的选择和确立。比如，柳父章在《翻译语成立事情》中分章节讨论"社会""个人""近代""权利""自由"等译词的形成过程。③ 长沼美香子以明治初期日本文部省出版翻译的《百科全书》为研究对象，重点关注该项大规模翻译工程中各个领域的重要译词，借此重新思考日本近代这一课题。④《百科全书》包罗万象，从这点来看，长沼的研究具

---

① 钱存训在论文中把《群学肄言》的出版年误写为 1902 年。Tsuen-Hsuin Tsien, *Western Impact on China Through Translation*, p. 76.

② 实藤惠秀监修、谭汝谦主编、小川博编辑：《中国译日本书综合目录》，凡例，第 119 页，分类表，第 123—124 页。

③ 参见，柳父章：《翻訳語成立事情》，東京：岩波新书，1982 年。

④ 参见，长沼美香子：《訳された近代：文部省『百科全書』の翻訳学》，東京：法政大学出版局，2017 年。

有相当大的意义。并且需要指出的是，在日本的中国学者也颇为关注译词研究，如沈国威、陈力卫等。①

此外，山室信一在《明治期社会科学翻译书集成（微缩胶片版）》中收录了明治初年到明治 20 年代的社科译书，共计 212 部，有利于人们开展日本明治时代社科译书的相关研究。山室并未按照学科领域进行分类，而是将其分为英国学（76 部 179 册）、美国学（31 部 80 册）、法国学（46 部 104 册）、德国学（40 部 84 册）、洋学总览（19 部 27 册）。②

而且，中日两国学界往往会选择某部社科译书或某位翻译社科书籍的译者进行分析。例如《万国公法》《天演论》等译书，丁韪良（William A. P. Martin）、严复、西周、中江兆民等译者。③

然而据笔者调查，关于中日两国社会科学翻译史的比较研究极少，仅能查到金耀基的一篇短文。金耀基指出，"就日本译中国社会科学之书来说，1912 年是重要的一年。……就中国翻译日本社会科学著作来说，则 1895 年是重要的一年"，并且，从 1868 年到

---

① 参见，沈国威编著：《汉语近代二字词研究——语言接触与汉语的近代演化》，上海：华东师范大学出版社，2019 年；沈国威：《一名之立　旬月踟蹰：严复译词研究》，北京：社会科学文献出版社，2019 年；沈国威：《新语往还——中日近代语言交涉史》，北京：社会科学文献出版社，2020 年；陈力卫：《东往东来：近代中日之间的语词概念》，北京：社会科学文献出版社，2019 年。

② 明治初年到明治 20 年代约为 1868 年到 1896 年。山室信一编集：《明治期社会科学翻訳書集成（マイクロフィルム版）》，東京：ナダ書房，1988 年。关于《明治期社会科学翻译书集成（微缩胶片版）》的目录，可参见，伊藤敏彦编：《マイクロフィルム版　明治期社会科学翻訳書集成　別冊》，東京：ナダ書房，1988 年。

③ 如，山下重一：《厳復訳『天演論』（1898 年）の一考察（上）》，《国学院法学》38（3），2000 年 12 月。区建英：《自由と国民：厳復の模索》，東京：東京大学出版会，2009 年。此外，陈力卫《东往东来：近代中日之间的语词概念》第五章聚焦汉译《万国公法》与日译《国际法》的联系，探讨译词交流的"双方向性"。

1978 年，无论是日本译中国书还是中国译日本书，"社会科学著作都占其译书总数的第一位，若进而分析中日两国彼此所译社会科学著作的内容，则均以政治与经济占最高比例"。[①] 虽然金耀基未对近代社科翻译史进行更深入详细的讨论，却总体考察了 110 年来的社科翻译史，强调了翻译史中社会科学翻译的重要性，对推进中日两国社科翻译的研究具有引领性作用。

三、社科翻译的相互影响

中日两国近代翻译史不仅具有许多相似点，而且相互产生了深远的影响。下文主要讨论中日两国近代社会科学翻译史之间的相互影响，必要时也会涉及其他翻译领域。

第一，中国曾经是日本了解西方的重要渠道。1842 年中国在鸦片战争中败给英国，该消息给江户末年的日本带来了巨大冲击，一些日本人急切地希望了解西方。虽然德川幕府在 1842 年废除了"异国船打击令"，[②] 但其锁国政策一直维持到 1854 年 3月幕府与佩里签订《日美和亲条约》。换言之，从 1840 年鸦片战争爆发到 1853 年佩里来航，日本主要经由中国和荷兰吸收西方文化。

然而调查《日本译中国书综合目录》后发现，1840 年到 1853年期间，日本人只翻译了一本中国的西方相关书籍，即《坤宇外纪译解》（1852 年）。原著《坤宇外纪》是 17 世纪比利时传教士南怀

---

① 金耀基：《中日之间社会科学的翻译（代序）》，实藤惠秀监修、谭汝谦主编、小川博编辑：《中国译日本书综合目录》，第 30—31 页。
② 详见，三谷博：《黑船来航》，张宪生、谢跃译，第 48 页。

仁（Ferdinand Verbiest）在中国撰写的地理类书籍，"主要介绍世界各地奇木异兽，在江户时代后半期的日本颇为流行"。① 从该书的出版难以看出日本知识分子的焦虑心情，与此形成鲜明对比的是，在同一时期，日本经由荷兰引入了许多西方相关书籍。如《豪斯多剌利译说》（箕作阮甫译，1844 年）、《新宇小识》（安部兰甫译，1849 年）、《地学正宗》（杉田玄端译，1851 年）等地理类书籍。② 也就是说，从 1840 年到 1853 年，日本主要经由荷兰，而非中国来引入西方的相关信息。

　　虽然 1840 年到 1853 年期间日本人翻译的中国的西方相关书籍比较古老，但是 1854 年以后，日本人翻译了中国最新的西方相关书籍，并给日本带来了深远的影响。譬如魏源的《海国图志》（1842—1852 年）。该书以《四洲志》为基础搜集了各种西方相关信息，而《四洲志》是林则徐的编译作品，其底本是慕瑞（Hugh Murray）著《世界地理大全》（*Cyclopaedia of Geography*）。③ 《海国图志》传入日本后立刻被翻刻和翻译。由于幕末时期的日本人会从书中选取各自需要的部分加以翻译，因此《海国图志》的日译版很多，仅《日本译中国书综合目录》就收录了 16 种，出版年为 1854 年和 1855 年（表 1－1）。

---

① 実藤恵秀監修、譚汝謙主编、小川博編輯：《日本訳中国書総合目録》，香港：中文大学出版社，1981 年，第 103 页。《坤宇外纪译解》是小说家城北清溪对《坤宇外纪》的译解，被《日本译中国书综合目录》归为"历史·地理"中的"地理"类。
② 详见，開国百年記念文化事業会編：《鎖国時代日本人の海外知識》，東京：乾元社，1953 年，第 116—122 页。
③ 参见，邹振环：《影响中国近代社会的一百种译作》，北京：中国对外翻译出版公司，1996 年，第 40—43 页。另外，《海国图志》有三种版本，即 1842 年的 50 卷本、1847 年的 60 卷本、1852 年的 100 卷本。

表 1-1　《海国图志》的译书①

《日本译中国书综合目录》中的分类	书　名	译　者	出版年	出版社	注
①　总记（逐次刊行物）	《海国図志夷情備采》（1卷）	大槻禎（译）	1854年		六十卷本《海国图志》卷五十一。翻译了《澳门月报》的内容。与正木笃的译本《澳门月报和解》系同一内容
②　总记（逐次刊行物）	《澳門月報和解》（1卷）	正木笃（译）	1854年		六十卷本《海国图志》卷五十一
③　历史·地理（地理）	《亜米利加総記》（1卷）	广濑达（解）	1854年		一百卷本《海国图志》卷五十九大约16页的内容
④　历史·地理（地理）	《（続）亜米利加総記》（2卷）	广濑达（译）	1854年		共2册。广濑达《亚米利加总记》续篇。一百卷本《海国图志》卷五十九后半部分和卷六十大部分内容
⑤　历史·地理（地理）	《亜墨利加総記後編》（3卷）（2册）	广濑达（译）	1854年		分3卷，共2册（卷三在第2册后半部分）。一百卷本《海国图志》卷六十二、卷六十三

---

① 16种译书可参见，実藤恵秀監修、譚汝謙主編、小川博編輯:《日本訳中国書総合目録》，第4、98、101—106、136、206页。

续　表

	《日本译中国书综合目录》中的分类	书　名	译　者	出版年	出版社	注
⑥	历史·地理（地理）	《英吉利広述》（2卷）	小野元济（译）	1854年	游焉社藏梓	共2册。一百卷本《海国图志》卷五十三
⑦	历史·地理（地理）	《英吉利国総記和解》	正木笃（译）	1854年		六十卷本《海国图志》卷三十三
⑧	历史·地理（地理）	《海国図志仏蘭西総記》	大槻祯（译）	1855年		六十卷本《海国图志》卷二十七
⑨	历史·地理（地理）	《海国図志俄羅斯総記》	大槻祯（译）	1854年		六十卷本《海国图志》卷三十六
⑩	历史·地理（地理）	《美理哥国総記和解》	正木笃（译）	1854年		《海国图志》弥利坚国总记
⑪	历史·地理（地理）	《美理哥国総記和解》（上中下）	正木笃（译）	1854年		共3册。六十卷本《海国图志》卷三十九
⑫	历史·地理（地理）	《墨利加洲沿革総説総記補輯和解》	正木笃（译）	1854年		《美理哥国总记和解》的姊妹篇
⑬	历史·地理（地理）	《西洋新墨誌》（4卷）	皇国隐士（译）	1854年	东洋馆	共2册。翻译了美国的相关内容
⑭	历史·地理（地理）	《新国図志通解》	皇国隐士（译）	1854年		共4册。翻译了美国的相关内容

续　表

	《日本译中国书综合目录》中的分类	书　名	译　者	出版年	出版社	注
⑮	社 会 科 学（政治·国际关系）	《海国图志筹海编訳解》（3卷）	南洋梯谦（译）	1855年	再思堂	共3册。六十卷本《海国图志》卷一
⑯	社 会 科 学（军事·国防）	《海国图志训訳》	服部静远（译）	1855年		翻译了炮台、火药、水雷、船舶等相关内容

　　表1-1只包括译书，不包括翻刻本。① 对比这16种译书可以发现，以佩里来航为契机，美国成为日本人重点关注的西方国家。而且除了翻译西方地理知识以外，日本人还翻译了西方政治、军事等内容，如《海国图志筹海编译解》（1855年，⑮）、《海国图志训译》（1855年，⑯），此外，《墨利加洲沿革总说总记补辑和解》（1854年，⑫）还涉及贸易类知识。由此可知日本人也对西方的政治、军事、贸易感兴趣。

　　陈力卫指出，"以往的兰学不足以应付英美传播的新知识，而中国则已出版有各种西学新书，日本的知识分子凭借着他们深厚的汉文功底，通过直接阅读汉文的西学新书来汲取西洋文明，这一时期前后有30年左右，一直持续到明治10年代（1877—1886年），从中国引进翻刻的书籍有百十种，涉及天文、地理、医学和政治体

① 例如，盐谷甲藏和箕作阮甫添加训点的《翻刊海国图志》（1854年）就不在表格之内。关于该书的详情，参见，開国百年記念文化事業会編：《鎖国時代日本人の海外知識》，第140页。

制等各个领域"。① 调查整理《日本译中国书综合目录》可知，从 1840 年到 1911 年，日本共翻译了 10 部中国的社会科学类书籍，② 这 10 部译书的出版年横跨 1855 年到 1904 年，分别是《海国图志筹海编译解》（1855 年）、《海国图志训译》（1855 年）、《万国公法释义》（1868 年）、《清英交际始末》（1869 年）、《（和译）万国公法》（1870 年）、《清鲁关击论》（1881 年）、《支那古代万国公法》（1886 年）、《中东战纪本末》（1898 年）、《刘张变法奏议：清国改革上奏》（1902 年）、《大清律》（1904 年）。③ 虽然译书数量很少，但其影响力却不容小觑。

在 10 部译书当中，最受日本社会关注的是《万国公法》。《万国公法》本是美国传教士丁韪良在清政府的许可支持下以惠顿（Henry Wheaton）《国际法原理》（*Elements of International Law*）为底本译成中文。该译书传入日本后被数次译成日语，影响深远。④ "天皇陛下意欲不论平时战时，皆依照欧美各国所尊奉之万国公法，

① 陈力卫：《东往东来：近代中日之间的语词概念》，第 111 页。
② 《海国图志》的 16 种日译书当中，只有《海国图志筹海编译解》和《海国图志训译》被归入《日本译中国书综合目录》的社会科学类。
③ 参见，本书附录一：日本译中国社会科学书目（1840—1911 年）。
④ 陈力卫指出，汉译《万国公法》出版的翌年（1865 年），日本就以此为底本进行标点翻刻。此外，他还整理了 1865—1895 年日本出版的各类《万国公法》译本，其中包括以汉译版为底本的转译、以惠顿原著系统为底本的翻译、非惠顿原著系统的译本、其他相关译本等四类，译本数量繁多，"实际上都是沿袭了汉译版《万国公法》的基本概念和用语"。详见，陈力卫：《东往东来：近代中日之间的语词概念》，第 112—114 页。此外，根据张嘉宁的调查，丁韪良的译本最为接近惠顿原著 1855 年的第六版（1857 年重刊）。详见，张嘉宁：《万国公法》，加藤周一、丸山真男校注：《日本近代思想大系 15・翻訳の思想》，東京：岩波書店，1991 年，第 402—405 页。

处理与外国交际事宜。"① 此句出自岩仓使节团副使伊藤博文呈递给全权大使及其他副使的意见书。岩仓使节团的使命主要有二，其一是为修改不平等条约进行预备谈判，其二是开展海外调查。从伊藤博文的言论可以看出，明治政府打算以《万国公法》为依据，与西方国家缔结平等条约。然而结果并不如人意，弱国无外交，岩仓使节团未能顺利完成其使命，尽管日本人把《万国公法》视为处理国际关系的重要工具。

　　第二，中国亦曾通过日本来了解西方。甲午中日战争以前，中国没有一所学校教日语，② 甲午中日战争以后，中国社会因为遭到严重的心理打击，开始出现向日本学习的呼声。作为近代化的优等生，日本不仅起到了模范作用，而且为中国提供了近代化的捷径。

　　首先，许多中国人认为日语汉字较多，比英语等西方语言易学。刘建云指出，日本主流报纸多以政论为主，往往采用汉字和假名掺杂的汉文训读体，蔡元培、梁启超等知识分子都注意到此类文体的特点。③ 1899 年，梁启超与罗普合写《和文汉读法》，教中国人在阅读日语文章时颠倒日语词汇的罗列顺序，此法一度大受好评。1935 年，周作人回忆道："其影响极大，一方面鼓励人学日文，一方面也要使人误会，把日本语看得太容易，这两种情形到现

---

① 伊藤博文：《特命全権使節の使命につき意見書》（1872 年），芝原拓自、猪飼隆明、池田正博編：《日本近代思想大系 12・対外観》，東京：岩波書店，1988 年，第 29 页。

② 任达（Douglas R. Reynolds）：《新政革命与日本：中国，1898—1912》，李仲贤译，南京：江苏人民出版社，2006 年，第 116 页。

③ 劉建雲：《中国人の日本語学習史：清末の東文学堂》，東京：学術出版会，2005 年，第 221 页。关于梁启超对日语的认知，参见，李运博：《中日近代词汇的交流：梁启超的作用与影响》，天津：南开大学出版社，2006 年，第 38—50 页。

在还留存着。"① 虽然周作人对《和文汉读法》有所批评，但同时也承认了该书的强大影响力。

其次，甲午中日战争结束之时距离日本明治维新已有大约 28 年，从幕末到明治二十八年（1895 年），日本已出版大量译书。对此，梁启超曾在《论学日本文之益》（1899 年）中指出，日文译书"尤详于政治学、资生学（即理财学、日本谓之经济学）、智学（日本谓之哲学）、群学（日本谓之社会学）等，皆开民智、强国基之急务也"。② 虽然该文主旨在于提倡中国人学习日文，以便阅读日译书籍，但是，梁启超在《论译书》（1896 年）一文中强调过翻译书籍是引入西学的捷径。③

查阅《中国译日本书综合目录》可知，从 1868 年到 1895 年，只有一本社科类日语书籍被译为中文，书名为《万国通商史》。④ 该书作者是英国人琐米尔士，原著先被日本的经济杂志社译为日语，后被古城贞吉以日译本为底本译为中文，于 1895 年出版。⑤ 也

① 周作人：《和文汉读法》（1935 年），《苦竹杂记》，石家庄：河北教育出版社，2002 年，第 180 页。
② 梁启超：《论学日本文之益》（《清议报》第十册，光绪二十五年二月二十一日），《清议报》报馆编：《清议报》第一册，北京：中华书局，1991 年，第 579 页。原文署名"哀时客"。
③ 梁启超：《论译书》（1896 年），梁启超：《饮冰室合集》第一册，文集之一，第 66 页。
④ 谭汝谦：《中日之间译书事业的过去、现在与未来》，实藤惠秀监修、谭汝谦主编、小川博编辑：《中国译日本书综合目录》，第 47 页。《中国译日本书综合目录》把《万国通商史》列入社会科学当中的经济类别里。实藤惠秀监修、谭汝谦主编、小川博编辑：《中国译日本书综合目录》，第 348 页。
⑤ 根据沈国威的研究，古城贞吉是日本汉学界的权威之一，曾在《时务报》的《东文报译》专栏担任译者，其中，1896—1897 年期间，他在上海从事翻译工作，1898 年初回到日本并继续供稿。沈国威指出，《时务报》发行量较大，其专栏《东文报译》广泛使用日语的新词、译词，推动了新名词的导入和使用。参见，沈国威：《新语往还——中日近代语言交涉史》，第 372—410 页。

就是说，从 1895 年起，日本成为中国引入西方社会科学的一条渠道。

　　谭汝谦的统计结果显示，1896—1911 年，共计 366 部日语社科书籍被译为中文。① 不过，笔者实际统计《中国译日本书综合目录》的书目后发现，该时期共有 386 部日语社科书籍被译为中文。当然，这些日语社科书籍既包括日本人的著作，又包括日本人的译书。在此以孟德斯鸠（Charles-Louis de Montesquieu）著《论法的精神》（*De l'esprit des lois*，1748 年）的译书为例。1876 年，日本翻译家何礼之以英译本为底本将其翻译出版，书名为《万法精理》。1902 年，张相文以何礼之的日译本为底本翻译出版中译本，依旧定名为《万法精理》。② 1904—1909 年，严复以英译本为底本翻译出版该书，定名为《法意》。姑且不论翻译水平如何，辛亥革命以前的中国人多从张相文、而非严复的译书中知晓孟德斯鸠。③

　　第三，中日两国在译词方面相互影响。在江户时代，汉学是日本知识分子不可或缺的素养。到了明治时代，虽然汉学的重要性有所降低，但是日本的许多西学学者都具备汉学功底。例如西周、加藤弘之、中江兆民、中村正直等西学学者都精通汉学。日本学者在翻译西方书籍时很大程度运用了他们的汉学知识。正如加藤周一所述，明治时代的译者们不仅从中译词汇中借用译词，而且从中国古

---

① 谭汝谦：《中日之间译书事业的过去、现在与未来》，实藤惠秀监修、谭汝谦主编、小川博编辑：《中国译日本书综合目录》，第 47 页。

② 中译本《万法精理》翻译了原著 20 卷的内容（原著的一半），由上海文明出版社出版。

③ 钱国红：《日本と中国における 「西洋」 の発見：十九世紀日中知識人の世界像の形成》，東京：山川出版社，2004 年，第 311 页。

文中借用词汇作为西方概念的译词，比如"权利"最早出自中国典籍，后被丁韪良用作"right"的译词，其后被日本译者沿袭，"自由"出自《后汉书》，福泽谕吉将其作为"liberty"的译词。[①] 换言之，日语译词的产生离不开中文。当日语书籍被翻译成中文后，日本译者用汉字创造出的译词又被传到中国，这就是所谓的"和制汉语"，如"哲学""体操""电话""时间""图书馆""马铃薯""市场"等，在此不再赘述。

　　总而言之，在吸收西方文化的过程中，近代中日两国的翻译史曾相互影响。如钱国红所言，日本的近代化是在同时观察中国和西洋的过程中摸索实现，其近代化过程不乏中国的存在感；同样，中国的近代化是在同时观察西洋和东洋（日本）的过程中推进，其近代化过程不乏日本的刺激。[②]

四、西学的取舍选择

　　1875 年 2 月，27 岁的中江兆民成为东京外国语学校的校长。中江兆民除了教授西方文化以外，还把《十八史略》《史记》等汉学典籍列为必修科目。可是当时的文部省高官九鬼隆一毕业于福泽谕吉创办的庆应义塾，而福泽谕吉则主张学习实学。结果中江兆民的意见未被采纳，不久，中江辞去校长一职。[③] 1887 年，德富苏峰提出，"于我国今日之学问社会，应举其全力聚焦知识之一点，尤

---

① 加藤周一：《明治初期の翻訳——何故・何を・如何に訳したか》，第 361—366 页。
② 銭国紅：《日本と中国における「西洋」の発見：十九世紀日中知識人の世界像の形成》，第 342 页。
③ 详见，松永昌三：《福沢諭吉と中江兆民》，東京：中央公論新社，2001 年，第 63—64 页。

其应凝聚于形而下之一点"。① 他所谓的"形而下"之学问，就是
实学。在这样的社会背景下，社会科学作为"接近世间一般日用的
实学"，自然受到日本社会的重视。②

另一方面，19 世纪 60 至 90 年代，尽管清政府在洋务运动中大力
引入西方技术、创办新式工业等，却于甲午中日战争落败。对此，梁
启超质疑道："中国之效西法三十年矣。……何以效之愈久，而去之
愈远也。"③ 当洋务运动遭遇严重挫折时，以维新派为首的中国知识
分子开始把视线转向社会科学的翻译。

那么，近代中日两国知识分子到底对社会科学的哪些领域尤为
关注？1862 年，西周与津田真道同赴荷兰留学，攻读法学等课程。
山室信一指出，"此乃日本人在海外学习西方近代社会科学之滥
觞"。④ 1877 年，出使英国大臣郭嵩焘在伦敦与日本人相识，"询问
日本在英国者约二百余人，伦敦九十人，学律法者为多"。⑤ 1882
年 10 月，日本政治家小野梓在东京专门学校（早稻田大学的前身）
的建校典礼上发表祝词，强调道："如今尤其要求政治、法律这两
门学科速成。……政学、法学既然为本国所需，就不得不响应国家

---

① 德富猪一郎：《新日本之青年》，東京：集成社，1887 年，第 73 页。
② 福沢諭吉：《学問のすゝめ》，東京：岩波書店，1942 年，第 13 页。
③ 梁启超：《论译书》（1896 年），梁启超：《饮冰室合集》第一册，文集之一，第
65 页。
④ 山室信一：《五科口訣紀略（西周）・解題》，松本三之介、山室信一編：《日本近
代思想大系 10・学問と知識人》，東京：岩波書店，1988 年，第 14 页。
⑤ 郭嵩焘：《伦敦与巴黎日记》，长沙：岳麓书社，1984 年，第 166 页。这篇日记写于
光绪三年（1877 年）三月一日。

之需求。"① 1882 年 11 月，教育家新岛襄在同志社大学的创设方案中指出，要创立设有各种学科的大学，首先应开设"宗教兼哲学""医学""法学"三部。② 在社会科学众多学科当中，新岛襄专门提出建设法学部，其理由如下。

> 设立法学部之目的在于，此乃关乎国家进步、同胞福祉之急务中一大急务，可满足投身政事社会之志士之需求。吾辈有幸生存于此等活跃社会，既已承蒙陛下明治十四年十月十二日之明诏，则应为国会开设早做准备，不可懈怠一日。……吾等明治之民若不能培养出可当大任之人物、使其参与大政，则可谓天皇陛下之罪人。③

随着自由民权运动的爆发，日本国民参加政治的热情急剧上涨。文中的"明诏"是指 1881 年 10 月 12 日明治天皇发布的诏书，约定于 1890 年开设国会。在新岛襄看来，培养法学人才是为即将开设的国会做准备。总而言之，当日本政治体制逐步近代化时，众多知识分子顺应时代浪潮，对法学、政治学表现出强烈的关注。

与日本相同，中国知识分子也对法学和政治学相当关注。如前文所述，笔者统计《中国译日本书综合目录》中的书目后发现，

---

① 小野梓：《東京專門学校開校祝詞》（1882 年），松本三之介、山室信一编：《日本近代思想大系 10·学問と知識人》，東京：岩波書店，1988 年，第 155 页。
② 新島襄：《同志社大学設立之主意之骨案》（1882 年），松本三之介、山室信一编：《日本近代思想大系 10·学問と知識人》，東京：岩波書店，1988 年，第 164—165 页。新岛襄信仰基督教。
③ 新島襄：《同志社大学設立之主意之骨案》（1882 年），第 165 页。

1896—1911 年期间，中国共翻译日本社科书籍 386 部。这 386 部社科译书分属如下几个类别（表 1-2 和图 1-1）。①

表 1-2 中国译日本社会科学书目的类别

类　　　别	数　量	类　　　别	数　　量
统计	1	财政	21
教育·体育	76	政治	102
礼俗	3	法律	105
社会	8	军事	52
经济	27		

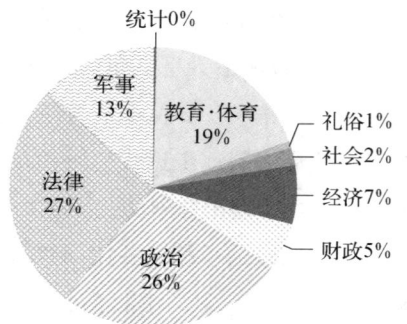

图 1-1　中国译日本社会科学书目的类别

毋庸赘言，《中国译日本书综合目录》不可能收录所有的中国译日本书籍。但是从表 1-2 和图 1-1 可知，法律、政治类译书所占比例明显高于其他类别。从以上数据可以管窥 1896—1911 年，即甲午中日战争结束后到中华民国成立前清末出版界的出版趋势。

① 表 1-2 书目共计 395 部，这是因为有 9 部译书被《中国译日本书综合目录》同时列入两个类别，去掉 9 部之后正好为 386 部。9 部译书当中，2 部同属教育和社会，1 部同属社会和经济，1 部同属经济和法律，5 部同属政治和法律。

全面对比中日两国近代翻译史、近代社会科学翻译史是一项庞大的工程，因此，只能在已有研究的基础上简单比较概括，把握中日两国的共同点和相互影响关系。然而需要指出的是，以往的研究成果虽然揭示了翻译史的种种细节，却少有从近代思想传播史的角度看待社会科学的近代翻译史，未能完整展现出反映近代思想变动的近代翻译史。例如，进化论思想曾在近代中日两国引起巨大反响，许多相关书籍都被译成中文或日文，可以作为近代翻译史、近代思想传播史的典型案例。

顺便补充一句，在《中国译日本书综合目录》中，以"进化论"为关键词查找 1896—1911 年的社会科学译书，可发现 3 部。[1]其中，有贺长雄著、麦鼎华译《人群进化论》（1903 年）和加藤弘之著、杨廷栋译《政教进化论》（1902 年）被划分为"政治"类，加藤弘之著、金寿康、杨殿玉译《道德法律进化之理》（1903 年）被划分为"法律"类。[2]

第三节　进化论思想的翻译

一、作为自然科学"真理"的进化论

英国生物学家达尔文于 1859 年出版《物种起源》，最早系统地

---

[1] 其实，进化论相关译书并非仅有 3 部。比如，本书选取的《原政》就没有被《中国译日本书综合目录》收录。本书选取的《物竞论》则被《中国译日本书综合目录》划分到"哲学（思想）"类。参见，实藤惠秀监修、谭汝谦主编、小川博编辑：《中国译日本书综合目录》，第 14 页。

[2] 参见，实藤惠秀监修、谭汝谦主编、小川博编辑：《日本訳中国書総合目録》，第 366、386、416 页。

提出进化论。此后西方世界围绕进化论展开了广泛的讨论，如渡边正雄所述，"在西方世界，进化论的出现否定了基督教的'创世说'，并且在该学说阐述的生物学起源中，一直以来作为杰出被造物的人类居然和普通被造物地位相仿，故而引起强烈的争议"。①

可是在 19 世纪下半叶的日本和中国，基督教的影响力较弱。在日本传统中，把自然万物拟人化的万物有灵论（animism）根深蒂固；②而在中国，人们理所当然地认为人与动物之间存在着某种连续性，这就成为近代中国人接受进化论思想的重要前提。③因此，当美国动物学教授莫斯在东京大学的讲座上介绍进化论时，"听众们似乎特别感兴趣，并且，在美国介绍达尔文的理论时往往会与宗教偏见产生冲突，而在这里却没有这种情况发生"。④同样，中国也甚少有人对进化论发动宗教层面的攻击。

当然，上述因素只是中日两国轻易接受进化论思想的原因之一。⑤如众多研究者所述，当时中日两国尚未构建出关于生物学的

---

① 渡辺正雄：《明治初期のダーウィニズム》，芳賀徹、平川祐弘、亀井俊介、小堀桂一郎編：《講座比較文学 5・西洋の衝撃と日本》，東京：東京大学出版会，1973 年，第 98 页。

② 上山春平、川上武、筑波常治：《生物系科学者の思想》，上山春平、川上武、筑波常治編：《現代日本思想大系 26・科学の思想 II》，東京：筑摩書房，1964 年，第 19 页。

③ 佐藤慎一：《『天演論』以前の進化論——清末知識人の歴史意識をめぐって》，《思想》792 号，1990 年 6 月，第 247 页。

④ モース：《日本その日その日 2（全 3 巻）》，石川欣一译，東京：平凡社，1970 年，第 58 页。

⑤ 关于日本轻易接受进化论思想的原因，森本あんり认为主要有如下几个因素，即，日本生物学没有批判性探讨新理论的传统；基督教创造观在日本缺乏影响力；西方少有猿猴栖息，日本人则常常能够见到猿猴，知道猿猴与人类存在相似之处；并且从思想史的角度来讲，明治时代的知识分子对于近代西方背后基督教时隐 （转下页）

完整知识体系，进化论突然传来之时自然也就难以产生科学层面的讨论。①如此一来，进化论传入中日两国之际，很多人都将其视为自然科学的真理。

19 世纪被称为"科学的世纪"。人们陆续发现了许多科学史上的重要理论，甚至产生了可以用科学方法解决社会、人类所有问题的主张。② 在这样的大环境下，既然进化论被视为自然科学的真理，人们必然会期待进化论在社会科学领域的运用。

二、迟来的《物种起源》译本

虽然 1874 年进化论就已传入日本，③ 不过学界普遍认为，美国动物学家莫斯最早对日本人系统介绍进化论。1877 年，莫斯赴日本采集腕足动物的标本，应东京大学教授外山正一之邀，任职东京大学初代动物学教授。同年 9 月，莫斯开始在东京大学讲授进化论，10 月起，他还开展了关于进化论的公开讲座。其讲义及讲座内容被

（接上页）时现的文化压力抱有不小的反感。伊藤秀一、佐藤慎一、吴丕等学者认为，《天演论》以前中国的传统思想（如，"气不能不聚而为万物"等思想）、《谈天》《地学浅释》等自然科学译书及《十九世纪史》等译书的引入等是中国轻易接受进化论思想的主要原因。森本あんり：《進化論の受容と明治キリスト教》，《創文》381 号，1996 年 10 月，第 14 页；伊藤秀一：《進化論と中国の近代思想（一）》，《歴史評論》123 号，1960 年 10 月，第 35—36 页；佐藤慎一：《『天演論』 以前の進化論——清末知識人の歴史意識をめぐって》，第 247 页；吴丕：《进化论与中国激进主义 1859—1924》，北京：北京大学出版社，2005 年，第 34—40 页。

① 渡辺正雄：《明治初期のダーウィニズム》，第 88—89 页。
② 村上陽一郎：《日本人と近代科学》，東京：新曜社，1980 年，第 138 页。
③ 详见，村上陽一郎：《日本人と近代科学》，第 105—106 页；溝口元：《日本におけるダーウィンの受容と影響》，《学術の動向》15 巻 3 号，2010 年，第 48—49 页。

当时的学生石川千代松译为《动物进化论》，于 1883 年出版。[①] 该书例言写道："此书系往年莫斯先生于东京大学讲义堂演述动物进化之议论时，吾辈同学友人互传之笔记。"[②] 尽管莫斯为进化论的传播做出了巨大的贡献，但他介绍的进化论与达尔文的理论尚有不少不同之处。并且，正如 G. 克林顿·戈达特（G. Clinton Godart）所述，莫斯的讲座其实也是一种具有反基督教性质的表演，他故意选择礼拜日举办公开讲座，在当时引起了东京基督教传教士们的不满。[③] 换言之，日本的进化论"从一开始就非达尔文的进化论，而是莫斯的进化论"。[④]

与日本相比，进化论较晚传入中国。虽然伊藤秀一认为早在《天演论》出版的 26 年前进化论就已传入中国，不过学界普遍认为应将《天演论》（1897 年 12 月起连载，1898 年出版）视为中国系统引入进化论的起点。[⑤]《天演论》的底本是英国生物学家赫胥黎

[①] 石川千代松于 1875 年 9 月进入开成学校预科，1877 年在莫斯的课堂上听课，1879 年进入东京大学，1882 年 7 月取得理学学士学位。参见，谷津直秀：《石川千代松博士略伝》，東京《動物学雑誌》第 47 卷第 562·3 号（故石川千代松博士紀念号），1935 年 9 月 15 日，第 445—450 页。

[②] エドワルド・エス・モールス（Edward Sylvester Morse）口述、石川千代松筆記：《動物進化論》，東京：東生亀治郎出版，万巻書楼蔵版，1883 年，第 4 页。

[③] クリントン・ゴダール：《近代日本の進化論と宗教》，《日本思想史学》第 54 号，2022 年，第 5—6 页。

[④] 参见，上山春平、川上武、筑波常治：《生物系科学者の思想》，第 20—21 页。

[⑤] 伊藤秀一把 1873—1898 年命名为"吸收进化论的时期"，1898—1905 年命名为"信奉进化论的时期"，1905—1919 年命名为"试图克服进化论的时期"，他比较关注《地学浅释》（1871—1872 年）这部译书，该书是以英国地质学家查尔斯·莱尔（Charles Lyell）的《地质学原理》（Principles of Geology，1830—1833 年）为底本。他认为，早在《天演论》面世的 26 年前，进化论的一部分观念就已传播至中国。对此，佐藤慎一指出，在《天演论》之前，中国存在进化论的前史，但中国真正开始引入进（转下页）

（Thomas Henry Huxley）著《进化与伦理》（*Evolution and Ethics*）的导论（1894 年）和讲稿（1893 年）部分，由严复翻译完成。然而严复没有忠实地再现原著，而是在译文中自行增删加工，把进化论作为社会思想加以宣传。

尽管进化论在近代中日两国颇为盛行，进化论的核心著作《物种起源》却很晚才被翻译。莫斯于 1877 年开展讲座之后，直到 1879 年，日本出现了第一本关于进化论的译书，即伊泽修二译《生种原始论》，以赫胥黎的 *Lectures on Origin of Species*（1862 年）为底本。[①]

换言之，在进化论著作的翻译史中，日本和中国最早翻译的是赫胥黎，而非达尔文的著作。这或许与赫胥黎行文平易、支持达尔文学说有关。史华兹指出，"赫胥黎的著作确实以简洁生动的、几乎诗一般的语言阐述了达尔文主义的主要原理"。[②] 丘浅次郎同样高度评价了赫胥黎的文风，认为赫胥黎的行文极为平易，没有学者滥用复杂词汇的通病，除了有志于钻研生物学的读者以外，有一定教育素养的人乃至英语学习者等也可将其作为阅读素材。[③]

1896 年，《物种起源》的日译本首次出版，由立花铣三郎翻译完成，书名为《生物始源：一名种源论》，这时距离进化论传入日

（接上页）化论是在《天演论》时期。参见，伊藤秀一：《進化論と中国の近代思想（一）》，第 34 页；伊藤秀一：《清末における進化論受容の諸前提：中国近代思想史における進化論の意味（1）》，《研究》22 号，1960 年 3 月，第 86 页；佐藤慎一：《『天演論』以前の進化論——清末知識人の歴史意識をめぐって》，第 241—242 页，第 253 页。

① 参见，渡辺正雄：《明治初期のダーウィニズム》，第 89 页。可参见，トーマス・ハックスレー：《生種原始論》，伊沢修二译，東京：森重遠出版，1879 年。

② 本杰明・史华兹：《寻求富强：严复与西方》，叶凤美译，南京：江苏人民出版社，2010 年，第 68 页。

③ 丘浅次郎：《進化論講話》，東京：東京開成館，1940 年，第 515—516 页。

本已经过去了 19 年。[①] 据立花铣三郎所言，许多动物学及植物学的专业术语在日本尚未确立或完备，导致他在翻译时感到极为困难。[②] 由此可以推知，动物学及植物学专业术语的翻译难度之高正是《物种起源》迟迟未被翻译的原因之一。

中国的情形也颇为相似。1920 年，马君武翻译的《达尔文物种原始》，即《物种起源》全译本正式出版，此时距离《天演论》面世已经过去了 22 年。

其实在此之前，马君武陆续翻译并发表/出版了《物种起源》的部分内容。1902 年，马君武在《新民丛报》第八号发表了译文《新派生物学（即天演学）家小史》，该译文是以《物种起源》的引言为底本。[③] "次年复译本书之第三章及第四章为单行本，流传甚广。乃续译第一二五章，并略史印行之，名物种由来第一卷。于一九〇四年春间出版，至一九〇六年再版。"[④] 此后直到 1918 年，马

---

① 参见，渡辺正雄：《明治初期のダーウィニズム》，第 90 页。另外，根据沟口元的考察，神津专三郎翻译的《人祖论》（1881 年）虽然是以达尔文的《人类的由来及性选择》（*The Descent of Man, and Selection in Relation to Sex*）（1871 年）为底本，但也翻译了《物种起源》第 3 版的一部分内容。并且，立花铣三郎的译本《生物始源：一名种源论》是以《物种起源》第 6 版为底本，伊泽多喜男与永浜盛三也参与了翻译工作。沟口元：《日本におけるダーウィンの受容と影響》，第 50 页。

② チャーレス・ダーキン：《生物始源：一名種源論》，立花銑三郎译，東京：経済雑誌社，1896 年，例言，第 2 页。

③ 参见，达尔文：《新派生物学（即天演学）家小史》（1902 年），马君武译，《新民丛报》第八号，光绪二十八年四月十五日。

④ 达尔文：《达尔文物种原始》第一册，马君武译，上海：中华书局，1920 年，序词，第 1 页。马君武记错了"物种由来第一卷"的出版年，《达尔文物种由来》卷一的版权页显示，该书于 1903 年 11 月 1 日印刷，同年 12 月 1 日发行。可参见，达尔文：《达尔文物种由来》卷一，马君武译，上海：文明书局、开明书局，1903 年。达尔文：《达尔文天择篇》，马君武译，上海：文明书局，1902 年。《达尔文天择篇》以《物种起源》第 4 章《自然选择即适者生存》（Natural Selection; or the Survival of the Fittest）为底本。

君武才有时间重操译笔，用了 7 个多月"续译第六章至第十五章"，又因检查以前翻译的章节，发现错误太多，于是用了 3 个多月重译前五章。① 所以在马君武口中，"予于民国八年译成达尔文所著之《物种原始》（*The Origin of Species*），费时一年"。②

关于为何全译本迟迟未能问世，王中江指出原因有二：其一，生物进化论作为新出现的跨学科学说，只能随生物学、植物学、地质学等一起传入中国；其二，与其他具有实用价值的"科学"相比，生物进化论比较欠缺"实用性"。③

考虑到当时中日两国历史背景的相通之处，两国很晚翻译《物种起源》的原因也应该是相通的。即，王中江所举两点，以及专业术语的翻译高难度。

马君武在《达尔文物种原始》的序词写道："且此书为全世界文明国所尽翻译，吾国今既不能不为文明国，为国家体面之故，亦不可无此书译本。……此等重要书类，诚有四五十种流行国内，国民之思想，或起大变化欤。"④ 在马君武看来，《物种起源》的译书是文明国的一种象征，他期待着此类译书可以使国民思想发生变化。也就是说，虽然他翻译的是生物进化论的著作，但是比起自然科学，他更期待该书在文明、社会思想领域所产生的"实用性"。

如上所述，作为进化论的核心著作，《物种起源》在中日两国都遭到冷遇。由此可以窥知近代中日两国不太重视自然科学领域的

---

① 达尔文：《达尔文物种原始》第一册，马君武译，序词，第 1—2 页。
② 马君武：《达尔文》，上海：商务印书馆，1933 年，序，第 1 页。
③ 王中江：《进化主义在中国的兴起：一个新的全能式世界观（增补版）》，北京：中国人民大学出版社，2010 年，第 29 页。
④ 达尔文：《达尔文物种原始》第一册，马君武译，序词，第 2 页。

进化论。

三、进化论在社会科学领域的传播

其实在达尔文出版《物种起源》之前，英国学者斯宾塞（Herbert Spencer）已在拉马克进化学说的基础上构筑了自己的理论框架，并于 1858 年发表了自己构筑巨著《综合哲学体系》（*A System of Synthetic Philosophy*）的草案，试图用进化的原理来解释心理学、社会学、伦理学等问题。当达尔文从生物学的角度用翔实的资料论证了进化论时，斯宾塞正处于学术创作旺盛期，他的进化论体系仿佛得到了自然科学的佐证，尽管斯宾塞拒绝自己的体系被误认为和达尔文存在联系，[①] 且达尔文反对把生物进化论扩大到社会层面。也就是说，进化论传入中日两国之前，西方已存在生物进化论和社会等领域的进化论，并且生物进化论为社会等领域的进化论增添了一层自然科学的光环。

1882 年，加藤弘之出版著作《人权新说》，主张将进化论应用于社会领域，并以进化论为武器批判天赋人权论，掀起了日本知识界的一场论战。自此以后，日本对社会等领域的进化论表现出更深的关注。渡边正雄曾对 19 世纪 80 年代的日本综合学术杂志《东洋学艺杂志》（1881 年创刊）进行调查，发现进化论在社会科学类论文中出现的频率高于自然科学类论文。[②] 如今已有许多学者注意到了日本的这一倾向，鹈浦裕认为，"这个时期需要的不是作为生物学理论的达尔文进化论，而是作为社会理论、能够解释人类社会进

---

① 山下重一：《スペンサーと日本近代》，東京：御茶の水書房，1983 年，第 47 页。
② 渡辺正雄：《明治初期のダーウィニズム》，第 85 页。

化发展的达尔文进化论"。①

　　与之相比，由于严复对《天演论》的译文进行了加工，并添加按语表达个人的思想倾向等，从《天演论》中就能发现斯宾塞社会进化论的身影。换言之，中国人从进化论传入最初就期待着进化论在社会的应用。而且中国与日本的倾向相同，比如梁启超对于"天然淘汰""优胜劣败"等理论颇为关注，他认为进化论超越了自然科学领域，能被用来解释社会问题。②

　　从因果关系来看，进化论之所以被应用于社会科学领域，是因为社会上存在着需要用进化论这种科学理论来解决的问题。当我们回顾进化论对中日两国社会思想产生巨大影响的历史时，不难发现作为契机的政治事件。在日本，加藤弘之的著作《人权新说》以进化论为武器来批判天赋人权论，该书出版于自由民权运动盛行之时，自然引起强烈反响。在中国，严复译《天演论》强调物竞天择、自强保种，该书出版于甲午中日战争之后，同样引起了社会的广泛关注。

　　如八杉龙一所言，"各种立场的人按照各自的需求来吸收进化论"。③ 这种现象在近代中日两国频频出现，从两国进化论的传播

---

① 鵜浦裕：《近代日本における社会ダーウィニズムの受容と展開》，柴谷篤弘、長野敬、養老孟司編：《講座進化2・進化思想と社会》，東京：東京大学出版会，1991年，第120頁。
② 梁启超：《天演学初祖达尔文之学说及其略传》（《新民丛报》第三号，1902年），梁启超主编：《新民丛报》第一册，北京：中华书局，2008年，第291页。原文："又知此种学术不能但视为博物家一科之学，而所谓天然淘汰、优胜劣败之理，实普行于一切邦国、种族、宗教、学术、人事之中。"
③ 八杉龍一：《日本の思想史における進化論——ボウラー〈進化思想の歴史〉の訳書に寄せて》，ピーター・J・ボウラー：《進化思想の歴史（上）》，鈴木善次ほか訳，東京：朝日新聞社，1987年，第Ⅷ頁。

史中可以看出，两国知识分子认为进化论可以应用于政治、法律、宗教等社会方方面面。关于进化论为何能被各种主张用作理论依据，如村上阳一郎所述，既然依据幸存结果来判断谁为"适者"，那就无法把"适者"的概念限定在自然淘汰学说的体系当中，反过来讲，这就给予我们从各种领域提取"适者"定义的任意性。① 再者，因为达尔文进化论的构筑原本就受到马尔萨斯（Thomas Robert Malthus）《人口论》的影响，这种从社会科学联想到自然科学的思路本质上就为进化论在社会科学的运用埋下了伏笔。②

结　语

如上所述，通过比较分析中日两国近代翻译史，尤其是社会科学翻译史，可知二者存在诸多共同点，而且互相影响着对方。中日两国一衣带水、同属汉字圈，这为译书往来、译词互鉴提供了诸多便利。也正因此，中日两国在翻译西方社会科学著作时，除了西方路径以外，还可以选取日本/中国路径这一"捷径"。并且，由于日本经由甲午中日战争证明了自己近代化"优等生"的地位，在社会科学翻译领域，中国采用日本路径的频率急剧增多，不仅是日文译书，日本人的著作也进入中国人的视野当中。

然而，正如进化论的案例所呈示的那样，尽管两国在吸收同一

① 村上陽一郎：《日本人と近代科学》，第136—137页。
② 村上陽一郎：《日本人と近代科学》，第113—114页。另外，1858年6月1日与达尔文同时在《林奈学会杂志》第3卷发表自然选择学说的华莱士（Alfred Russel Wallace）同样受到了马尔萨斯《人口论》的启发。

种西方思想的过程中存在诸多相似之处，但是由于国情各有不同，两国关注该思想的契机呈现出明显差异，而且同一种西方思想传播到日本和中国时存在一个"时间差"。因此，当西学东渐的道路经过日本这个中转站时，中国人接收的不再是原汁原味的西方思想，而是经过日本人加工、再生产的思想。这不仅反映了日本在接受西方文化上对中国的全面超越，同时是日本摆脱中国影响的具体体现。

第二章 《天演论》与《斯宾塞尔劝学篇》的关联

引　言

　　1897 年 11 月 24 日（光绪二十三年十一月初一），旬刊《国闻汇编》在天津创刊，严复（1854—1921 年）是创办人之一。每期《国闻汇编》的第一个栏目都是《译泰西名论》，用于刊载西方名著的译文。该栏目共计刊载过两部作品，均为严复翻译，一部是赫胥黎著《进化与伦理》的译文《天演论》，另一部则是斯宾塞著《社会学研究》的译文《斯宾塞尔劝学篇》。截至 1898 年 2 月 15 日（光绪二十四年一月廿五日），《国闻汇编》停刊，两部译作的连载半途而废。直到 1898 年 6 月，《天演论》全译本正式出版。此后又经数年，严复翻译的《社会学研究》全译本于 1903 年得以出版，不过，该全译本的标题已从"斯宾塞尔劝学篇"变为"群学肄言"（表 2 - 1）。[①]

[①] 郭道平认为，严复的《社会学研究》全译本之所以没有沿用"斯宾塞尔劝学篇"这一书名，或许是因为 1898 年张之洞发表了著名的《劝学篇》，"冒用"了"劝学篇"这一表述。郭道平：《"群学"与"道统"：严复和张之洞的思想交锋——从两种〈劝学篇〉说起》，《华南师范大学学报（社会科学版）》2015 年第 6 期，2015 年 12 月，第 58 页。

表 2-1 《天演论》与《斯宾塞尔劝学篇》的翻译经过

原 著	作 者	《国闻汇编》上的连载译文	《国闻汇编》上的连载时间	全译本
《进化与伦理》(Evolution and Ethics，1894年)	托马斯·亨利·赫胥黎 (Thomas Henry Huxley, 1825—1895年)	《天演论》(原著《导论》I—Ⅶ)	第二册（1897年12月4日）	《天演论》(1898年6月)
			第四册（1898年1月7日）	
			第五册（1898年2月5日）	
			第六册（1898年2月15日）	
《社会学研究》(The Study of Sociology，1873年)	赫伯特·斯宾塞 (Herbert Spencer, 1820—1903年)	《斯宾塞尔劝学篇》(原著第一章)①	第一册（1897年11月24日）	《群学肄言》(1903年)
			第三册（1897年12月28日）	
			第四册（1898年1月7日）	

《斯宾塞尔劝学篇》如今鲜为人知，但在连载之时并非毫无影

① "斯宾塞尔劝学篇"为全书标题，然而《国闻汇编》仅连载完该书第一章就停刊。《严复全集》的编校者指出，严复在1897年之前翻译了该书第一、二章，后因《国闻汇编》停刊，第二章译文未能发表，此后，严复又改译了第一、二章，并完成整部著作的翻译，1903年，以《群学肄言》为书名出版。参见，斯宾塞尔:《斯宾塞尔劝学篇》，严复译，汪征鲁、方宝川、马勇主编:《严复全集》第5卷，黄国盛、庄明水、方宝川点校，福州:福建教育出版社，2014年，第490页。

响力。根据姚纯安的调查，孙宝瑄曾在日记中表露出对该书的强烈兴趣，此外，章太炎曾于 1898 年和曾广铨合译斯宾塞的两篇文章，翻译的动机正是对《斯宾塞尔劝学篇》的未完结感到遗憾。[①] 尽管如此，关于《斯宾塞尔劝学篇》的研究成果非常少见，大多研究者仅止于略加提及标题而已。[②] 与之相比，《天演论》的相关研究成果则颇为丰硕。[③]《天演论》几乎每节都由译文和按语（严复的评

① 姚纯安：《社会学在近代中国的进程：1895～1919》，北京：生活·读书·新知三联书店，2006 年，第 44—45 页。
② 郭道平曾对比《斯宾塞尔劝学篇》和张之洞的《劝学篇》。张之洞的《劝学篇》发表于 1898 年阴历三月，也即《斯宾塞尔劝学篇》刚刚结束连载之时。故而郭道平指出，张之洞撰写《劝学篇》是为了反驳严复的主张。参见，郭道平：《"群学"与"道统"：严复和张之洞的思想交锋——从两种〈劝学篇〉说起》，第 47—61 页。
③ 除本书引用的研究成果以外，笔者还参考了如下与严复相关的研究成果。小野川秀美：《清末の思想と進化論》，《東方学報》21，1952 年 3 月；鈴木修次：《日本漢語と中国》，東京：中央公論社，1981 年；佐藤慎一：《『天演論』以前の進化論——清末知識人の歴史意識をめぐって》，《思想》792 号，1990 年 6 月；王中江：《严复与福泽谕吉：中日启蒙思想比较》，开封：河南大学出版社，1991 年；坂元ひろ子：《中国民族主義の神話——進化論·人種観·博覧会事件》，《思想》849，1995 年 3 月；佐藤慎一：《近代中国の知識人と文明》，東京：東京大学出版会，1996 年；俞政：《严复著译研究》，苏州：苏州大学出版社，2003 年；吴丕：《进化论与中国激进主义 1859—1924》，北京：北京大学出版社，2005 年；黄克武：《走向翻译之路：北洋水师学堂时期的严复》，《台湾"中央研究院"近代史研究所集刊》第 49 期，2005 年 9 月；黄克武：《新名词之战：清末严复译语与和制汉语的竞赛》，《台湾"中央研究院"近代史研究所集刊》第 62 期，2008 年 12 月；沈国威：《"一名之立、旬月踟蹰"之前之后：严译与新国语的呼唤》，《東アジア文化交渉研究》1，2008 年 3 月；萧公权：《中国政治思想史》，北京：新星出版社，2010 年；永田圭介：《厳復：富国強兵に挑んだ清末思想家》，東京：東方書店，2011 年；赵稀方：《翻译现代性——晚清到五四的翻译研究》，天津：南开大学出版社，2012 年；区建英：《厳復：国民の自由を探し求めた非主流の思想家》，超景達、原田敬一、村田雄二郎、安田常雄編：《文明と伝統社会：19 世紀中葉～日清戦争》，東京：有志社，2013 年；朱琳：《梁啓超における中国史叙述：「専制」の進化と「政治」の基準（1）》，《人文学研究所報》52，2014 年 8 月；廖七一：《严译术语为何被日语译名所取代?》，《中国翻译》，2017 年第 4 期，2017 年 7 月。

论及说明，共计 38 处）组成。虽然赫胥黎的原著并未明确提及斯宾塞的姓名，但是，在《天演论》的自序（严复撰写）、译文增添部分、按语等处，斯宾塞的名字一共出现了 24 次。迄今为止，大多数研究成果从按语、赫胥黎及斯宾塞的思想、该书给中国知识界带来的影响、严复自创的译词乃至《天演论》以前的进化论思想等角度展开分析，相当重视《天演论》中斯宾塞的存在感，同时很关注严复思想的独特性。可是较少有人从严复在译文中增添、删除、变更的部分以及词语表述等出发，进而解读严复自身的政治思想。也未发现《天演论》与《斯宾塞尔劝学篇》/《群学肄言》的比较研究。

进化论式的"弱肉强食"时代必然会引发人们对近代化速度的关注。严复的政治关切主要集中在近代化的速度问题上。面对这一问题，作为进化论思想的介绍者，严复是如何吸收进化论，又是如何将该思想传播给中国人的？在进化论思想的影响下，他到底为中国设计了怎样的前进道路？若要探求这些问题的答案，就必须追溯严复吸收进化论思想的历程，也即分析其译著。因为他的译著与原著存在明显差异，所以我们可以从差异中读取到严复自身的政治思想。

本章首先要明确《天演论》与《斯宾塞尔劝学篇》的关联性，以便证明比较研究二者的合理性。然后重点关注严复在译文中的添加、删除部分，以及词语表述等，从《天演论》和《斯宾塞尔劝学篇》的翻译加工中找出共通之处，同时参考严复的时评、相关研究成果等，试图读取严复的政治思想。

第一节   同时期连载的《天演论》与
《斯宾塞尔劝学篇》

1895 年 3 月，严复在天津《直报》发表文章《原强》，开篇就介绍了达尔文与斯宾塞。严复称，达尔文著《物类宗衍》当中，"其一篇曰《争自存》"。①"其始也，种与种争，及其成群成国，则群与群争，国与国争。而弱者当为强肉，愚者当为智役焉。"②可是，达尔文并未在原文提及国际竞争，只是在生物学的范畴内讨论进化。换言之，严复读到生物进化论，随即联想到国际形势。介绍完达尔文之后，严复接着介绍起"锡彭塞"（即斯宾塞）。③在他看来，斯宾塞的著作"精深微妙，繁复奥衍"，"其持一理论一事也，必根柢物理，征引人事"。④这种立足于自然科学并对人类社会展开分析的研究方法获得严复盛赞。斯宾塞著述颇丰、包罗万象，在其众多著作当中，严复列举了《劝学篇》与《明民要论》，称两者"以卷帙之不繁而诵读者为尤众"，并选择把《劝学篇》详细介绍给中国读者，高度评价了把社会、国家类比为生物有机体的社会有机体论（social organism）。⑤

①《物类宗衍》，也即《物种起源》（1859 年）。《争自存》是该书第三章，英语标题为 Struggle for Existence，如今多被译为"生存竞争""生存斗争"。

② 严复：《原强》（1895 年 3 月 4 日—9 日），王栻主编：《严复集》第一册，北京：中华书局，1986 年，第 5 页。

③ 在《原强》里，"斯宾塞"的名字被译为"锡彭塞"。而在《天演论》里，严复则称"斯宾塞"为"斯宾塞尔"和"斯宾塞"。

④ 严复：《原强》（1895 年 3 月 4 日—9 日），王栻主编：《严复集》第一册，第 6 页。

⑤ 严复：《原强》（1895 年 3 月 4 日—9 日），王栻主编：《严复集》第一册，第 6—7 页。此处的《劝学篇》即后来严复翻译并连载的《斯宾塞尔劝学篇》。

对于达尔文和斯宾塞的学说，严复指出，"而岁月悠悠，四邻耽耽〔眈眈〕，恐未及有为，而已为印度、波兰之续；将锡彭塞之说未行，而达尔文之理先信，况乎其未必能遂然也"。① 达尔文的学说使严复联想到中国所处国际形势，让他产生了强烈的紧迫感。若要摆脱被淘汰的命运，则需采用斯宾塞的学说，但斯宾塞的学说需要很长时间的践行。是否来得及践行犹未可知，到底能不能实现也是个未知数，这正是严复的担忧之处。也就是说，该时期，严复尽管已开始重视并提倡斯宾塞的学说，但是连他自己也不确定斯宾塞之说能否在中国真正奏效。围绕理想与现实，他的心境非常矛盾，如后文所述，从其译文中也能管窥到他的这一矛盾心境。②

1897 年末，《天演论》与《斯宾塞尔劝学篇》几乎在同一时期开始连载，这一事件值得关注。《天演论》（《进化与伦理》）的作者赫胥黎是达尔文的友人。日本学者丘浅次郎高度评价道，赫胥黎是"为进化论的普及做出最大贡献的人"。③ 换言之，两部译作正处于《原强》提及的达尔文与斯宾塞学说的延长线上。

虽说如此，《进化与伦理》绝非仅是介绍生物进化论的著作。1893 年，赫胥黎在牛津大学"罗马尼斯讲座"（Romanes Lecture）

---

① 严复：《原强》（1895 年 3 月 4 日—9 日），王栻主编：《严复集》第一册，第 9 页。

② 关于斯宾塞的学说，严复在《原强修订稿》中指出，"《劝学篇》者，勉人治群学之书也。其教人也，以浚智慧、练体力、厉德行三者为之纲"，详情将在本章第二节具体介绍。严复：《原强修订稿》（1896 年 10 月以后），王栻主编：《严复集》第一册，北京：中华书局，1986 年，第 17 页。根据《原强》所附编者脚注，"一八九六年十月上海《时务报》要转载这篇文章"，严复为此对原文进行了修订，"但修改后的《原强》，《时务报》始终没有转载"。严复：《原强》（1895 年 3 月 4 日—9 日），王栻主编：《严复集》第一册，第 5 页。

③ 丘浅次郎：《進化論講話》，東京：東京開成館，1940 年，第 511 页。

上发表演讲，并准备了以《进化与伦理》（*Evolution and Ethics*）为题的小册子。① 1894 年，赫胥黎写了一篇《导论》（*Prolegomena*），将其作为《进化与伦理》的导言。② 《天演论》正是由这两个部分组成。同年，该作品与赫胥黎的其他几篇论文合订出版，书名为《进化与伦理及其他论文》。《导论》第一节介绍了生物进化论，而在其他小节中，赫胥黎把"自然状态"（state of nature）与"人为状态"（state of art，技艺状态）对立起来，并将"园艺过程"（the horticultural process）与"殖民过程"（the process of colonization）作为"人为状态"的案例。当园地的植物过于繁茂达到极限之时，园丁可以平心静气地"拔掉有缺陷的或过剩的植株"（pulls up defective and superfluous plants）；可是当殖民地人口达到极限之时，作为行政长官的人类统治者很难做到"系统根除或驱逐过剩者"（systematic extirpation, or exclusion, of the superfluous）。于是赫胥黎指出，要对抗"宇宙过程"（the cosmic process）不可能仅靠"园艺过程"，为此他引入了"伦理过程"（the ethical process）这一概念，也即"维系人类社会的纽带"逐步"增强的过程"；并在罗马尼斯讲稿部分强调，人们应进行"自我约束"，努力"帮助同伴"，"履

---

① "罗马尼斯讲座"是牛津大学一年一度的公开讲座。该讲座始于 1892 年，由生物学家乔治·约翰·罗马尼斯（George John Romanes）创办，故得名。赫胥黎是该讲座的第二位主讲人。

② 《天演论》连载版把"Prolegomena"翻译为"悬疏"，而在 1898 年 6 月的全译本中，严复将其译为"导言"，并把"罗马尼斯讲座"的演讲稿部分译为"论"。可参考，赫胥黎（Thomas Henry Huxley）：《天演论悬疏卷上》，严复译（《国闻汇编》第二册，1897 年 12 月 4 日），孔祥吉、村田雄二郎整理：《国闻报：外二种》第十册，北京：国家图书馆出版社，2013 年，第 81 页。

行个体对社会的责任","使尽可能多的人适于生存"。①

赫胥黎在书中构建了"宇宙过程"与"伦理过程"相对立的二元论;斯宾塞则采用一元论的方式,试图用进化的法则来解释一切。② 据山下重一分析,在《天演论》论十五的按语里,"对于赫胥黎试图把自然界的进化过程与人类社会的伦理过程全面切割的观点",严复概括了斯宾塞著《伦理学原理》(*Principles of Ethics*,1879—1893年)的相关内容,借此表达"强烈反对"。③

然而,与《天演论》同时期连载的并非《伦理学原理》,而是《社会学研究》(*The Study of Sociology*)的译文,即《斯宾塞尔劝学篇》。由此看来,比起详细地比较分析进化与伦理的关系,严复对《社会学研究》中论述的社会有机体论及社会进化论本身更感兴趣。该书主要内容如下。人们应该把社会科学视为科学并加以重视,要想顺利发展社会科学,则需克服客观及主观上的障碍,去除偏见,重新学习其他领域的基础知识等。不过需要指出的是,在《社会学研究》里,"社会学"(sociology)和"社会科学"(social science)混用,该书其实围绕"社会科学"展开论述。④

由于《国闻汇编》1898 年 2 月停刊,《斯宾塞尔劝学篇》仅连

---

① "自然状态""人为状态""园艺过程""殖民过程"等译词均引自以下译书。赫胥黎:《进化论与伦理学(全译本)》,宋启林等译,北京:北京大学出版社,2010 年。
② 参见,山下重一:《厳復訳 『天演論』(1898 年)の一考察(上)》,《国学院法学》38(3),2000 年 12 月,第 154—157 页。
③ 参见,山下重一:《厳復訳 『天演論』(1898 年)の一考察(下)》,《国学院法学》38(4),2001 年 3 月,第 152—153 页。
④ 参见,郭道平:《 "群学"与"道统":严复和张之洞的思想交锋——从两种〈劝学篇〉说起》,第 49 页。

载完原著《社会学研究》的第一章。这一章主要是为了证明开展社会科学研究的必要性。[①]并且，《国闻汇编》上的《天演论》连载版，以及 1898 年 6 月出版的湖北慎始基斋本《天演论》全译本都是戊戌政变（1898 年 9 月 21 日）之前的译本。与之相比，《社会学研究》的全译本《群学肄言》则是在戊戌政变之后的 1903 年出版。经年以后，《群学肄言》的第一章和《斯宾塞尔劝学篇》在语句措辞方面已呈现出明显差异。此外，戊戌政变以后清政府对出版物的审查变严，比如《天演论》的《译例言》曾提及维新派代表梁启超，而在 1898 年 12 月的"侯官嗜奇精舍本石印"版中，梁启超的名字却被删除。[②]考虑到这一点，探察戊戌政变以前严复的同时期译作《天演论》和《斯宾塞尔劝学篇》的关联性，想必有助于进一步分析严复在戊戌政变前后的思想变化过程。

第二节　理想的政治模型

一、对英国的憧憬

在《进化与伦理》的《导论》Ⅴ、Ⅵ、Ⅶ、Ⅷ中，常能看到关于

[①]《社会学研究》第一章的标题是"OUR NEED OF IT"。严复在《斯宾塞尔劝学篇》里把该章标题翻译为"论群学不可缓"。也就是说，"斯宾塞尔劝学篇"是《社会学研究》全书的书名中译，"论群学不可缓"是《社会学研究》第一章标题的中译。黄克武称，"严复以'劝学篇'为名，翻译了斯宾塞《社会学研究》（*The Study of Sociology*）的第 1 章《我们对它的需要》"。该表述易引发读者误解。黄克武：《晚清社会学的翻译——以严复与章炳麟的译作为例》，孙江、刘建辉主编：《亚洲概念史研究》第 1 卷，北京：商务印书馆，2018 年，第 22 页。

[②] 孙应祥指出，"'译例言'中删去'新会梁任父'五字"。参见，孙应祥：《严复年谱》，福州：福建人民出版社，2003 年，第 133—134 页。

殖民地建设的描述。从字里行间看不出赫胥黎对帝国主义扩张及殖民地存在本身的疑问。赫胥黎把殖民者称为"文明人",把原住民称为"野蛮人","如果他们(此处指殖民者,colonists)懒散愚笨、漫不经心,或者把精力浪费在内耗上,那么原有的自然状态就很有可能重占上风,迁徙来的文明人(the immigrant civilized man),会被野蛮的土著人(the native savage)所消灭"。① 在他看来,殖民者与原住民是敌对关系,殖民地建设其实是在向蛮荒之地播撒"文明"。也正因此,顺利建设而成的殖民地被赫胥黎比作"一个人间天堂"(an earthly paradise)、"一个真正的伊甸园"(a true garden of Eden)。②

赫胥黎的原文理所当然地肯定了英国的殖民地建设,没有表现出丝毫疑问。与之相比,严复则在《天演论》译文里为殖民地建设提供了理由(例 2-1)。③

例 2-1:原文(《进化与伦理》): The process of colonization presents analogies to the formation of a garden which are highly

① 赫胥黎:《进化论与伦理学(全译本)》,宋启林等译,第 8 页。Thomas H. Huxley, *Evolution & Ethics and Other Essays*, p. 17. 原文:"if they are slothful, stupid, and careless; or if they waste their energies in contests with one another ... The native savage will destroy the immigrant civilized man ..."

② 原文:"Thus the administrator might look to the establishment of an earthly paradise, a true garden of Eden." 赫胥黎:《进化论与伦理学(全译本)》,宋启林等译,第 9 页;Thomas H. Huxley, *Evolution & Ethics and Other Essays*, p. 19。

③ 本章所引赫胥黎著《进化与伦理》均参见,Thomas H. Huxley, *Evolution & Ethics and Other Essays*, London:Macmillan, 1894。《进化与伦理》的中译(原文意思)均参见,赫胥黎:《进化论与伦理学(全译本)》,宋启林等译,北京:北京大学出版社,2010 年。本章所引《天演论》中的语句均参见,赫胥黎(Thomas Henry Huxley):《天演论》(1898 年),严复译,王栻主编:《严复集》第五册,北京:中华书局,1986 年。

instructive. Suppose a shipload of <u>English colonists</u> sent to <u>form a settlement</u>, in such a country as Tasmania was in the middle of the last century. (p. 16)

原文意思： 殖民过程与园地的形成过程非常相似，这是发人深省的。我们假定，英国殖民者乘船前往塔斯马尼亚去开拓殖民地，是在上世纪中叶。（第8页）

译文（《天演论》）： 天演之说，若更以垦荒之事喻之，其理将愈明而易见。今设英伦有数十百民，以本国人满，谋生之艰，发愿前往新地开垦。满载一舟，到澳洲南岛达斯马尼亚所。（导言七·善败，第1337页）①

【注：本章所有例文当中，直线表示需要注意的部分，波浪线表示严复自行增添的部分。】

如例2-1所示，严复在《天演论》导言七里把"the process of colonization"（殖民过程）译为"垦荒之事"，把"form a settlement"（开拓殖民地）译为"前往新地开垦"，把"colonists"（殖民者）译为"民"。并且，由于严复在译文中增加了"以本国人满，谋生之艰"之句，英国的殖民地开拓与建设成为英国人民为谋生存不得不做出的选择，如此一来，以文明之名开展殖民地建设的行为在严复的译笔下得以正当化。对此，区建英指出，"严复把改译作为无言的抵

---

① 根据黄克武的考察，"天演"是英语 evolution 的译词，"对严复来说，'天演'二字同时包括宇宙与人事的变化，也同时包括进步与退步，在英文中可以包括'evolution'、'cosmic process'等词"。参见，黄克武：《何谓天演? 严复"天演之学"的内涵与意义》，《台湾"中央研究院"近代史研究所集刊》第85期，2014年9月，第152、155—156、159页。

抗",故而删除了与殖民有关的语句。① 可是,用"垦荒之事""前往新地开垦"等代指"殖民过程""开拓殖民地"的手法仅限于《天演论》,严复同时期的文章并未出现如此"含蓄"的表达。举例而言,《拟上皇帝书》(1898 年 1—2 月) 中有如下语句:"盖英之海权最大,而商利独闳。其属地大者有五,印度、南澳洲与北美之康纳达、非洲之好望角……"② 在这句话里,"属地"被用于表示殖民地。此外,严复曾在《原强修订稿》(1896 年 10 月以后) 写道:中国之法"颓堕朽蠹",一旦与西洋发生"物竞"则"无以自存","第使彼常为君而我常为臣,彼常为雄而我常为雌,我耕而彼食其实,我劳而彼享其休,以战则我常居先,出令则我常居后,彼且以我为天之僇民,谓是种也固不足以自由而自治也。于是加束缚驰骤,奴使而虏用之"。③ 从上述语句可以看出,严复不可能不知道殖民地的实情。因此,与其说严复是在《天演论》里进行"无言的抵抗",不如说他是有意识地隐藏殖民地的阴暗面。

另一方面,在《天演论》导言三的按语里,严复指出:"墨、澳二洲,其中土人日益萧瑟,此岂必虑刘腴削之而后然哉! 资生之物所加多者有限,有术者既多取之而丰,无具者自少取焉而啬;丰者近昌,啬者邻灭。"④ 在他看来,"土人"(原住民) 濒临灭绝的根本原因不是被杀戮,而是因为他们自己不懂得谋生之道。对此,冯友兰批

---

① 区建英:《自由と国民 : 厳復の模索》,東京 : 東京大学出版会,2009 年,第 136 页。

② 严复:《拟上皇帝书》(1898 年 1 月 27 日—2 月 4 日),王栻主编:《严复集》第一册,北京:中华书局,1986 年,第 69 页。

③ 严复:《原强修订稿》(1896 年 10 月以后),王栻主编:《严复集》第一册,第 23 页。

④ 赫胥黎(Thomas Henry Huxley):《天演论》(1898 年),严复译,王栻主编:《严复集》第五册,第 1331 页。

评道："严复介绍了赫胥黎的这些思想，于不自觉中也承认了帝国主义侵略殖民地，不但在事实上是不可避免的，而且在道义上也是应该的。这就是为帝国主义张目，为帝国主义宣传。"[1] 如果只看《天演论》的译文和按语，确实容易产生这样的印象，然而事实上，严复在同时期的文章中明确表示反对殖民和侵略活动。19 世纪 90 年代末，经历了甲午中日战争的溃败，中国的形势岌岌可危。1897 年 11 月，德国强占胶州湾。当严复得知英国《泰晤士报》对德国的强权行径表示赞同时，于同月 24 日，愤而在《国闻报》发表文章《驳英〈太晤士报〉论德据胶澳事》，开篇就慨叹道："夫所谓开化之民，开化之国，必其有权而不以侮人，有力而不以夺人。"[2]

《天演论》导言三的连载日期为 1898 年 1 月 7 日，导言七的连载日期为同年 2 月 15 日，也即《驳英〈太晤士报〉论德据胶澳事》发表后不到 3 个月的时间。[3]《天演论》和严复同时期文章的政治立场看似矛盾，但是，若要说严复一面反对以中国为对象的殖民地侵略，一面试图把和中国无关的殖民地侵略正当化，则有些牵强。

---

[1] 冯友兰：《从赫胥黎到严复》，商务印书馆编辑部编：《论严复与严译名著》，北京：商务印书馆，1982 年，第 96 页。

[2] 严复：《驳英〈太晤士报〉论德据胶澳事》（1897 年 11 月 24 日），王栻主编：《严复集》第一册，北京：中华书局，1986 年，第 55 页。

[3] 参见，赫胥黎（Thomas Henry Huxley）：《悬疏三》（《国闻汇编》第四册，1898 年 1 月 7 日），严复译，孔祥吉、村田雄二郎整理：《国闻报：外二种》第十册，北京：国家图书馆出版社，2013 年，第 219 页；赫胥黎（Thomas Henry Huxley）：《天演论悬疏七》（《国闻汇编》第六册，1898 年 2 月 15 日），严复译，孔祥吉、村田雄二郎整理：《国闻报：外二种》第十册，北京：国家图书馆出版社，2013 年，第 333 页。如下所示，《天演论》连载版与《天演论》湖北慎始基斋本的字句虽然略有不同，但是严复所表达的意思没有出现明显变动。"墨、澳二洲，其中土人日益萧瑟，此岂必虔刘腠削之而后然哉！资生之物所加多者有限，得道者既多取之而丰，无术者自少取焉而啬；丰者近昌，啬者邻灭。"（《悬疏三》按语）

既然他是基于正义的信念来批判殖民地侵略，那么，无论和中国是否有关，按理说他都应该坚决反对殖民地侵略这一行为。如此看来，严复之所以在按语里对原住民被杀害的事实进行模糊处理，是因为他想强调"弱肉强食"的弱字。这一逻辑同样被用于描述中国的境遇。中国为何如此"积弱"？1898 年，严复在《拟上皇帝书》中分析称，"臣惟中国之积弱，至于今为已极矣。此其所以然之故，由于内治者十之七，由于外患者十之三耳"。① 也就是说，严复想要强调，因为自身柔弱，才会被强者吞食，一个国家积弱的根本原因不在外界，而在自己。

在《天演论》导言七的按语中，严复指出，"由来垦荒之利不利，最觇民种之高下"。② 如前文所述，既然严复认为殖民地侵略有违正义，那么按理说他不可能拥护西方的殖民行径，他的这一言论其实是为了强调帝国主义国家的威胁性。当时的英国拥有全世界最广袤的殖民地，并从中攫取了巨大的利益。在严复看来，掌握世界霸权的英国是成功者，这个国家的"民种"处于相当高的水准。换言之，严复在《天演论》里不想讨论殖民对错，他想要探讨、想要向读者倾诉的是滋生了优秀"民种"的英国政治的特质。为此，他不惜模糊殖民活动及殖民地的相关表述，以期弱化其负面印象。

与之相似，《斯宾塞尔劝学篇》也出现了弱化英国社会消极面的译例。在原著《社会学研究》中，主张自由放任主义的斯宾塞批

---

① 严复：《拟上皇帝书》（1898 年 1 月 27 日—2 月 4 日），王栻主编：《严复集》第一册，第 61—62 页。

② 赫胥黎（Thomas Henry Huxley）：《天演论》（1898 年），严复译，王栻主编：《严复集》第五册，第 1337 页。

评道，明明政府存在诸多问题，有些国民仍然期待着政府对各类事项进行干预。对于斯宾塞笔下英国政府各部门的具体问题，严复在译文中进行了弱化处理（例2－2）。① 这或许是因为英国政治缺陷等相关负面描述不利于严复阐释自己的政治思想。

　　例2－2: 原文（《社会学研究》）: . . . chaos at the Admiralty, or cross-purposes in the dockyards, or wretched army-organization, or diplomatic bungling that endangers peace, or frustration of justice by technicalities and costs and delays . . . (p. 3)

　　原文意思：……海军部大楼乱哄哄的，海军船坞里指令混乱，军队编制糟糕，外交失误威胁到和平，技术性细节、诉讼费用及拖延造成司法受阻。……（第3页）

　　译文（《斯宾塞尔劝学篇》）：……国家现办之政，如海部，如船厂，如军政，如刑狱，如邦交，百司纷纭，日滋纰谬。……（《国闻汇编》第一册，第13页）

---

① 本章所引斯宾塞《社会学研究》均参见，Herbert Spencer, *The Study of Sociology*, London: Henry S. King & Co., 1873。本章所引《社会学研究》的中译（现代文）为如下版本，笔者对部分字句有所改动。赫伯特·斯宾塞（Herbert Spencer）:《社会学研究》，张宏晖、胡江波译，北京：华夏出版社，2001 年。本章所引严复译《斯宾塞尔劝学篇》均参见，斯宾塞尔（Herbert Spencer）:《斯宾塞尔劝学篇》，严复译（《国闻汇编》第一、三、四册，1897 年 11 月 24 日，12 月 28 日，1898 年 1 月 7 日），孔祥吉、村田雄二郎整理：《国闻报：外二种》第十册，北京：国家图书馆出版社，2013 年，第 11—23 页，第 139—148 页，第 205—209 页。《国闻汇编》上的《斯宾塞尔劝学篇》原文没有标点符号，所以笔者采用了《严复全集》上《斯宾塞尔劝学篇》的标点标注方式。参见，斯宾塞尔：《斯宾塞尔劝学篇》，严复译，汪征鲁、方宝川、马勇主编：《严复全集》第 5 卷，黄国盛、庄明水、方宝川点校，第 490—505 页。

在例 2-2 里，斯宾塞——罗列英国政治的各种问题，而严复则在译文中一言以蔽之，起到了弱化原文负面信息的效果。例 2-3 则更加明显地揭示出严复的这一倾向。

例 2-3：原文（《社会学研究》）：Over his pipe in the village ale-house, the labourer says very positively what Parliament should do about the "foot and mouth disease". At the farmer's market-table, his master makes the glasses jingle as, with his fist, he emphasizes the assertion that he did not get half enough compensation for his slaughtered beasts during the cattle-plague.（p. 1）

原文意思：在乡村的麦芽酒店里，一个劳工叼着烟斗，很自信地说议会该如何做以对付"口蹄疫"。而他的雇主，在农村集市的桌子旁，一边把玻璃器皿弄得叮当作响，一边握着拳头，断定他得到的补偿，根本抵不上发牛瘟时因宰杀牲畜而蒙受的损失。（第 1 页）

译文（《斯宾塞尔劝学篇》）：田事告隙，口烟卷，手酒卮，箕坐山村酒肆间，三四佃佣高睨大谈。说牛疫盛行，议院宜有补救之术。农头奋髯抵几，杯棬铿然，与相应骂；今岁屠牛，利入不及往年之半。（《国闻汇编》第一册，第 11 页）

如例 2-3 所示，斯宾塞在《社会学研究》中描述了"劳工"（the labourer）在"乡村的麦芽酒店"（the village ale-house）聊天，"雇主"（master）在"农村集市的桌子"（the farmer's market-table）

旁聊天的场景。雇员与雇主各自在不同的场所饮酒，这一场景描写相当写实，反映了英国社会的阶级差异。另一方面，严复却在《斯宾塞尔劝学篇》中对饮酒场所的差异进行了模糊处理，让读者误以为"佃佣"与"农头"在同一家"山村酒肆"谈天说地。一般情况下，译者刚开始翻译一本书时往往非常仔细，翻译的字数多了才有可能懈怠起来。这段话位于全书第一章第一段开头，考虑到严复的英语水平，他不可能刚开始翻译就出现误译。因此，严复或许是有意为之，其目的在于模糊英国的阶级差异，向中国读者展示英国"佃佣"与"农头"在同一家"山村酒肆"平等对话的场景。

总而言之，《天演论》和《斯宾塞尔劝学篇》的译文都有意识地回避或弱化英国的相关负面描写。

二、民力、民智、民德

《进化与伦理》未曾讨论英国是如何实现高度的文明进步的，只是略微提及英国的殖民地建设。尽管如此，严复对殖民地建设的相关语句进行加工，借赫胥黎之口阐述了严复自己的政治思想。例如，赫胥黎在原著中指出，"行政长官"（the administrator）要想达成目的就必须利用"移民的勇气、勤勉和集体智慧"（the courage, industry, and co-operative intelligence of the settlers），而严复则把"移民的勇气、勤勉和集体智慧"译为"民力、民智、民德"（例2-4）。

例2-4: 原文（《进化与伦理》）: With every step of this progress in civilization, the colonists would become more and more independent of the state of nature; more and more, their lives would be conditioned by a state of art. In order to attain his ends, the administrator would have to avail himself of the courage, industry, and co-operative intelligence of the settlers . . . (p. 19)

原文意思：文明的步伐每向前迈进一步，殖民者的生活受自然状态的影响便减少一分，而受人为状态的影响就增加一分。为了达到目的，行政长官就必须利用移民的勇气、勤勉和集体智慧。（第 9 页）

译文（《天演论》）：凡如是之张设，皆以民力之有所屈，而为致其宜，务使民之待于天者，日以益寡；而于人自足恃者，日以益多。且圣人知治人之人，固赋于治于人者也。凶狡之民，不得廉公之吏；偷懦之众，不兴神武之君。故欲郅治之隆，必于民力、民智、民德三者之中，求其本也。故又为之学校庠序焉。学校庠序之制善，而后智仁勇之民兴。（导言八·乌托邦，第 1339 页）

关于严复自行添加的部分（波浪线部分），后文将展开具体分析。此处先考察画直线的部分，其中有两点需要讨论。

第一，严复用"民"来替换"殖民者"（the colonists）、"移民"（the settlers）。一方面可以把殖民地等表述所引发的负面印象弱化，另一方面，他是在有目的地进行替换。也就是说，严复关注的是统治者如何治理人民。第二，如山下重一所述，严复把富强的关键词"民力、民智、民德"融入译文。[1] 早在《天演论》连载之

---

[1] 山下重一：《厳復訳 『天演論』（1898 年）の一考察（上）》，第 178 页。

前，严复就在文章《原强》（1895 年 3 月）里宣传"民力、民智、民德"的相关主张，① 其后，他又在《原强修订稿》（1896 年 10 月以后）里将"民力、民智、民德"的含义具体化。他认为，"民种之高下"主要通过三个要素来判断，即民力、民智、民德。②

不仅是《天演论》，《斯宾塞尔劝学篇》的译文同样出现了原著中没有的"智德力""民智""民力"等词汇（例 2－5、例2－6）。

　　例 2－5：原文（《社会学研究》）：But，nevertheless，their projects imply an unexpressed belief in some store of force that is not measured by taxes. When there arises the question —— Why does not Government do this for us？there is not the accompanying thought —— Why does not Government put its hands in our pockets，and，with the proceeds，pay officials to do this，instead of leaving us to do it ourselves；but the accompanying thought is —— Why does not Government，out of its inexhaustible resources，yield us this benefit？（pp. 5－6）

　　原文意思：然而，他们的提议暗示他们相信国家有某种不以税收来调节的潜在力量。问题出现时——政府为什么不替我做这件事？他们想的不是：政府为什么让我们自己做，为什么不找我们要钱，以雇用官员去做？想的却是：政府资源无穷无尽，为什么不给我们做这件好事？（第 5 页）

---

① 严复：《原强》（1895 年 3 月 4 日—9 日），王栻主编：《严复集》第一册，第 14 页。
② 严复：《原强修订稿》（1896 年 10 月以后），王栻主编：《严复集》第一册，第 18 页。

译文（《斯宾塞尔劝学篇》）：独至于论事之顷，则若国家随事可举，无待租税庸调而能为者，则又何也？彼见一事宜兴，则嗔目语难曰："奈何不为是以福我？"及见征调烦重，官吏冗杂，则又蹙额相告曰："奈何竟为是以苦我？"噫！我知之矣，彼固谓国家者，无所不能，而无待于民力民智也。（《国闻汇编》第一册，第 15 页）

如例 2－5 所示，斯宾塞在原著中批评道，一些人不了解因果关系，不论何事都想要政府发挥作用，自己却不愿付出任何代价。严复没有进行直译，而是在概括原文内容的基础上添加了自己的观点，强调提高"民力民智"的必要性。

例 2－6：原文（《社会学研究》）：Nay more，the study of Sociology，scientifically carried on by tracing back proximate causes to remote ones，and tracing down primary effects to secondary and tertiary effects which multiply as they diffuse，will dissipate the current illusion that social evils admit of radical cures. Given an average defect of nature among the units of a society，and no skillful manipulation of them will prevent that defect from producing its equivalent of bad results. It is possible to change the form of these bad results；It is possible to change the places at which they are manifested；but it is not possible to get rid of them. (pp. 21－22)

原文意思：不仅如此，社会学研究从直接原因追溯到间接原因，从第一后果探究到随着扩散而增加的第二、第三后果，会消除<u>社会弊病是可以根治的普遍错觉。社会基本组成中普遍具有天</u><u>性上的缺陷，熟练控制这些组成也无法防止那个缺陷产生相应的</u><u>不良后果。改变这些后果的形式是可能的，改变这些后果显现的</u><u>场所也是可能的，但消除这些后果是不可能的。</u>（第 17 页）

　　译文（《斯宾塞尔劝学篇》）：而无俟深求者，不知群学之事，考察益密，则措手益觉其难。由近因而及远因，自近果而及远果，止须至二三层，其繁便不可胜计。乃知群中秕政弊俗，拯之至难。<u>盖秕弊二者，皆群形之见端，使为群质点之众</u><u>民，其智德力三者卑，卑则虽有至美至良之政术，皆将无补于</u><u>治。</u>（《国闻汇编》第四册，第 207 页）

　　此外，如例 2－6 所示，有些人简单地作出形势判断，并试图据此根治"社会弊病"（social evils）。对此，斯宾塞在原著中表示批判，而严复则在译文中巧妙添加自己的观点，突出"众民""智德力"的重要性。

　　也就是说，《天演论》和《斯宾塞尔劝学篇》的译文都导入了原文中没有的"民力""民智""民德"概念，这表明严复相当重视"民种"的水平。

　　那么，严复重视民力、民智、民德的契机到底何在？在《原强修订稿》（1896 年 10 月以后）里，严复称，"《劝学篇》者，勉人治群学之书也。其教人也，以浚智慧、练体力、厉德行三者为之纲"。[①] 如前文所述，此处的《劝学篇》是指《社会学研究》全书。

[①] 严复：《原强修订稿》（1896 年 10 月以后），王栻主编：《严复集》第一册，第 17 页。

《社会学研究》第五章曾就婚姻关系论述道，"身体及智力状况最出色的人——身体强壮、思维敏捷而且思想稳健的人"（The best, physically and mentally — the strong, the intellectually capable, the morally well-balanced）更容易取得成功，获得更多的收入，并且对女性而言，"体力、情感及智力水平高的男子"（men of power — physical, emotional, intellectual）更具魅力。① 再者，该书第八章指出，在"社会与社会之间的竞争"（a competition of societies）中，"身体、感情、智力最优越的人"（the best, physically, emotionally, and intellectually）最能扩张势力，与此相对，无能之人则难以留下子孙后代，渐渐走向灭亡。② 尽管《社会学研究》采用的表述并不统一，有时用"morally"，有时用"emotionally"等词汇，但是可以看出，斯宾塞从三个方面评估人类的素质，即，不论是个人生活还是集团竞争，体力、智力、道德/感情优秀的人更容易取得成功。或许正是由于受到斯宾塞的启发，严复才对民力、民智、民德产生关注。

黄克武注意到了例 2-4 的译文，他认为，严复"采用斯宾塞 *Education: Intellectual, Moral and Physical*（严复在《原强》中译为《明民论》）一书中所说的民德、民智、民力，以及以学校来培养上述三项品质，来发挥赫胥黎的想法"。③ 然而，严复在 1895 年 3 月发表的《原强》里详细介绍了《劝学篇》（*The Study of Sociology*,

---

① Herbert Spencer, *The Study of Sociology*, pp. 93 - 95. 赫伯特·斯宾塞（Herbert Spencer）：《社会学研究》，张宏晖、胡江波译，第 77—78 页。
② Herbert Spencer, *The Study of Sociology*, p. 199.
③ 黄克武：《何谓天演？严复"天演之学"的内涵与意义》，第 151 页。

1873 年）的内容，《明民要论》在文章中仅出现过一次，且仅止于提及书名。① 在《原强修订稿》中，《明民要论》这一书名被改为《明民论》，相关介绍同样极为简单，《劝学篇》则得到详细阐释。② 并且，据严复所言，"不佞读此在光绪七八之交，辄叹得未曾有，生平好为独往偏至之论，及此始悟其非。窃以为其书实兼《大学》《中庸》精义。而出之以翔实，以格致诚正为治平根本矣"。③ 也就是说，严复早在 1881 年、1882 年就阅读了 1873 年的《社会学研究》，并大受震撼，而《明民论》出版于 1891 年。再参考严复对两书的重视程度差异，相比《明民论》，严复受《劝学篇》影响的程度或许更大。

严复对"民"的关注是以斯宾塞的社会有机体论为基础，从《社会学研究》里常能看到社会有机体论的相关主张。例如，该书第十四章指出，"社会整体的成长、结构、功能等现象……与人类的成长、结构、功能类似"，④ 并且，社会的进化与生物的进化相似，都是从低级走向高级，其组织结构逐步复杂化。另外，《社会学研究》第三章称，社会整体的特征由构成社会的"单位"（the units）的特征决定。⑤ 斯宾塞把社会类比为生物有机体，用进化论来解释社会。毫无疑问，严复赞同社会有机体论，他在《原强》

① 严复：《原强》（1895 年 3 月 4 日—9 日），王栻主编：《严复集》第一册，第 6 页。

② 严复：《原强修订稿》（1896 年 10 月以后），王栻主编：《严复集》第一册，第 17 页。

③ 斯宾塞：《群学肄言》，严复译，北京：商务印书馆，1981 年，译余赘语，第 xi 页。

④ Herbert Spencer, *The Study of Sociology*, p. 330. 原文："... a society as a whole ... presents phenomena of growth, structure, and function, like those of growth, structure, and function in an individual body ... "

⑤ Herbert Spencer, *The Study of Sociology*, pp. 48 – 59.

（1895 年 3 月）中强调，"夫一国犹一身也"。[1] 由此可以推知，正是由于他接受了社会有机体论，才对"民"多有关注。不过，斯宾塞笔下的"个体/个人"（individual）是构成社会的各个人，[2] 严复笔下的"民"是作为被统治者的整体，只有"民"则无法构成整个社会。换言之，严复理解的社会有机体论与斯宾塞的理论存在一定的差异，这点需要注意。

　　为了强调"民种"的重要性，严复在《天演论》译文中添加如下语句："凶狡之民，不得廉公之吏；偷懦之众，不兴神武之君。"（例 2－4）该观点可能同样受到斯宾塞的影响。在《社会学研究》第十六章，斯宾塞认为，一味责备统治阶级却不责备"被统治阶级"（the classes regulated），这种观点是错误的，"掌权者的不正当行为与被统治者的不正当行为有关"。[3] 既然如此，持此观点的斯宾塞必然对法国大革命持否定态度，他在《社会学研究》第六章写道："在三代人的岁月里，法国一次又一次地向世界证明，即，通过革命进行的任何重新调整不可能从本质上改变社会结构的类型。"[4] 那么，斯宾塞反对的"革命"（revolution）到底是什么？他在《社会学研究》第七章指出，当人们对"统治者"（ruler）的

---

[1] 严复：《原强》（1895 年 3 月 4 日—9 日），王栻主编：《严复集》第一册，第 7 页。

[2] 参见，Herbert Spencer, *The Study of Sociology*, p. 51。原文："Conspicuous, however, as this possession of certain fundamental qualities by all individuals, there is no adequate recognition of the truth that from these individual qualities must result certain qualities in an assemblage of individuals ..." 另外，可参见本书第四章例 4－2。

[3] Herbert Spencer, *The Study of Sociology*, p. 398. 原文："misconduct among those in power is the correlative of misconduct among those over whom they exercise power."

[4] Herbert Spencer, *The Study of Sociology*, p. 121.

"从属情绪"（the sentiment of subordination）衰弱时，如果"人们"（men）无法相应地获得"自制"（self-control）能力，恐怕会引起"社会的崩坏"（social dissolution），法国就是一例。[1] 也就是说，在斯宾塞看来，倘若构成社会的"单位"（the units）的素质没有得到提高，纵使通过武力打倒支配者的统治，也只会给社会带来危害。因此，斯宾塞反对此种"革命"，认为社会应该是渐进的。他指出，"为了维持平衡，伴随着一个给定的人类性格特征，必须有一组适应了的制度以及和这些制度和谐共处的一套思想和感情"，"为了社会生活继续下去，只要新的东西尚未准备好，旧的就必须继续存在，这种永恒的妥协是正常发展的必不可少的伴随物"。[2]

关于中国的现状，严复称，"今夫民智已下矣，民德已衰矣，民力已困矣"，他把这三个元素视为根本上必须解决的课题，同时指出，要实现民力、民智、民德的提高，需要"数十百年"。[3] 在斯宾塞思想的影响下，严复同样认为应采取渐进的方式对中国进行改革。[4] 毕竟，严复从少年时代就开始接触英语和英国人，青年时代就前往英国留学（1877—1879 年）。当时的维多利亚王朝

---

[1] Herbert Spencer, *The Study of Sociology*, pp. 174 – 175.

[2] 赫伯特·斯宾塞（Herbert Spencer）:《社会学研究》，张宏晖、胡江波译，第357—358 页。参见，Herbert Spencer, *The Study of Sociology*, pp. 395 – 396。

[3] 严复:《原强》（1895 年 3 月 4 日—9 日），王栻主编:《严复集》第一册，第 9、13、14 页。

[4] 手代木有儿、史华兹、王中江等学者都认为严复主张渐进式改革。参见，手代木有儿:《嚴復 『天演論』 におけるスペンサーとハックスリーの受容——中国近代における 「天」 の思想》，《集刊東洋学》58，1987 年 11 月，第 69 页;本杰明·史华兹:《寻求富强:严复与西方》，叶凤美译，南京:江苏人民出版社，2010 年，第 45 页;王中江:《进化主义在中国的兴起:一个新的全能式世界观（增补版）》，北京:中国人民大学出版社，2010 年，第 84 页。

（1837—1901 年）正处于全盛期，毫无疑问，它给严复带来了压倒性的影响力。或许正是源自上述种种人生经历，他才为渐进的社会进化所倾倒，将英国这种渐进的近代化视为理想的政治模型。

三、合群与自治

严复在《天演论》导言七的按语中如下描述英国人的国民性："此不仅习海擅商，狡黠坚毅为之也，亦其民能自制治，知合群之道胜耳。"① 既然严复认为社会有机体由"民"构成，那么理所当然的，他会认为富强源自"民种"的高水平和"合群"之力。②

在《天演论》里，"合群"是"sociability"（好交际、合群）的译词。根据《进化与伦理》的语境，"合群"（sociability）是"人们"（man）携手合作，在整个"野蛮状态/未开化的状态"（the savage state）下取得成功一个重要因素。③ 换言之，在原著中，"合群"是一种人类特性，该特性能让人们为克服危机而展开必要的协

---

① 赫胥黎（Thomas Henry Huxley）：《天演论》（1898 年），严复译，王栻主编：《严复集》第五册，第 1338 页。
② 章清指出，"'合群'构成晚清读书人论说的重心"，是清季民国时期"思想界"形成的"主要推力"，"对'合群'的思考推动对'国家'与'社会'的新认知"。章清：《清季民国时期的"思想界"》，北京：社会科学文献出版社，2021 年，第 36—47 页。
③ 参见，Thomas H. Huxley, *Evolution & Ethics and Other Essays*, p. 51。下文中的"sociability"被译为"合群"。原文："For his successful progress, throughout the savage state, man has been largely indebted to those qualities which he shares with the ape and the tiger; his exceptional physical organization; his cunning, his sociability, his curiosity, and his imitativeness …"《天演论》的译文："是故浑荒之民，合狙与虎之德而兼之，形便机诈，好事效尤，附之以合群之材……"（论二·忧患，第 1363 页）

调合作。严复无疑联想到近代中国所面临的危机，要克服危机就需要人们的协调合作，而要提高社会的凝聚力，就需要爱国心。综观严复在戊戌政变以前发表的文章，如《辟韩》（1895 年 3 月）、《原强修订稿》（1896 年 10 月以后）、《论胶州章镇高元让地事》（1897 年 11 月）、《拟上皇帝书》（1898 年 1 月—2 月）、《有如三保》（1898 年 6 月）、《保教余义》（1898 年 6 月）等，可以看出，他一方面时常批评中国人缺乏爱国心，另一方面高度赞扬西方人的爱国心。他认为，西方人强烈的爱国热情与民主制有关，正因为民主制的存在，国家的利益等同于人民的利益，为国家而战相当于为自己而战。[①] 也就是说，在严复看来，近代西方的爱国心与民主制是一体的。

　　"自治"作为民主制的基础，同样是严复常常提及的关键词。举例而言，严复在《原强修订稿》（1896 年 10 月以后）强调"自治"的重要性，称："夫所谓富强云者，质而言之，不外利民云尔。然政欲利民，必自民各能自利始；民各能自利，又必自皆得自由始；欲听其皆得自由，尤必自其各能自治始……"[②] 简而言之，人民的自治能力是实现富强的基本前提之一。并且，严复在《辟韩》（1895 年 3 月）中指出，民之"才、德、力"提高，则能产生自治

① 关于民主制与爱国的关系，参见，严复：《辟韩》（1895 年 3 月 13 日—14 日），王栻主编：《严复集》第一册，北京：中华书局，1986 年，第 36 页；严复：《原强修订稿》（1896 年 10 月以后），王栻主编：《严复集》第一册，第 31 页；严复：《拟上皇帝书》（1898 年 1 月 27 日—2 月 4 日），王栻主编：《严复集》第一册，第 73 页。

② 严复：《原强修订稿》（1896 年 10 月以后），王栻主编：《严复集》第一册，第 27 页。

能力，人民就有可能获得自由。① 在此逻辑下，"民种"水平的提高成为最根本的课题，只要"民种"水平提高，自治能力、自由、民主、爱国心就能随之产生，国家的富强也能随之实现。这就是严复认知到的英国模式的具体特征。

在《社会学研究》里，斯宾塞明确主张自由放任主义。他反对国家的统制与干涉，提倡国民自由地追求个人的利益。② 该主张与他的社会有机体论有关。在斯宾塞看来，既然每个器官都有自己的职能，不能做职能以外的事情，那么，"在政府承担额外的职能时，就要危及它原来职能的履行"。③ 19 世纪下半叶，英国已步入帝国主义阶段，与斯宾塞的主张日渐背离。毕竟，斯宾塞定义的"产业型社会"是以走上帝国主义道路之前的英国社会为典型，即，近代的商业社会。④ 在斯宾塞看来，文明国家如果继续好战，只会带来更多的祸患。⑤ 那么，严复眼中的英国形象到底是斯宾塞定义的产业型社会？还是严复亲眼观察到的帝国主义英国社会？如史华兹所言，恐怕连严复自己都无法明确区分二者。"斯宾塞和维多利亚的

---

① 严复：《辟韩》（1895 年 3 月 13 日—14 日），王栻主编：《严复集》第一册，第 35 页。《辟韩》（1895 年 3 月 13 日—14 日）与《原强》（1895 年 3 月 4 日—9 日）都发表于 1895 年 3 月，严复先在《原强》里采用了"民智""民德""民气"，以及"民智、民力、民德"等并列式的表述，然后在《辟韩》里采用了"才、德、力"这一表述。这表明在 1895 年，严复已开始从三个方面来评价"民"，但还没有形成固定的用语。

② 参见，Herbert Spencer, *The Study of Sociology*, pp. 168 – 170, pp. 347 – 354。

③ 赫伯特·斯宾塞：《社会静力学》，北京：商务印书馆，1996 年，第 119—120 页，第 133 页。

④ 关于"产业型社会"，参见本书第四章。

⑤ Herbert Spencer, *Political Institutions: Being Part V of The Principles of Sociology*, New York：D. Appleton and Company, 1882, p. 665.

英国通过严复对富强的关注被反映出来时，不知怎的竟混合成和谐的整体了。"① 虽说他把产业型社会的英国与帝国主义的英国混为一谈，但是毫无疑问，他被斯宾塞的政治理论吸引，认为斯宾塞的理论阐明了英国富强的原理。

第三节　现实的政治模型

一、充满焦虑感的译文

然而，英国的近代化是经过漫长岁月实现的。对于支持斯宾塞学说的严复而言，中国的状况着实令他焦虑。从其译文中就能读出这种焦虑感。

《进化和伦理》非常学术地描述了生存竞争如何展开，讨论了未来人口增多可能引发的后果。原文的语境很难使读者对自己身处的社会产生危机感。可是，译书《天演论》则不同，生存竞争的惨烈扑面而来，很容易使中国读者联想到中国的危急处境。严复频繁在译文中添加"亡""绝""灭""殇"等表示灭亡的词汇，让人误以为这是赫胥黎的言论。② 对此，区建英指出，"严复通过《天演论》把达尔文主义引入中国，给以往的历史循环论、华夷优劣思想带来革命性的冲击，敲响了'亡国灭种'的

---

① 本杰明·史华兹：《寻求富强：严复与西方》，叶凤美译，第 46 页。
② 例如，《天演论》译文中，译者自行添加了如下语句，"且由是而立者强，强者昌；不立者弱，弱乃灭亡"（导言六·人择，第 1335 页）。参见，Thomas H. Huxley, *Evolution & Ethics and Other Essays*, p. 13. 众所周知，《天演论》译文中处处可见焦虑感、紧迫感，因此本书不再详述。

警钟"。①

而在《社会学研究》第一章译文中，同样能看到类似的加工（例2-7、例2-8）。

例2-7：原文（《社会学研究》）： The extreme complexity of social actions, and the transcendent difficulty which hence arises of counting on special results, will be still better seen if we enumerate the factors which determine one simple phenomenon, as the price of a commodity, — say, cotton. A manufacturer of calicoes has to decide whether he will increase his stock of raw material at its current price. (p. 18)

原文意思： 社会行为极其复杂，因此，预料特殊后果也是极其困难的。这两点会变得更明显，如果我们列举出像商品价格这样一个简单现象的种种决定因素。例如，棉花。一个白棉布制造商必须决定是否按当前价格水平增加原材料的库存。（第14页）

译文（《斯宾塞尔劝学篇》）： 是故群理难知，以其为天下至繁之物。此宜徒保种谋国者所宜兢兢者耶？即在寻常一生计贸易之间，其难已见矣。今试设一织布厂主人，心欲趁现时市价，增囤棉花。（《国闻汇编》第三册，第145页）

如例2-7所示，严复在两句译文之间添加了"此宜徒保种谋

---

① 区建英：《自由と国民：厳復の模索》，第113—114页。

国者所宜兢兢者耶"一句。想必正因为他时刻心系种族、国家的安危，才会使用"保种谋国"这一词汇。并且从此处也可看出，严复认为，作为被统治者的一般民众也应该学习社会学（"群理"）。如本章第二节所述，严复受到斯宾塞的强烈影响，时常强调"民种"水平的重要性。此处的译者添加词句同样反映出严复对"民种"，特别是民智的关心。

> **例 2 - 8：原文 （《社会学研究》）：** Not only has a society as a whole a power of growth and development, but each institution set up in it has the like — draws to itself units of the society and nutriment for them, and tends ever to multiply and ramify. (p. 19)
>
> **原文意思：** 不仅社会作为一个整体具有成长和发展的力量，社会中设立的每个机构也同样具有——将社会的单位吸纳到自身并为其提供营养，并且趋于繁殖和分支。（第 15 页）
>
> **译文 （《斯宾塞尔劝学篇》）：** 此不仅群为大物然也，即群中一教之立、一政之施，其理莫不如是。盖天演无在而不然，而物竞天择之用，政教实同。夫动植皆能吸质点以为滋长，收养已者以为自存，或孳乳而寝多，或蔓延而坟植。（《国闻汇编》第三册，第 147 页）

此外，如例 2 - 8 所示，斯宾塞在原文中阐释了社会有机体论。既然他把社会比作生物有机体，那么理所当然的，社会有机体必将像生物那样遵从进化论的法则。严复在吸收理解斯宾塞一元化的社会进化论的基础上，继而在译文中添加语句指出，"天演""物竞天择"之力也会对"政教"产生作用。为了将焦点集中在"政"和"教"上，他在译文中有意识地把"each institution set up in it"（社会中设立的每个机构）加工为"群中一教之立、一政之施"。并且，因为他对中国的"政教"，特别是国家存亡尤为关注，所以刻意添加自己的语句，将"自存"这一概念编织到译文里。

再者，《天演论》导言十六的按语指出，"故变之疾徐，常视逼拶者之缓急"。① "逼拶"即逼迫。换言之，严复肯定了压力所带来的积极的一面，认为强烈的外部压力能够加速进化。在他看来，中国面临各种危机，感受到来自西方列强的强大压力，因此具备实现快速变化的可能性。

二、"圣人"在译词选择中的存在感

那么，应该如何加速中国的近代化？严复不仅对中国读者施加强烈的刺激，还将期待的目光投向"圣人"。举例而言，在《天演论》里，"圣人"一词共出现过 19 次。② 浦嘉珉（James Reeve Pusey）分析了严复在戊戌政变以前的文章，指出，"圣人"（Sages）不仅表示"哲学王"（philosopher-kings）、"哲学家"（philosophers），还表示"中国所有的统治者"（all China's rulers）。③ 但是笔者持不同看法。

在《天演论》里，"圣人"被用作"行政长官"（administrative

---

① 赫胥黎（Thomas Henry Huxley）：《天演论》（1898 年），严复译，王栻主编：《严复集》第五册，第 1355 页。
② 参见，附录二：《天演论》中的"圣人"。
③ James Reeve Pusey, *China and Charles Darwin*, Cambridge（Massachusetts）and London：Harvard University Asia Center, 1983, p. 54. 原文："Who were these Sages any way? In context, they suddenly seemed to be not only the philosopher-kings and the philosophers, but all China's rulers . . . "

authority/ the administrator）的译词。① 而在原著《进化与伦理》当中，"行政长官"其实是指殖民地的当权者。赫胥黎假设有一位"能力才智远胜于常人，就像常人远胜于家畜一样"的"行政长官"（administrative authority）。② "行政长官"为了实现殖民地的繁荣采取了各种措施，然而随着殖民地一步步走向繁荣，人口膨胀到临界点，这位"行政长官"不得不实施专制手段，想方设法处置（dispose）多余的人口。原著中的"行政长官"具有绝对的权力，对此，严复采用"圣人"这一中国自古就有的词汇，用于表达"伟大的统治者"这一含义。在《天演论》里，"圣人"一词共计出现 19 次，其中有 14 次表示"伟大的统治者"。

其中，《天演论》论十六的译文尤其值得注意（例 2 - 9）。

例 2 - 9：原文（《进化与伦理》）： It demands that each man who enters into the enjoyment of the advantages of a <u>polity</u> shall be mindful of his debt to <u>those who have laboriously constructed it</u>; and shall take heed that no act of his weakens the fabric in which he has been permitted to live.（p. 82）

原文意思： 它要求每个分享<u>政治组织</u>的利益的人，都不应忘记<u>那些辛勤建设它的人</u>的恩惠，应当警醒自己不要去做有损于接纳他的社会的行为。（第 34 页）

译文（《天演论》）： <u>前圣人</u>既竭耳目之力，胼手胝足，合

---

① 参见，附录二:《天演论》中的"圣人"，例 2、例 3、例 5、例 6。
② 参见，附录二:《天演论》中的"圣人"，例 2。

群制治，使之相养相生，而不被天行之虐矣。则凡游其宇而蒙
被庥嘉，当思屈己为人，以为酬恩报德之具。（论十六·群治，
第 1395 页）

在例 2－9 里，"那些辛勤建设它的人"（those who have laboriously
constructed it）被译为"圣人"，这里的"它"（it）指"政治组织"
（polity）。如前文所述，赫胥黎假设有一位远胜常人的优秀"行政
长官"，并指出，再强大的"行政长官"也有难以做到的事情，要
与"宇宙过程"对抗，[①] 就不能忽视"伦理过程"的重要性。这段
原文位于《进化与伦理》临近结尾的部分，作者完全没有触及殖民
地、行政长官等内容，而是围绕个人与共同体/国家的关系展开讨
论，其目的是避免遭受"宇宙过程"的摧残。19 世纪末，英国业
已实现近代化，中产阶级在历史舞台上颇为活跃，个人作为社会的
成员，其作用受到学者们的重视。赫胥黎在文中想要强调的是，因
为政治组织是由一个个个体构筑而成，所以生活在这里的个人绝不
能忘记个人之于共同体/国家的义务（the duties of the individual to
the community/ state）。[②] 然而，严复在译文中颇为强调"圣人"的
作用，他指出，圣人"既竭耳目之力，胼手胝足，合群制治，使之
相养相生，而不被天行之虐矣"，那么人民就应该"酬恩报德"。

---

① "天行"是"the cosmic process"（宇宙过程）的译词。参见本章例 2－11。如前文所
述，赫胥黎将人口膨胀到临界点作为宇宙过程的一例来探讨。
② 在原著里，"政治组织"（polity）、"共同体"（community）、"国家"（state）等词汇
没有被统一使用。例如，"Laws and moral precepts are directed to ... reminding the
individual of his duty to the community""the duties of the individual to the state are
forgotten"等。参见，Thomas H. Huxley, *Evolution & Ethics and Other Essays*, p. 82。

并且，"其字"一词意味着国家处于圣人的支配下。该表述与严复三年前所写《辟韩》（1895 年 3 月）的主张颇为不同。

在《辟韩》中，严复称，"君""臣""民"的上下关系是在不得已的情况下产生的，"君"存在的价值在于抑制社会内部的弱肉强食，保护那些不具有"自治"能力的"民"，"臣"的作用则是辅助"君"。对严复而言，"斯民也，固斯天下之真主也"。① 但是现实问题在于，儒学所主张的上下关系在中国社会根深蒂固，《辟韩》发表后没多久就引起以张之洞为代表的士大夫的震怒，招致对方的反驳。② 其后虽然再没见到严复发表类似《辟韩》一般措辞激进的文章，但是与其说他放弃自己的主张，不如说他避免发表易引发士大夫反感的言论。

"个人对政治组织/共同体/国家的义务"被译者替换为"民对圣人的忠心"，这意味着严复主张用具有封建性质的"忠君爱国"，来替代西方具有近代性质的爱国心。如前文所示，严复认为，西方的近代爱国心与民主制是一体的。既然近代化的过程是渐进的，那么近代爱国心需要经历漫长岁月才能在中国滋生。另一方面，要想摆脱中国当前的危机就必须迅速团结中国人。或许正是基于这一理由，严复才注意到了忠君思想。在《拟上皇帝书》（1898 年 1—2 月）中，严复提到"忠君爱国"一词，建议皇帝采取措施团结民心。具体措施包括："请陛下于臣前言出洋回国之便，亲至沿海各

① 严复：《辟韩》（1895 年 3 月 13 日—14 日），王栻主编：《严复集》第一册，第 36 页。
② 严复：《与五弟书》（1897 年），王栻主编：《严复集》第三册，北京：中华书局，1986 年，第 733 页。原文："前者《时务报》有《辟韩》一篇，闻张广雅尚书见之大怒，其后自作《驳论》一篇，令屠墨君出名也。"张之洞曾创办"广雅书院"，故被称为"张广雅"。

省，巡狩省方，纵民聚观嵩呼，瞻识共主；又为躬阅防练各军，誓诰鼓厉，振其志气"，也即通过展示皇帝的亲民姿态等来加强民众、军队的忠君爱国之心，让民众、军队等心甘情愿为君主肝脑涂地。[①]

此外，从《天演论》的其他译词中同样可以读取到"圣人"的存在感。例如，严复把"the ethical process"（伦理过程）译为"治化"（例2-10）。

例2-10：原文（《进化与伦理》）： I have termed this evolution of the feelings out of which the primitive bonds of human society are so largely forged, into the organized and personified sympathy we call conscience, the ethical process. (p.30)

原文意思： 人类的情感，最初在很大程度上铸就了维系人类社会的原始纽带，后来逐渐进化为一种有组织的、人格化的同情心，也就是我们所说的良心。对这一情感进化的过程，我称之为伦理过程。（第13页）

译文（《天演论》）： 群之所以不涣，由人心之有天良。天良生于善相感，其端孕于至微，而效终于极钜，此之谓治化。（导言十四·恕败，第1348页）

所谓"治化"，即治理国家、教化人民。在中国古籍里，常能看到"治化"与"圣人"同时出现的语句。例如，贾谊在《新书》里写道："教之任术，使能纪万官之职任，而知治化之

---

① 严复：《拟上皇帝书》（1898年1月27日—2月4日），王栻主编：《严复集》第一册，第74页。

仪……此所谓学太子以圣人之德者也。"① 《孔子家语》有言，"孔子曰，圣人之治化也，必刑政相参焉"。② 也就是说，圣人要治理国家、教化人民，刑罚、政令等手段不可或缺。从这些例子可以看出，严复笔下的"治化"是以统治者，特别是"圣人"的存在为前提。

此外，在《天演论》里，"治化"不仅仅是"the ethical process"（伦理过程）的译词（例 2-11）。

例 2-11：原文（《进化与伦理》）： the influence of the cosmic process on the evolution of society is the greater the more rudimentary its civilization. (p. 81)

原文意思： 社会的文明程度越低，宇宙过程对社会进化的影响就越大。（第 34 页）

译文（《天演论》）： 治化愈浅，则天行之威愈烈。（论十六·群治，第 1394 页）

在例 2-11 中，"治化"被用作"civilization"（文明）的译词。换言之，在严复看来，中国的"文明"应该在圣人的"治化"下得到实现。

从《斯宾塞尔劝学篇》里同样能看到严复相似的观点（例 2-12）。

---

① 贾谊：《新书校注》，阎振益、钟夏校注，北京：中华书局，2000 年，第 172 页。
②《孔子家语》，郭沂编撰：《子曰全集》，北京：中华书局，2017 年，第 220 页。

例 2 - 12：原文（《社会学研究》）：Suppose now that to a man of science, thus careful in testing all possible hypotheses and excluding all possible sources of error, we put a sociological question—say, whether some proposed institution will be beneficial.（p. 10）

原文意思：科学家就是这样谨慎地检验所有可能的假说并且排除产生差错的所有可能根源。假如我们问他一个社会学问题——例如，某个被提议建立的机构是否会有用。（第 8 页）

译文（《斯宾塞尔劝学篇》）：而独至治群为政之事，则何如？今试于国家议大政、立大法时，而执前者察物之家，而讯以此政此法之利弊。（《国闻汇编》第一册，第 21 页）

如例 2 - 6 所示，严复创造了"群""群学"等译词，将"society"（社会）翻译为"群"，将"sociology"（社会学）翻译为"群学"。并且，在例 2 - 12 里，严复把"sociological question"（社会学问题）翻译为"治群为政之事"。毫无疑问，治群为政之人就是统治者，该译词同样是以统治者的存在为前提。

三、译者添加的圣人具体政策

如果只是分析译词的选择，那么还不足以证明严复在强调圣人的作用。近代中日两国翻译西方概念时，无论是中国的知识分子，还是日本的知识分子，都表现出从中国古籍中寻找对应译词的倾向。在此过程中，不少译词都与西方原本的概念发生了偏离。

虽说如此，通过逐字逐句对比原文和译文，可以发现严复在

《斯宾塞尔劝学篇》中添加字句批判中国的君主，在《天演论》的译文部分添加了圣人的具体施政方略。

　　比如，在原著《社会学研究》里，斯宾塞为了表明人类的想法往往会引发不可思议的行为，列举了"犹太人用的一种刑具成为遍布欧洲基督教堂的设计基础"这一事例，并称该现象出乎人们的意料。对此，严复在翻译完原句后，用比正文略小的字体添加了自己的感想："吾得以益之曰：中土之孔、曾、思、孟，皆立教明民，而孰知后王即用其书，倡为制科，以行其愚民之术。"① 孔子、曾子、子思、孟子创立及推动儒学思想是为了"立教明民"，没想到却被后来的君主用作"愚民"的手段。对教育及官员选拔机制抱有不满的严复理所当然地主张发展能真正提高"民种"水平的教育。如例 2 - 4 所示，他在《天演论》导言八的译文中添加自己的主张："故又为之学校庠序焉。学校庠序之制善，而后智仁勇之民兴。"只要改进教育机制，就有希望培养出具备"智、仁、勇"的民。1880年至 1900 年，严复曾在北洋水师学堂担任总教习、总办（校长）。② 或许是因为拥有教书育人的经历，他相信教育能够有效提高"民种"的水平。具体而言，他在文章《救亡决论》（1895 年 5 月）中

---

① 原文（《社会学研究》）："Such a result could be as little foreseen as it could be foreseen that an instrument of torture used by the Jews would give the ground-plans to Christian temples throughout Europe."（p. 15）。原文意思：几乎没有人预见到这样的结果。同样，几乎没有人预料到犹太人用的一种刑具会成为遍布欧洲基督教堂的设计基础。（第 12 页）。译文（《斯宾塞尔劝学篇》）："夫十字架乃行暴之器，等诸炮烙，而孰知传为地基形制，必如是乃建神堂吾得以益之曰：中土之孔、曾、思、孟，皆立教明民，而孰知后王即用其书，倡为制科，以行其愚民之术。"（《国闻汇编》第三册，第 142 页）

② 参见，孙应祥：《严复年谱》，第 48—152 页。

提出，应废除八股文，学习西学。①

再者，在《天演论》导言十六的译文里，严复添加自己的观点，认为"主治者"应招揽人才，只要提供官职、金钱等优厚的待遇，就能让人民以此为目标展开竞争，如此一来，竞争就能形成惯例。② 也就是说，统治者应提供竞争机制，推动"民种"水平的提升。

此外，赫胥黎在《导论》XIV 描述了"社会中的生存斗争"（the struggle for existence in society），即围绕"享受资源"（the means of enjoyment）展开的竞争。对此，严复在译文里添加自己的主张如下（例 2 - 13）。

例 2 - 13：原文（《进化与伦理》）：Were there none of those artificial arrangements by which <u>fools and knaves</u> are kept at the top of society instead of sinking to their natural place at the bottom . . .（p. 41）

原文意思：如果不存在那种让<u>笨蛋和奸人</u>身居社会顶层的人为安排，而是让他们自然下降到社会底层……（第 16—17 页）

---

① 参见，严复：《救亡决论》（1895 年 5 月 1 日—8 日），王栻主编《严复集》第一册，北京：中华书局，1986 年，第 40—54 页。
② 参见，赫胥黎（Thomas Henry Huxley）：《天演论》（1898 年），严复译，王栻主编：《严复集》第五册，第 1353 页。《天演论》导言十六的第一段皆为严复添加语句，笔者所言严复添加的部分就在第一段当中。另外，导言十六的第二段为原著《导论》（Prolegomena）第XIII节第二、三、四段的译文。Thomas H. Huxley, *Evolution & Ethics and Other Essays*, pp. 37 - 40.

译文（《天演论》）：曰世治之最不幸，不在贤者之在下位而不能升，而在不贤者之在上位而无由降。门第、亲戚、援与、财贿、例故，与夫主治者之不明而自私，之数者皆其沮降之力也。（导言十七·善群，第 1356 页）

严复在此处把"fools and knaves"（笨蛋和奸人）翻译为"不贤者"。并添加语句详细列举"不贤者"长期高居"社会顶层"而不下降的原因。毫无疑问，这一添加部分描述了严复长年以来耳闻目睹的清末政局腐败乱象。在《斯宾塞尔劝学篇》译文里，同样能看到相似的译者添加语句——"夫支那皇帝厚私宗亲"。①

此外，《进化与伦理》的《导论》Ⅵ列举了远胜常人的优秀统治者是如何施政的，包括整备房屋、添置衣物，实施排水灌溉、道路、桥梁、运河等工程，制造机器，采取卫生预防措施等。严复在《天演论》导言八里翻译了这些举措，并在译文中添加了自己的语句。

例 2 - 14：原文（《进化与伦理》）：... hygienic precautions would check, or remove, the natural causes of disease. (p. 19)

原文意思：……采取卫生预防措施，以防止和消除可能引发疾病的自然原因。（第 9 页）

译文（《天演论》）：……致之医疗药物，所以救民之厉疾

---

① 斯宾塞尔（Herbert Spencer）：《斯宾塞尔劝学篇》，严复译（《国闻汇编》第三册、1897 年 12 月 28 日），孔祥吉、村田雄二郎整理：《国闻报：外二种》第十册，第 148 页。参见，Herbert Spencer, *The Study of Sociology*, pp. 19 - 20。

天死也；<u>为之刑狱禁制，所以防强弱愚智之相欺夺也；为之陆海诸军，所以御异族强邻之相侵侮也</u>。（导言八·乌托邦，第1339页）

如例2–14所示，严复在译文里添加了两项举措，包括设置刑罚、监狱、政令，创设陆海军等。从严复1896年写给其弟的信件里，可以看到批判官吏腐败的段落。[①]《原强修订稿》（1896年10月以后）也尖锐地指出了中国当时的弊病："将不素学，士不素练，器不素储。"[②] 毫无疑问，他将期待的目光投向"圣人"，希望"圣人"能够完善法制建设、整顿军队等。

总而言之，在国内，"圣人"运用法律排除恶性的弱肉强食，完善教育制度提高"民种"水平，设置公平的竞争模式，奖惩分明，选拔优秀的人才；面对国家间的弱肉强食，"圣人"则致力于整顿军备。换言之，对严复而言，既有恶性的弱肉强食，也有良性的优胜劣汰。

四、理想与现实的折中

如上所述，严复一方面在译书里高度评价英国的"民种"水平，特别是英国人的自治能力和近代意义上的爱国心；另一方面强调"圣人"的作用，主张君主主导型的施政策略，弘扬民众对

[①] 严复：《与四弟观澜书·四》（1896年），王栻主编：《严复集》第三册，北京：中华书局，1986年，第731—732页。

[②] 严复：《原强修订稿》（1896年10月以后），王栻主编：《严复集》第一册，第19页。

"圣人"的忠心。乍一看来似乎非常矛盾，但是可以将其理解为理想与现实之间的折中。严复的文章《辟韩》（1895 年 3 月）就曾明确提出这一折中方案。

在《辟韩》中，严复指出，"秦以来之为君，正所谓大盗窃国者耳。国谁窃？转相窃之于民而已"。然而在短期内，中国无法排除君君臣臣的存在，原因在于"其时未至，其俗未成，其民不足以自治也"。在严复看来，历朝历代的君主窃国之后唯恐民众觉醒，"必弱而愚之"，以"长保所窃而永世"，这当然与他理想中的"圣人"形象截然不同。他所期待的圣人应该"早夜以孳孳求所以进吾民之才、德、力者，去其所以困吾民之才、德、力者。使其无相欺、相夺相患害也"。如此一来，"民种"水平提高，当民达到能够自治的程度，圣人将重新把自由交还给民。①

关于《辟韩》一文，史华兹指出，"正是这篇包含着严复最激进的'民主主义'声明的文章，也包含着他的'保守主义'前提"。② 高田淳分析道：一方面，严复进行了激进的批判；另一方面，在现实变革层面却转而变为慎重。这种原则论与现实论的二重构造实乃看似表里相反的整体。③ 再进一步来看，严复可能是受到斯宾塞所谓从"军事型社会"（militant type of society）向"产业型社会"（industrial type of society）转型这一学说的启发，因此在文章中暗示了中国未来两个阶段的发展。④

---

① 严复：《辟韩》（1895 年 3 月 13 日—14 日），王栻主编：《严复集》第一册，第 32—36 页。
② 本杰明·史华兹：《寻求富强：严复与西方》，叶凤美译，第 45 页。
③ 高田淳：《中国の近代と儒教》，東京：紀伊国屋書店，1970 年，第 138 页。
④ 关于"军事型社会"和"产业型社会"，参见本书第四章第一节。

　　山下重一称，严复"对社会、政治制度的急速改革持警惕态度，他认为中国的救国变法之道在于切实培养民力、民智、民德，这是受到斯宾塞以社会发展阶段论为基础的渐进主义主张的影响"。[1] 至于严复到底提出了怎样的政治模型，山下重一未做进一步分析。如本章第二节所述，尽管严复将英国视为理想的政治模型，但是由于中国尚未发展到足以实现该模型的阶段，因此只能将其作为第二阶段的模仿对象。那么，在第一阶段，严复是否找到了具体的政治模型？

　　在文章《原强》（1895 年 3 月）中，严复认为，要想实现自强，必须"标本并治"，从两个课题着手。他把提升民力、民智、民德视为根本课题（"本"），而要挽救目前的溃败局势，则需致力于紧急课题（"标"），即"收大权，练军实，如俄国所为是已"。[2] 也就是说，严复将俄国的统治模式视为第一阶段的政治模型，认为该模式能在短期内力挽狂澜，取得成效。

　　《原强》发表后大约过了三年，1898 年 1 月中旬，《国闻报》连续三天连载文章《中俄交谊论》，该文虽未署名，但被学界主流视为严复的作品。[3] 《中俄交谊论》的前半部分主要从外交史、地理、时事的视角出发，分析中俄两国保持友好邦交的必要性，后半

① 参见，山下重一：《厳復訳　『天演論』（1898 年)の一考察（下）》，第 168 页。
② 严复：《原强》（1895 年 3 月 4 日—9 日)，王栻主编：《严复集》第一册，第 14 页。
③ 《中俄交谊论》虽未署名，但是《严复集》的编者认为，该文章为严复所作的可能性很高。理由参见，王栻：《严复在〈国闻报〉上发表了哪些论文》，王栻主编：《严复集》第二册，北京：中华书局，1986 年，第 437—439 页。此外，《严复全集》也将《中俄交谊论》收录在附录"《国闻报》中可能为严复所作的文章"里。参见，汪征鲁、方宝川、马勇主编：《严复全集》第 7 卷，李帆、李学智编校，福州：福建教育出版社，2014 年，第 368—373 页。

部分指出，应将俄国作为政治模型加以模仿。村田雄二郎认为，该
文章"是为了应对来自俄国的压力，故意采取了亲俄的态度写作而
成"。① 但是，如果严复写这篇文章仅仅是为了附和俄方的两国邦
交论，那么他大可不必写后半部分的内容，只靠前半部分的论述就
足以应付了事。所以笔者认为，严复的"真心话"其实集中在这篇
文章的后半部分。在这里，严复指出，"夫君权之重轻，与民智之
浅深为比例"，民智较浅的国家君权较重，民智较深的国家君权较
轻。尽管中国与俄国"同为君主之治"，俄国却远远比中国富强，
其原因应该追溯到俄皇彼得一世（1672—1725 年），人称"彼得大
帝"（Peter the Great，严复在文章中称其为"大彼得"）。严复在
文章中详细介绍了彼得一世的功绩，提到了 1697 年彼得一世派出
庞大使团出访欧洲学习文明、技术，并隐姓埋名随同游历的故事。
严复感慨道："则吾今日既毅然决然以联俄为政策，又曷不以大彼
得之心为心，大彼得之政为政，屈九重之驾，观列国之风，内兴文
治，外修武备，求他人之所以文明，以去吾之粗鄙；求他人之所以
强盛，以救吾之危弱；求他人之所以开化，以革吾之拘泥谫陋。"②
相似的言论还见诸严复同时期的文章《拟上皇帝书》（1898 年 1—2
月），严复在该文建言皇帝"令计臣筹数千万之款，备战舰十余艘
为卫，上请皇太后暂为监国，从数百亲贤贵近之臣，航海以游西

---

① 村田雄二郎：《清末の言論自由と新聞——天津 『国聞報』 の場合》，孔祥吉、村
田雄二郎：《清末中国と日本——宫廷・变法・革命》，東京：研文出版，2011 年，
第 327 页。

② 严复：《中俄交谊论》（1898 年 1 月 15—17 日），王栻主编：《严复集》第二册，北
京：中华书局，1986 年，第 477 页。

国"。① 很明显，这是在建议中国皇帝模仿彼得一世率队出访西方国家。并且，如前文所述，严复所提出的紧急课题（"标"），即中央集权化和整顿军队等正是彼得一世实施的政策。换言之，对严复而言，彼得一世就是中国在第一阶段政治发展过程中不可或缺的"圣人"原型。

关于严复构想中的政治模型，李晓东在分析了严复于 1906 年出版的《政治讲义》的基础上指出，"严复暗示了这样一个见解，在强大'外患'的压力下，虽然专制绝非能够带来永久安稳的制度，但是普鲁士当年同样面临'外患'，中国应该把普鲁士作为模仿对象，像腓特烈二世那样实施专制"。② 然而，如果仅仅分析严复在戊戌政变以前的文章和译书等，可以推知，至少在 1898 年之前，严复未曾表露过对普鲁士统治者的特别关注。在《拟上皇帝书》里，严复列举了"德主""日本国主"及"皇后""俄主""英国君王后"等君主的事迹，其中，唯有"大彼得"（彼得一世）、"英国之维多利亚"（维多利亚女王）的名字被明确提及。③ 严复用较长的篇幅描述了俄国"蔚为雄国"的景象，并指出彼得一世是如何为国家殚精竭虑的——"然自大彼得崛兴以来，常以无四时不冻口门，使商利不恢，国威不畅为恨。百数十年，其君若臣所处心积

---

① 严复：《拟上皇帝书》（1898 年 1 月 27 日—2 月 4 日），王栻主编：《严复集》第一册，第 71 页。

② 李晓东：《近代中国の立憲構想：厳復・楊度・梁啓超と明治啓蒙思想》，東京：法政大学出版局，2005 年，第 59 页。

③ 参见，严复：《拟上皇帝书》（1898 年 1 月 27 日—2 月 4 日），王栻主编：《严复集》第一册，第 68、70、73、74 页。

虑，不遗余力者，为斯一事而已"。① 因此，至少在戊戌政变以前，严复所构想的第一阶段政治模型应系彼得一世主导的俄国。

严复执笔《拟上皇帝书》时，把光绪帝设想为文章的读者，他在文中指出，能拯救中国于水火之中的唯有"皇帝陛下"，他多番强调皇帝的作用，希望皇帝能主导中国的改革。② 既然这篇文章是向皇帝"上书"，那么反复强调皇帝的作用也可以说是理所当然。不过，在严复翻译的英国著作《天演论》和《斯宾塞尔劝学篇》里，严复本人的主张并未发生转变。换言之，《拟上皇帝书》饱含着严复对皇帝极大的期待，这一主张其实是严复在充分认识到中国现实的基础上发自内心提出的改革论，他热切地希望光绪帝能成为像彼得一世那样伟大的统治者。

结　语

通过比较分析原著和译文，可以看出《天演论》与《斯宾塞尔劝学篇》里都蕴含着严复相似的政治思想，并且都潜藏着巨大的矛盾。从生物进化论联想到社会局势的严复支持斯宾塞"一元论"的社会进化论，为斯宾塞的社会有机体论所倾倒，将英国视为理想的政治模型。他羡慕英国人的自治能力、爱国心等，故而在《天演论》和《斯宾塞尔劝学篇》里故意模糊处理英国的负面

---

① 严复：《拟上皇帝书》（1898 年 1 月 27 日—2 月 4 日），王栻主编：《严复集》第一册，第 70 页。

② 参见，严复：《拟上皇帝书》（1898 年 1 月 27 日—2 月 4 日），王栻主编：《严复集》第一册，第 71 页。

内容，以期向中国读者展示英国这一理想的政治模型。可是，英国式的近代化耗费了漫长的时光，而中国没有充裕的时间来慢慢实现近代化。在此困境下，他认为应把英国作为中国第二阶段的模仿对象，而在第一阶段，则选择模仿彼得一世主导下的俄国。并且，在第一阶段，作为封建国家统治者的君主应承担提高"民种"水平、唤起人民忠诚心的作用，故而严复在译文中反复强调统治者的作用，寄希望于"圣人"的出现。然而，严复未能明确、有条理地提出"两个阶段"这一主张。也正因此，从《天演论》与《斯宾塞尔劝学篇》中能看到严复的诸多"矛盾"之处。

严复被誉为启蒙思想家、翻译家，他出版、发表了许多译书和文章。尽管学者们注意到了严复关于"标"（紧急课题）和"本"（根本课题）的论述，却忽略了严复的核心主张，即两个阶段的发展观。翻遍严复的著作，虽然无法找到"把俄国作为第一阶段政治模型""把英国作为第二阶段政治模型"等明确的言论，但是通过仔细考察严复的译书和文章，可以推知，他在接受了斯宾塞社会发展阶段论的基础上，暗示了中国分阶段发展的路线。

第三章　加藤弘之著作在清末中国的翻译及传播

引　言

日本明治时代，像加藤弘之（1836—1916 年）这样的学者颇为少见。加藤弘之曾是天赋人权论的积极介绍者，人到中年却突然改弦易辙，转而在其演讲中公然批判天赋人权论。到了 1881 年，他甚至宣布将自己撰写的《真政大意》《国体新论》等天赋人权论相关著作绝版。翌年，加藤弘之出版著作《人权新说》，自此以后致力于研究进化论。该事件在日本学界被称为加藤弘之的"转变"（"转向"）。

迄今为止，众多研究者围绕加藤弘之的著作、演讲稿、读书备忘录、草稿、政治活动等，从各种角度开展相关研究。[①] 松本三之

[①] 举例而言，除本书所引用的研究成果以外，还参考了如下研究成果。桐村彰郎：《加藤弘之の転向》，《法学雑誌》14（2），1967 年 11 月；植手通有：《明治啓蒙思想の形成とその脆弱性——西周と加藤弘之を中心として》，植手通有编：《日本の名著 34：西周；加藤弘之》，東京：中央公論社，1984 年；中野目徹：《洋学者と明治天皇——加藤弘之・西村茂樹の「立憲君主」像をめぐって》，沼田哲编：《明治天皇と政治家群像——近代国家形成の推進者たち》，東京：吉川弘文館，2002 年；佐藤太久磨：《加藤弘之の国際秩序構想と国家構想——「万国公法体制」の形成と明治国家》，《日本史研究》557，2009 年 1 月；田中友香理：《加藤弘之『人権新説』の再検討》，《近代史料研究》9，2010 年；工藤豊：《明治維新前後の日本の啓蒙思想：加藤弘之の初期思想を中心として》，《佛教経済研究》44，2015 年 5 月。

介指出，加藤所谓的"主义的变化"既是"从天赋人权主义到进化主义的思想内容的转变，同时，其思想态度从'应当'（德语：Sollen）指向性转变为'存在'（德语：Sein）指向性"。① 渡边和靖认为，应该把加藤的整个思想"作为儒教与西方思想牵连在一起时的状态的变迁来理解"，他高度评价道，加藤是"像大河一般随着明治时代思索的思想家"。②

　　然而，清朝末年加藤著作的翻译及传播的相关研究成果并不多见。中国学界只是提及中国经由加藤弘之吸收进化论的路径，例如，王中江列举了加藤著作的 6 部中译本，却没有提及中译本参照的是哪些原著，存在哪些版本，译者又是怎样的人物。③ 此外，由于梁启超曾介绍过加藤弘之的著作，研究梁启超的学者会对这些信息有所关注。然而，关于中国留日学生的翻译活动以及他们对加藤著作的认知状况，却很少有人关注。

　　本章首先梳理加藤弘之著作中译本的相关史料，分析其著作被广泛翻译的原因，阐明研究中国留日学生翻译活动及思想认知情况的意义。然后，选取《强者之权利之竞争》及其中译本、《道德法律之进步》及其中译本，通过逐字逐句对照原著和译书，考察中国

---

① 松本三之介：《加藤弘之における進化論の受容》，《社会科学論集》9，1962 年 3 月，第 2 页。

② 渡辺和靖：《加藤弘之の後期思想——近代日本に於ける 「儒教」 の運命》，《日本思想史研究》6，1972 年 12 月，第 17—18 页。该论文分析了加藤弘之的后期思想，并且对加藤思想的整体情况进行概括。关于加藤弘之的初期思想和中期思想，详见，渡辺和靖：《加藤弘之の初期思想——西洋の政治原理と儒教》，《日本思想史研究》4，1970 年 8 月；渡辺和靖：《加藤弘之の所謂 「転向」 ： その思想史の位置付け》，《日本思想史研究》5，1971 年 5 月。

③ 参见，王中江：《进化主义在中国的兴起：一个新的全能式世界观（增补版）》，北京：中国人民大学出版社，2010 年，第 49 页。

早期留日学生杨荫杭和杨廷栋作为译者是如何吸收加藤弘之的思想的。

第一节 加藤弘之著作的翻译盛况及其原因

清朝末年，加藤弘之的著作一度被广泛翻译出版。据笔者调查，中译本共计 9 部，具体参照表 3 - 1。[①]

如表 3 - 1 所示，清朝末年，加藤弘之被翻译成中文的所有著作都是其思想"转变"后的作品，即，进化论相关著作。并且，耐

[①] 9 部中译本中，笔者共找到 7 部，分别为《各国宪法异同论》、《十九世纪思想变迁论》、《物竞论》、《加藤博士天则百话（一）》、《政教进化论》、《加藤弘之讲演集》第一册和第二册、《人权新说》。其中，刊载在杂志上的译作，参见，加藤弘之：《各国宪法异同论》（《清议报》第十二册，光绪二十五年三月十一日），梁启超译，《清议报》报馆编：《清议报》第一册，北京：中华书局，1991 年；加藤弘之：《各国宪法异同论》（《清议报》第十三册，光绪二十五年三月二十一日），梁启超译，《清议报》报馆编：《清议报》第一册，北京：中华书局，1991 年；加藤弘之：《十九世纪思想变迁论》（《清议报》第五十二册，光绪二十六年七月一日），佚名译，《清议报》报馆编：《清议报》第四册，北京：中华书局，1991 年；加藤弘之：《加藤博士天则百话（一）》（《新民丛报》第二十一号，光绪二十八年十一月一日），梁启超译，梁启超主编：《新民丛报》第四册，北京：中华书局，2008 年。此外，关于中译本的信息，参见，王中江：《进化主义在中国的兴起：一个新的全能式世界观（增补版）》，第 49 页；加藤弘之：《物竞论》（坂崎斌编：《译书汇编》第八期，1901 年 8 月 28 日），杨荫杭译，坂崎斌编：《译书汇编》，台北：台湾学生书局，1966 年；实藤惠秀监修、谭汝谦主编、小川博编辑：《中国译日本书综合目录》，香港：中文大学出版社，1980 年，第 14、16 页。中国国家图书馆存有《道德法律进化之理》。另外，根据《清议报》第一百册的广告《广智书局已译待印书目》，清单中的书目已有一半以上被翻译，预计两三月后由广智书局出版。清单中包含加藤弘之著、罗伯雅译《人权新说》。然而笔者未能找到该译本，或许该译本最终未能出版。参见，佚名：《广智书局已译待印书目》（《清议报》第一百册，光绪二十七年十一月十一日），《清议报》报馆编：《清议报》第六册，北京：中华书局，1991 年，第 6185—6186 页。

表 3 – 1　清末加藤弘之著作的中译本

	原　著	中　译	译者	出版社/杂志	备　注
①	《各国宪法の異同》，1895 年①	《各国宪法异同论》，1899 年	梁启超	横滨：《清议报》第十二册、第十三册	⑦作新社译《加藤弘之讲演集》第二册第59—78 页载有译文《各国宪法之异同》，该译文与梁启超的译文不同
②	《十九世紀に於ける思想の変遷》，1900 年	《十九世纪思想变迁论》，1900 年	佚名	横滨：《清议报》第五十二册	
③	《強者の権利の競争》，1893 年	《物竞论》，1901 年	杨荫杭	东京：译书汇编社	1901 年，《物竞论》在《译书汇编》第四、五、八期连载。同年，译书汇编社出版《物竞论》。1902 年、1903 年，《物竞论》由作新社再版、三版
④	《天則百話》，1899 年	《天则百话》，1902 年	吴建常	上海：广智书局	

① 1895 年（明治二十八年）5 月 12 日，加藤弘之在东京学士会院的例会上发表题目为"各国宪法之异同"的演讲，演讲内容被收录在同月 28 日发行的《东京学士会院杂志》。参见，加藤弘之：《各国宪法の异同》，《東京学士会院雑誌》第十七编之五，1895 年 5 月。其后，《加藤弘之讲论集》第四册与《加藤弘之讲演全集》第二册也收录该论文。参见,加藤照麿、加藤晴比古、馬渡俊雄编：《加藤弘之講論集》第四册，東京：敬業社，1899 年，第 1—20 页;加藤照麿、加藤晴比古、馬渡俊雄编：《加藤弘之講演全集》第二册（東京：丸善株式会社，1900 年），大久保利謙、田畑忍監修，上田勝美、福嶋寛隆、吉田曠二编：《加藤弘之文書》第三卷，京都：同明舍，1990 年，第 271—279 页。

续　表

	原　著	中　译	译者	出版社/杂志	备　注
⑤	《天则百话》，1899 年	《加藤博士天则百话（一）》，1902 年	梁启超	横滨：《新民丛报》第二十一号	译文翻译了原著的第一、十三、十四、九十四话
⑥	《道德法律之进步》，1894 年	《政教进化论》，1902 年	杨廷栋	上海：出洋学生编辑所	另有广智书局版
⑦	《加藤弘之讲演全集》，1900 年	《加藤弘之讲演集》，1902 年	作新社	上海：作新社	1902 年 7 月，译书第一册出版，同年 9 月再版。同年 12 月，第二册出版
⑧	《人权新说》，1882 年	《人权新说》，1903 年	陈尚素	东京：译书汇编社	加藤弘之在《人权新说》第三版（1883 年）进行了增补改订。陈尚素译本是以《人权新说》第一版为底本
⑨	《道德法律进化の理》，1900 年	《道德法律进化之理》，1903 年	金寿康、杨殿玉	上海：广智书局	

人寻味的是，这些著作的中译本都集中出版于 1899 年至 1903 年，其后直到 1931 年才又有新的中译本问世。① 该现象与当时的时代背景密切相关，具体而言，主要有如下几个原因。

---

① 1931 年出版的中译本如下。加藤弘之：《自然界之矛盾与进化》，王璧如译，上海：世界书局，1931 年。

其一，中国国内出现进化论热潮，人们迫切希望看到更多有关进化论的著作。

1897 年 12 月，严复翻译的《天演论》开始连载。以此为滥觞，进化论在中国备受关注。据胡适回顾，"天演论出版之后，不上几年，便风行到全国，竟做了中学生的读物了"。① 在帝国主义国家大肆扩张其势力范围的年代，众多中国读者受到"弱肉强食"这一逻辑的极大刺激，故而相当关注其思想基础，即进化论。然而在当时，像严复这样擅长英语的高水平译者较少，直接翻译出版西方的进化论相关著作，难以迅速满足中国读者的求知欲。为此，人们把目光投向了日本的进化论相关著作。

其二，主张进化论思想的加藤弘之在日本知名度较高。

如第一章所述，1877 年 9 月起在东京大学授课、公开讲解进化论的动物学家莫斯是最早把进化论系统介绍到日本的人物。② 当时，加藤弘之正在东京大学担任法理文 3 学部综理。虽然不清楚加藤是否听过莫斯的介绍，但是，参照其 1877 年 12 月至 1879 年 5 月的读书备忘录《疑堂备忘》，可知加藤读过达尔文的著作。③ 1882 年，加藤弘之出版著作《人权新说》，以进化论为理论依据，批判天赋人权论。彼时，自由民权运动正如火如荼地进行着，加藤弘之的突

① 胡适：《四十自述》，北京：中国文联出版公司，1993 年，第 48 页。
② 参见，モース：《日本その日その日 2（全 3 卷）》，石川欣一译，東京：平凡社，1970 年，第 58 页。
③ 参见，加藤弘之：《疑堂備忘　第一册》（1877 年 12 月—1879 年 5 月），大久保利謙、田畑忍監修，上田勝美、福嶋寬隆、吉田曠二編：《加藤弘之文書》第一卷，京都：同朋舍，1990 年，第 188—189 页。加藤在提到达尔文的名字时，写为"多宾"（"多賓"）或片假名的"ダルヰン"，在提到达尔文的著作时并未言明书名，而是采用"多宾氏书"（"多賓氏書"）、"多宾氏著书"（"多賓氏著書"）等表述。

然"转变"令主张民权论的学者大受刺激，矢野文雄、植木枝盛等人纷纷发表驳斥文章。为了回应众人的驳斥，加藤在该书第三版进行了增补改订。《人权新说》于1882年面世，1883年就出到第三版，由此也可管窥加藤弘之的学术地位以及进化论思想掀起的热度。

中译本《物竞论》（《強者の権利の競争》）的凡例如下介绍加藤弘之："是书系日本贵族院议员男爵加藤弘之所著。加藤之学宗尚德国，为日本维新以来讲求德学者之山斗。"换言之，加藤弘之既是权威学者，又具有较高的政治地位，这或许是其著作被广泛翻译的原因之一。

其三，梁启超多次介绍宣传加藤弘之的著作。

早在《天演论》连载之前，梁启超就已读过草稿，开始对进化论感兴趣。戊戌政变后，梁启超流亡至日本，在此期间，他阅读并介绍了加藤弘之"转变"后的不少著作。举例而言，1899年，梁启超在《清议报》第十二、十三册刊载了自己翻译的加藤弘之作品《各国宪法异同论》；1902年，梁启超选取加藤弘之《天则百话》中的4篇短文，将其翻译并发表在《新民丛报》第二十一号。

另外，在《天则百话》的第九十四话——《利己心之三种》当中，加藤把"利己心"分为三类并指出，"第三种为变形的利己心，即所谓利他心，分为物质上的利他心和精神上的利他心这两类。为他人谋利，自己因而感受到内心的快乐，这就是精神上的利他心。为他人谋利，自己因而获得物质利益作为报偿，这就是物质上的利他心"，"至于高等的利己心，比起身体上的快乐，毋宁说更

追求精神上的快乐。这才是真正高尚优美的利他心"。① 梁启超把
这段文字译成中文后，添加了自己的按语，其中有一句讲道："唯
物的利己心，本文未有说明。博士别有所著《道德法律进化之理》
一书，言之最详，他日当择译之。"② 从这段按语可以看出，梁启
超已经读过加藤弘之的《道德法律进化之理》，对利己心、利他
心的相关论述颇感兴趣，并且打算将其翻译出来。虽然梁启超最
终没有翻译《道德法律进化之理》，但是广智书局出版了吴建常
翻译的《天则百话》，以及金寿康和杨殿玉合译的《道德法律进
化之理》。

　　广智书局与梁启超的关系相当密切。1901 年末，广智书局开始
在上海营业，名义上的发行人是华侨冯镜如，实际上的主持者是梁
启超。③ 由此可以推测，梁启超很可能与《天则百话》的吴建常译
本、《道德法律进化之理》的金寿康和杨殿玉合译本有所关联。

　　如此看来，在 9 部中译本当中，有 2 部是梁启超的译作，2 部
是由梁启超主持的广智书局出版。此外，《政教进化论》最初由出
洋学生编辑所出版，其后又出现了广智书局版。正如佐藤慎一所

---

① 加藤弘之：《天則百話》，東京：博文館，1899 年，第 285—286 页。此处引文为笔
　者译。梁译如下："第三种之利己心（即利他心）。其别亦有二。一曰唯物的，二曰
　唯心的。谋他人之利而我因得物质上实益之报偿，所谓唯物的也。谋他人之利而我
　之本心因以愉快焉顺适焉，所谓唯心的也。……夫利益之高等者，不在躯壳之乐，
　而在心魂之乐。故此种心实利己心中之最高尚最优美者也。"加藤弘之：《加藤博士
　天则百话（一）》（《新民丛报》第二十一号，光绪二十八年十一月一日），梁启超
　译，第 2878—2879 页。

② 加藤弘之：《加藤博士天则百话（一）》（《新民丛报》第二十一号，光绪二十八年
　十一月一日），梁启超译，第 2879 页。

③ 参见，张朋园：《广智书局（1901—1915）：维新派文化事业机构之一》，《台湾"中
　央研究院"近代史研究所集刊》第 2 期，1971 年 6 月，第 398 页。

言，"为（中国的）社会进化论的普及做出最大贡献的是梁启超"。①

其四，早期留学日本的中国学生恰好在这一时期开始产出翻译成果。

中国在甲午中日战争的战败给予时人极大的刺激，中国开始出现向日本学习的声音。1896 年，13 名中国留学生经由总理衙门派遣，抵达日本留学，成为日本历史上最早的中国留学生。戢翼翚（1878—1908 年）就是其中一人。关于戢翼翚的生平，实藤惠秀如下介绍道："戢翼翚把学籍放在亦乐书院（嘉纳治五郎为其私塾新定的名称），同时在东京专门学校学习。在此期间，他创办了译书汇编社（东京）和出洋学生编辑所（上海），用于翻译出版日本书籍，另外，他与实践女学校的校长下田歌子共同创办作新社，大量翻译出版日本书籍。"②

综观这 9 部中译本的发行机构，《政教进化论》由出洋学生编辑所出版；《加藤弘之讲演集》由作新社出版；《人权新说》由译书汇编社出版。《物竞论》除了译书汇编社的版本以外，还有作新社版。换言之，戢翼翚至少与 4 部中译本有所关联。

此外，《物竞论》的译者杨荫杭与《政教进化论》的译者杨廷栋虽然不属于首批 13 名中国留日学生，但他们与戢翼翚同为东京专门学校（早稻田大学的前身）的学生，也同为译书汇编社

---

① 佐藤慎一：《梁启超と社会進化論》，《法学》59（6），1996 年 1 月，第 1070 页。

② さねとう・けいしゅう：《中国人日本留学史》增補版，東京：くろしお出版，1970 年，第 39 页。亦乐书院是弘文学院（后改称"宏文学院"）的前身；东京专门学校是早稻田大学的前身；实践女学校是实践女子大学的前身，创立于 1899 年。

的成员。① 尽管未能发现译者吴建常、陈尚素、金寿康、杨殿玉的相关资料，不过，考虑到当时的时代背景，他们是留学生的概率较高。

第二节 政治立场的相异：保皇派与革命派

如上文所述，9 部中译本当中，至少 4 部与梁启超有所关联，至少 4 部与以戢翼翚为首的留学生有关。

除此以外，加藤弘之的《十九世纪思想变迁》（《十九世纪に於ける思想の変遷》）发表于《太阳》第六卷第八号（1900 年 6 月 15 日），同年 7 月 26 日（光绪二十六年七月一日），《清议报》第五十二册就刊载了该文的中译，译者未署名。根据《革命逸史》的描述，1900 年 2—7 月，梁启超人在檀香山（火奴鲁鲁），麦孟华代替梁启超承担《清议报》的主编工作，"其论文译著由欧榘甲、罗孝高，及大同学校诸生秦力山、蔡松坡、郑贯一、周宏业等分别任之"。② 由此看来，梁启超或许下达了翻译加藤弘之作品的指令，但他应该并非《十九世纪思想变迁》的译者。

---

① さねとう・けいしゅう：《中国人日本留学史》增补版，第 259—260 页。实藤惠秀根据 1902 年（明治三十五年）6 月发行的《译书汇编》第 2 年第 3 期的"社告"，制作了译书汇编社的成员名单。另外，郭梦垚结合各类史料制作了《励志会会员名簿》，该名簿显示，戢翼翚的学历为"嘉纳塾（1896—1899 年）—亦乐书院（1899 年）—东京专门学校（1899—1902 年）—早稻田大学政治科（1902 年，推选校友）"；杨荫杭和杨廷栋在 1899—1900 年期间的身份是"东京专门学校校外生"。徐志民、孙安石、大里浩秋等：《团体与日常：近代中国留日学生的生活史》，北京：社会科学文献出版社，2022 年 8 月，第 27—28 页。
② 冯自由：《革命逸史》第四集，北京：中华书局，1981 年，第 98 页。

1898 年 10 月至 1911 年期间，流亡在外的梁启超曾经到访过檀香山、新加坡、澳大利亚、加拿大、美国本土等，但其主要生活地点在日本。[①] 虽然不清楚留学生们是否受到梁启超的影响开始翻译加藤弘之的著作，但是不能完全排除其可能性。不过，值得注意的是，戢翼翚、杨荫杭、杨廷栋的政治立场与梁启超不同。

1898 年末，梁启超刚刚开启流亡生涯，对清政府的作为相当愤慨。他在《清议报》第一册发表文章《论变法必自平满汉之界始》，主张"既寡且愚且弱"的"满人"应该放弃其特权。[②] 对此，浦嘉珉（James Reeve Pusey）指出，是梁启超，而非孙中山，率先把社会达尔文主义（Social Darwinism）的口号转向国内，把矛头指向满人，但是，梁启超并没有号召对满人开战。[③]

1899 年，梁启超曾与孙中山"磋商联合组织新党问题，议推总理为会长，而启超副之，日常来往东京横滨间，高谈民族主义"，然而，有人将该计划告密给远在新加坡的康有为，康有为大怒，"立派叶觉迈至日本，严令启超赴檀香山开设保皇会，不许逗留"。[④] 1900 年 2 月至 7 月，梁启超在檀香山停留之际，拿着孙中山的"介函"去见檀香山兴中会成员，"以'名为保皇实则革命'之语欺骗兴中会员使尽入彀中"。[⑤]《清议报》第五十二册曾刊载一

[①] 参见，李喜所、元青：《梁启超传（修订本）》，北京：人民出版社，2010 年，第 122—124 页。

[②] 梁启超：《论变法必自平满汉之界始》（《清议报》第一册，光绪二十四年十一月十一日），《清议报》报馆编：《清议报》第一册，北京：中华书局，1991 年，第 11 页。

[③] James Reeve Pusey, *China and Charles Darwin*, Cambridge（Massachusetts）and London：Harvard University Asia Center, 1983, p. 182.

[④] 冯自由：《革命逸史》第四集，第 97—98 页。

[⑤] 冯自由：《革命逸史》第四集，第 98 页。

篇题目为《檀香山保皇会宴会记》的文章，描述了 1900 年 7 月 4
日，即美国独立日之际，檀香山的保皇会成员为梁启超召开送别会
的场景。宴会上，梁启超"率同志一齐起立，恭祝皇帝万寿。齐声
喝采三声，声震全市"，他表示，"圣主幽囚，本非与诸君畅饮之时
也，却望诸君勿存骄矜快乐之心，须抱哀痛忧虑之念"。① 这天傍
晚，华侨们还捐了万余元会中经费。1903 年冬，孙中山得知梁启超
暗自把孙中山组建的海外革命团体变为保皇组织，于是两人彻底
决裂。②

　　纵观上述情形，从戊戌政变到 1903 年，尽管梁启超一度接近
过以孙中山为首的革命派，但基本上还是属于保皇派，并为此开展
相关活动。虽说如此，如《梁启超传》所言，"1903 年前梁启超在
改良和革命之间还几度徘徊瞻顾，举棋不定"过。③

　　另一方面，《革命逸史》与《世载堂杂忆》都记载了留学生戢
翼翚与孙中山过从甚密的情形。④ 1901 年 6 月 25 日（辛丑五月十

---

① 佚名：《檀香山保皇会宴会记》（《清议报》第五十二册，光绪二十六年七月一日），
《清议报》报馆编：《清议报》第四册，北京：中华书局，1991 年，第 3357—3358 页。
② 参见，李喜所、元青：《梁启超传（修订本）》，第 131 页。
③ 李喜所、元青：《梁启超传（修订本）》，第 181 页。另外，根据石云艳的分析，梁
启超在其流亡生涯中曾发生两次政治立场的转变。第一次是以戊戌政变为契机，他
从主张自上而下的渐进式维新改良变为主张革命、共和。第二次是以 1903 年 5 月至
10 月的美国访问为契机，重新变为主张改良，提出了"开明专制论"（1906 年）。
石云艳：《梁启超与日本》，天津：天津人民出版社，2005 年，第 369 页。然而，参
考梁启超 1903 年访美之前的活动，很难断定他在这一时期毫不动摇地主张革命、共
和。关于梁启超的人生轨迹，参见，丁文江、赵丰田编：《梁启超年谱长编》，上海：
上海人民出版社，1983 年。
④ 参见，冯自由：《革命逸史》第三集，北京：中华书局，1981 年，第 44 页。刘成禺：
《述戢翼翚生平》，《世载堂杂忆》，沈阳：辽宁教育出版社，1997 年，第 130—134
页。刘成禺是戢翼翚的友人，曾留学日本，跟随孙中山参加革命活动。

日），主张"革命仇满"的《国民报》月刊在东京创刊。戢翼翚、杨廷栋、杨荫杭等人都参与了发刊，"报中文字由力山、杨廷栋、杨荫杭、雷奋等执笔"，其后，因资金不足，《国民报》出到第四期就停刊。① 据冯自由所言，康有为、梁启超等人无论是在戊戌政变之前还是之后，都发行了多种报纸杂志，革命派难以与之相提并论，虽说如此，1900 年以后，"东京留学生渐濡染自由平等学说，鼓吹革命排满者日众，译书汇编、开智录、国民报缤纷并起，湖北学生界、浙江潮、新湖南、江苏各月刊继之，由是留学界有志者与兴中会领袖合冶为一炉"。②

当然，并非所有的中国留日学生都是革命派。郭梦垚指出，1899 年秋，中国留学生在东京创立励志会，励志会最初没有明确的政治立场，后来随着成员增多逐渐分化为"稳健派"和"急进派"，戢翼翚等人属于"急进派"，"于 1902 年从励志会独立，成立了东京青年会。青年会明确以民族主义为宗旨，以破坏主义为目的，被称为留学生界的第一个革命组织"。③ 也就是说，戢翼翚、杨荫杭、杨廷栋从一开始就表明革命的立场，与梁启超的政治立场明显不同。

---

① 冯自由：《革命逸史》初集，北京：中华书局，1981 年，第 96—97 页。"力山"是指秦力山。
② 冯自由：《革命逸史》初集，第 10—11 页。
③ 徐志民、孙安石、大里浩秋等：《团体与日常：近代中国留日学生的生活史》，第 33—34 页。

第三节　杨荫杭与《物竞论》

一、《强者之权利之竞争》与《物竞论》

1893 年，《强者之权利之竞争》（《強者の権利の競争》）在东京出版。加藤弘之后来回顾道，他认为自己于 1882 年出版的《人权新说》未能充分展开论述，自此以后一直着手撰写新著作，终于实现此书的出版。[①]《强者之权利之竞争》由序论、总论、第一章至第十章、结论这几个部分构成。该书否定天赋人权论，围绕统治者与被统治者、上等族与下等族、自由民与不自由民、男子与女子、各国相互之间的强者之权利之竞争，以及权利的进步发展进行分析。加藤表示，我们的权利完全生成于社会竞争的结果所导致的强者之权利，由于弱者难以抵抗强者，因此不得不承认强者的权利，于是，强者之权利终于变为制度上正当的权利。[②]

1899 年 10 月 25 日（光绪二十五年九月二十一日），梁启超在《清议报》第三十一册发表文章《论强权》，他把"强者之权利"译为"强权"，在文中介绍了《强者之权利之竞争》的内容。关于梁启超对加藤弘之主张的认知，以往的研究者参考梁启超的诸多文

① 参见，加藤弘之：《経歴談》（1896 年），植手通有編：《日本の名著 34：西周；加藤弘之》，東京：中央公論社，1984 年，第 496 页。1893 年（明治二十六年）5 月，德语版《强者之权利之竞争》在东京出版，同年 11 月日文版出版，翌年，柏林版出版。田畑忍评价道：本书"成为加藤弘之的核心成就，可谓是他的思想顶点"。参见，田畑忍編、加藤弘之著：《強者の権利の競争》，東京：日本評論社，1942 年，第 61 页。

② 加藤弘之：《強者の権利の競争》，東京：哲学書院，1893 年，第 239 页。

章后得出如下结论。郑匡民指出，虽然梁启超称赞了加藤弘之的
"强权"论，但是由于当时的中国尚未形成自己的"民族主义"，
因此梁启超认为"平权派"（以卢梭为首的民约论者）的理论更适
合中国。① 李晓东指出，"梁启超通过吸收'强权'论，继承了
'斗争的动机'，与此同时，试图利用'天赋人权'的精神，以便
唤醒人民对自由的向往，创造出'新民'"。② 川尻文彦表示，"这
种一切皆被还原为权力关系的单纯明了的图式"，振奋了刚刚流亡
日本的梁启超的内心，本书虽然提及利己心与利他心，但是，梁启
超写《论强权》时尚未对二者之间的关系产生兴趣。③

　　在《论强权》当中，梁启超强调道："欲自由其一身，不可不
先强其身。欲自由其一国，不可不先强其国。"④ 他从自卫的立场
表达了将中国建设为强国的愿望。并且，他在文中表达了对专制主
义的厌恶之情，指出，"如专制主义，自今日视之，诚为可笑可
憎"。⑤ 此外，尽管加藤弘之在原著中提及法国大革命时使用了
"革命"一词，⑥ 但在讨论强者之权利之竞争以及权利的进步发展

① 参见，郑匡民：《梁启超启蒙思想的东学背景》，上海：上海书店出版社，2003年，第225—226页。
② 李晓东：《近代中国の立憲構想：厳復・楊度・梁啓超と明治啓蒙思想》，第176页。
③ 参见，川尻文彦：《"进化"与加藤弘之、严复、梁启超：近代日中之间关于"进化"的"概念"关联》，郑大华、黄兴涛、邹小站主编：《戊戌变法与晚清思想文化转型》，北京：社会科学文献出版社，2010年，第258、262页。
④ 梁启超：《论强权》（《清议报》第三十一册，光绪二十五年九月二十一日），《清议报》报馆编：《清议报》第二册，北京：中华书局，1991年，第1997页。
⑤ 梁启超：《论强权》（《清议报》第三十一册，光绪二十五年九月二十一日），《清议报》报馆编：《清议报》第二册，第1998—1999页。
⑥ 参见，加藤弘之：《強者の権利の競争》，第186页。原著提及法国大革命的语句如下，"西暦千七百年ノ末ニ佛国ニ大革命起ルニ方リ"。

时，使用"冲突""抵抗"等表述，没有使用"革命"这个词语。与此形成对照的是，梁启超在总结加藤弘之关于权利之进步发展的论述时称，"近世经一次革命，则有强权之人必增多若干，而人群之文明必进一级"，① 他在此处特意使用了"革命"一词。如前文所述，在这个时间节点，梁启超与孙中山的交往日渐密切，他确实继承了"斗争的动机"。可是，在 1899 年梁启超写给康有为的信件中，梁启超一方面主张"共和政体"，另一方面声称"将来革命成功之日，倘民心爱戴，亦可举为总统"，即推举光绪帝为总统。② 由此可知，他信中所谓的"革命"与革命派主张的"革命"在内核上有着微妙的不同。

　　或许是因为梁启超的推介，加藤弘之受到当时中国知识分子的关注，其著作被广泛翻译成中文。其中最有影响力的译著莫过于杨荫杭翻译的《物竞论》，其原著就是《强者之权利之竞争》。《物竞论》在当时读者甚众，孙宝瑄、鲁迅、周作人等也是该书的读者。为此，邹振环将《物竞论》评为"影响中国近代社会的一百种译作"之一。③

　　根据杨荫杭的女儿，即作家杨绛回顾，杨荫杭生于 1878 年，父亲和祖父两代都是浙江一带的小官吏，家财微薄，但是由于杨荫

---

① 梁启超：《论强权》（《清议报》第三十一册，光绪二十五年九月二十一日），《清议报》报馆编：《清议报》第二册，第 1999 页。关于"近世"一词，梁启超在《中国史叙论》（1901 年）中把乾隆末年到梁启超所处的时代命名为"近世"。参见，梁启超：《中国史叙论》（《清议报》第九十一册，光绪二十七年八月初一），《清议报》报馆编：《清议报》第六册，北京：中华书局，1991 年，第 5686 页。
② 冯自由：《革命逸史》第二集，北京：中华书局，1981 年，第 29 页。
③ 参见，邹振环：《影响中国近代社会的一百种译作》，北京：中国对外翻译出版公司，1996 年，第 150—152 页。

杭成绩优秀，得以考取公费坚持学业。杨荫杭于 1895 年考入天津中西学堂（北洋大学堂的前身），1897 年考入上海的南洋公学，1898 年读书期间结婚，1899 年被南洋公学派至日本留学，留学资金来源为"南洋官费"。① 冯自由在《革命逸史》中记述道：1899年，南洋公学总共派遣六名学生前往日本留学，分别是章宗祥、雷奋、杨廷栋、杨荫杭、胡礽泰、富士英，由于他们都不懂日语，因此先去日本文部省创设的日华学校学习日语等知识，然后升入各所高校。② 除胡礽泰以外，其他五人都是译书汇编社的成员，并且，雷奋、杨廷栋、杨荫杭、富士英都是东京专门学校的学生。③

　　结合本章第二节可知，杨荫杭与杨廷栋的早期经历几乎一致。两人都是被南洋公学派遣出国留学，都相继就读于日华学校、东京专门学校。他们都曾在译书汇编社从事翻译活动，在主张革命排满的《国民报》担任主笔，都是在 1902 年回国后进入南洋公学译书院从事翻译工作。不仅如此，他们还都曾在 1902 年 12 月创刊的《大陆报》担任主笔。④ 因此，对于加藤弘之的著作，两人很有可能抱有相似的认知。

　　迄今为止，已有不少研究着眼于梁启超对加藤弘之主张的看

① 参见，杨绛：《回忆我的父亲》，罗俞君编，杨绛著：《杨绛散文》，杭州：浙江文艺出版社，1994 年，第 84—88 页。徐志民、孙安石、大里浩秋等：《团体与日常：近代中国留日学生的生活史》，第 28 页。

② 冯自由：《革命逸史》初集，第 132 页。日华学校创立于 1898 年 6 月，是为教育清国学生语言等科目，以使留学生顺利升学所设。关于该校详情，参见，黄福庆：《清末留日学生》，台北：台湾"中央研究院"近代史研究所，1983 年，第 125—126 页。

③ 参见，さねとう・けいしゅう：《中国人日本留学史》增补版，第 259—260 页。

④ 邹振环：《戢元丞及其创办的作新社与〈大陆报〉》，《安徽大学学报（哲学社会科学版）》2012 年第 6 期，2012 年 11 月，第 109—111 页。戢翼翚，字元丞。根据邹振环的调查，月刊《大陆报》是由戢翼翚创建的作新社发行。

法，至于中国留日学生如何翻译加藤弘之的著作，又是持何种立场看待他的著作，则很少受到关注。如前文所述，梁启超与杨荫杭的政治立场不同。因此，选取《强者之权利之竞争》及其中译本，具体考察杨荫杭等早期中国留日学生如何吸收加藤弘之的思想，是一项很有意义的研究。

杨荫杭虽曾担任《国民报》《大陆报》的主笔，然而或许是因为担心遭到清政府的迫害，他一直使用笔名或不署名，所以很难判断该时期哪些文章是他的作品。① 除了《物竞论》以外，只发现一本他翻译的书籍，即《名学》（1902 年）。由于《名学》是有关逻辑学的书籍，在此处不具备参考价值。② 故而若要考察杨荫杭当时的思想，唯有充分比较《物竞论》及其原著。

以往只有李冬木将《强者之权利之竞争》与《物竞论》进行对比，他指出杨荫杭使用了严复创造的译词，并且考察了原著中出现的西方学者的姓名如何被翻译成中文，至于杨荫杭在译文中的添加和删除等，一概未曾提及。③ 因此，逐字逐句对比原著与译书具

---

① 据杨绛回顾，杨荫杭于 1902 年回国后仍继续主张革命，"招致清廷通缉"，于是在 1906 年前往美国求学，后来在宾夕法尼亚大学攻读硕士学位，其后，"他原先的'激烈'，渐渐冷静下来"。详见，杨绛：《回忆我的父亲》，罗俞君编，杨绛著：《杨绛散文》，第 92—93 页。另外，杨绛后来编辑出版了杨荫杭于 1920 年至 1925 年发表的时评类文章。但是由于杨荫杭的政治思想发生过转变，因此无法将这些 20 世纪 20 年代的文章用于印证清朝末年杨荫杭的思想倾向。详见，杨绛编：《杨荫杭集（上·下）》，北京：中华书局，2014 年。

② 参见，邹振环：《辛亥前杨荫杭著译活动述略》，《苏州大学学报（哲学社会科学版）》1993 年第 1 期，1993 年 2 月，第 123 页。杨荫杭参考西方的逻辑学著作并添加中国的典故，编译出《名学》一书，于 1902 年 5 月在东京出版，其后不久又改标题为《名学教科书》，经由上海的文明书局出版。

③ 参见，李冬木：《关于〈物竞论〉》，《鲁迅研究月刊》，2003 年 3 月，第 8—16 页。

有一定的研究价值。

　　另外，根据邹振环的调查，虽然《物竞论》的杂志连载版与译书汇编社版、作新社版内容相同，但是连载版有不少错误，后出的译书汇编社版和作新社版对此进行了订正。[1]笔者关注的不是错字、印刷错误、单纯的误译，而是译者具有目的性的翻译加工，因此选用最后出版的中译本，即作新社第三版，与原著进行比较。

　　严复翻译的《天演论》与英文原著存在很多不同，与之相比，杨荫杭翻译的《物竞论》可谓是相当忠实的译作。《物竞论》连载于1901年，杨荫杭时年23岁，才刚学习了两年日语。在这个日语近代文体尚未完全确立的年代，加藤弘之采用"汉文训读体"，即"汉文调"进行写作。也就是说，汉字与假名交杂在一起，只要调整语序就能改为类似中文的语句。所以在当时，将日语翻译成中文比较简单。然而，在《物竞论》当中，常能看到译者充满目的性地添加自己的语句、删除原著的语句。

　　需要补充的是，杨荫杭在《物竞论》的凡例里解释道，他把冗长、重复的部分省略，在不改变原著意思的情况下调整了译文的顺序。对于此类调整，笔者不进行针对性的考察。

二、对欧洲的认识

　　在1882年版的《人权新说》扉页，加藤弘之亲笔题字道："优胜劣败是天理矣　加藤弘之。"[2]"优胜劣败"是加藤弘之创造的译

---

[1]　参见，邹振环：《影响中国近代社会的一百种译作》，第150—151页。
[2]　加藤弘之：《人権新説》，東京：谷山楼，1882年，扉页。

词，用于翻译达尔文所说的"survival of the fittest"（适者生存、最适者生存）。① 把"适者"视为"优者"，把"不适者"视为"劣者"，这种观念并非始于加藤弘之。欧美早已出现"给个人设等级""给人种排序"的倾向，"大多欧洲人往往认为其他人种比自己劣等，其劣等程度可以根据技术及社会发展的水平来衡量"。②

松本三之介对加藤弘之的读书备忘录《疑堂备忘》（1877 年 12月—1882 年 11 月）展开分析，他指出，大约自 1879 年起，加藤弘之"关心的方向基本集中在人类起源、高等动物与未开化人种的比较、优劣人种之间的生存竞争等问题上"。③ 并且，在《人权新说》里，加藤弘之把"野蛮人种"视为"最下等人种"，认为野蛮人种在生存竞争当中彻底失败、灭绝，抑或屈服于被"优等人种"欧美人民支配的命运。④

在 1893 年的《强者之权利之竞争》里，加藤弘之的这一认知并未发生变化。例如，在原著第四章，他介绍了德国民族学家古斯塔夫·弗里德里希·克利姆（Gustav Friedrich Klemm）的观点（例

---

① 参见，加藤弘之：《人権新説》，第 22 页。加藤弘之写道，他想将这一大规则称为"优胜劣败"的规则。（原文：余ハ此一大定規ヲ称シテ優勝劣敗ノ定規ト云ハント欲ス。）从这句话可以看出，"优胜劣败"是加藤弘之创造的译词。另外，沈国威指出，"进化"是加藤弘之的造词。参见，沈国威：《新语往还——中日近代语言交涉史》，北京：社会科学文献出版社，2020 年，第 173 页。

② ピーター·J·ボウラー：《進化思想の歴史（下）》，鈴木善次ほか译，東京：朝日新聞社，1987 年，第 459 页。

③ 松本三之介：《加藤弘之における進化論の受容》，第 18 页。

④ 参见，加藤弘之：《人権新説》，第 87—89 页。

3－1）。①

　　例3－1：原文（《强者之权利之竞争》）： くれむハ其開化
史ノ論説ニ於テ欧洲人種ヲ敢為進取ノ気象ヲ具備セル<u>男ラシ
キ</u>人種トシ、他人種ヲ怯懦退縮ノ気象アル<u>女ラシキ</u>人種ト
シ。（第71页）

　　原文意思： 克利姆在其开化史的论著中认为，欧洲人种具
备敢为进取的气象，是<u>有男性气质的</u>人种，其他人种具有怯懦
退缩的气象，<u>是有女性气质的</u>人种。

　　译文（《物竞论》）： 昔葛雷牟著开化史，论欧洲人种有敢
为进取之气，故其性属<u>阳</u>。而其他人种，则懦弱退缩，故其性
属<u>阴</u>。（第36页）

　　【注：本章所有例文当中，直线表示需要注意的部分，波
浪线表示译者自行增添的部分。】

　　杨荫杭把"男ラシキ"（有男性气质的）翻译为"阳"，把
"女ラシキ"（有女性气质的）翻译为"阴"。在中文里，"阳"和
"阴"是一组相对的概念，男性常被视为"阳"，女性常被视为
"阴"，可以说，杨荫杭比较正确地翻译了原文。

　　加藤弘之认可克利姆的这一观点，同样认为欧洲人种"敢为进

---

① 田畑忍编、加藤弘之著《强者之权利之竞争》完整收录了加藤弘之的原著，不过，
本书选取该著作的初版，即哲学书院版来进行比较分析。另外，本章为了便于读者
理解日文原文的意思，将日文原文翻译为中文白话。虽然笔者致力于忠实翻译，但
仍有可能出现错漏，还望读者批评指正。

取",他在原著第九章分析男子与女子之间的强者之权利之竞争时指出,"劣等人种"的夫权极为强大,与此相对,欧洲从中世起就有"一夫一妻"的风俗。① 其原因"应该说是完全在于欧洲人种优等,有敢为进取的气象,不允许人类的一半永久拥有强权"(例3－2)。

> **例3－2:原文(《强者之权利之竞争》):** 全ク欧洲人種ノ優等ニシテ敢為進取ノ気象アリテ、永ク人類一半ノ強権ヲ許サヽルノ致ス所ト云フヘキナリ。(第185页)
>
> **原文意思:** 应该说是完全在于欧洲人种优等,有敢为进取的气象,不允许人类的一半永久拥有强权。
>
> **译文(《物竞论》):** 盖欧洲人种有敢为进取之气象,故强权普于人类,初不以男女而分。(第91页)

然而,如例3－2所示,杨荫杭并未翻译原文中的"優等"(优等)二字。倘若只有此处删除了这两个字,或许可以认为这只是单纯的"漏译",可是,其他译文段落里出现了相似的"漏译"(例3－3)。

> **例3－3:原文(《强者之权利之竞争》):** 欧洲ノ女子ハ其人種ノ優等ニシテ、敢為進取ノ気象アルト並ニ其教育ノ夙ニ

---

① 加藤弘之:《强者の権利の竞争》,第185页。加藤弘之:《物竞论》,杨荫杭译,上海:作新社,1903年,第91页。杨荫杭把原文中的"劣等人种"翻译为"劣弱之人种"。

開ケテ為メニ、知識才能モ大ニ進歩シタルカ為メニ、妄ニ男
子ノ圧制ノ下ニ屈服スルコトヲ肯セス……（第190—191页）

原文意思：欧洲女子因为<u>人种优等</u>、<u>有敢为进取的气象</u>，
并且很早以前就接受教育，知识才能进步很大，所以不肯轻易
屈服于男子的压制……

译文（《物竞论》）：欧洲之女子盖由<u>欧洲人种有敢为进取
之气众</u>，且教养有素，才识殊众，故不受男子之压制。（第
94页）

在这里，加藤弘之继续强调欧洲人种是优等的，然而杨荫杭没
有翻译"優等"（优等）这两个字。

不过，杨荫杭在《物竞论》里并非全面排除"优""劣"等措
辞。比如，他非常忠实地翻译道，在动物界的生存竞争当中，"至
优至强之人类，而征服各种劣弱之动物"（例3-4）。在人类社会
当中，"优强者掌握权力，以征服其劣弱者"（例3-5）。并且，加
藤弘之指出，开化人民恣意压制与其利害相异的劣等人民，杨荫杭
在此处将"劣等人民"翻译为"劣弱之种"（例3-6）。

例3-4：原文（《强者之权利之竞争》）：最モ<u>優</u>强者タル
吾人は万種ノ<u>劣</u>弱动物ヲ征服スル……（第5页）

原文意思：最为<u>优</u>秀强大的我们人类，征服各种<u>劣</u>弱动
物……

译文（《物竞论》）：至<u>优</u>至强之人类，而征服各种<u>劣</u>弱之
动物。……（第3页）

例3－5：原文（《强者之权利之竞争》）：優強者力権力ヲ掌握シテ劣弱者ヲ征服スル……（第34页）

原文意思：优强者掌握权力，征服劣弱者……

译文（《物竞论》）：优强者掌握权力，以征服其劣弱者。……（第16页）

例3－6：原文（《强者之权利之竞争》）：開化人民力利害ノ異ナレル劣等人民ヲ恣ニ圧倒スル……（第217—218页）

原文意思：开化人民恣意压制与其利害相异的劣等人民……

译文（《物竞论》）：文明之民，肆其力以制劣弱之种。……（第107页）

也就是说，杨荫杭在吸收"优胜劣败"这一图式的过程中，对于将人种分为"优""劣"的行为似乎没有特别的抵触，但是他不想在译文中陈述欧洲人种优等。

不过，这种翻译手法并非否定该时代欧洲的文明开化。杨荫杭把加藤原文中的"今日欧洲ノ最大開明"（今日欧洲之最大开明）翻译为"今日欧洲之文明"。一方面，他承认欧洲确实处于文明的状态；另一方面，他不认同欧洲是最高级的文明。①

总而言之，我们可以清晰地发现，对于欧洲的人种和文明，加藤弘之和杨荫杭的观点存在微妙的不同。关于其原因，后文将具体

---

① 加藤弘之：《強者の権利の競争》，第157页。加藤弘之：《物竞论》，杨荫杭译，第79页。

展开分析。

三、对专制的认识

1883—1886 年，加藤弘之写下了以"自由"为主题的草稿。在其《自由论》中，常能看到"为了自由而展开的竞争""统治者与被统治者为了自由而展开的竞争""高等人民与下等人民的竞争""男子与妇人的竞争""强大国与弱小国以及优等人种与劣等人种的竞争"等表述。[1] 尽管该草稿当时未能付梓，但是反映了加藤弘之通往《强者之权利之竞争》的思考轨迹。田中友香里在考察草稿《自由论》的基础上指出，"在加藤看来，最理想的统治形态是立宪君主制"。[2]

阅读《强者之权利之竞争》可知，加藤弘之高度评价明治维新以来的立宪君主制。例如，他在第七章论述上等族和下等族之间的强者之权利之竞争及其权利的进步发展时，列举了明治维新的例子，并做如下阐述。

"贵族的专横绝不可能永远持续下去，这是天则之理所当然。"[3] 平民获得才智后变得富有，这些成为"新强者"的平民与贵族相互冲突、针锋相对，结果导致两个强者的权力不得不均衡起来。[4] 在江户时代，"虽然大名服从将军的命令，但是大名相对其

---

① 参见，加藤弘之：《自由論（三-1）》（1885 年 8 月 16 日—9 月 6 日），大久保利謙、田畑忍監修、上田勝美、福嶋寛隆、吉田曠二編：《加藤弘之文書》第二卷，京都：同朋舎，1990 年，第 287 页。

② 田中友香理：《『人権新説』以後の加藤弘之：明治国家の確立と　「強者ノ権利」論の展開》，《史境》64，2012 年 3 月，第 43 页。

③ 加藤弘之：《強者の権利の競争》，第 129 页。

④ 加藤弘之：《強者の権利の競争》，第 130 页。

臣民权力极大，地位愈发稳固。然而，天则绝不允许其永远持续下去，于是发展为维新大改革的时运，通过废藩置县这个全世界都无可类比的盛举，大名的特权被大幅去除，如今，华族、士族、平民几乎都拥有均衡、平等之权，成为直接隶属于天皇陛下的臣民"（例3－7）。①

如此这般，对于华族、士族、平民为何拥有法律上的平等的权利，加藤弘之将其解释为强者之权利之竞争所导致的结果，并且，他还肯定了明治政府"四民平等"这一口号的合理性。从"全世界都无可类比的盛举"这一表述中也可看出加藤弘之对明治维新的高度评价。然而在翻译此段时，杨荫杭却删除了"成为直接隶属于天皇陛下的臣民"这句话（例3－7）。

例3－7：原文（《强者之权利之竞争》）： 然レトモ、天则ハ决シテ其永续ヲ許スモノニアラサレハ、遂ニ維新大改革ノ時運ニ及ヒ、全世界ニ比類ナキ廃藩置県ノ盛举ニヨリテ、大名ハ大ニ其特権ヲ除カレ、今日ハ華士族平民共ニ殆ト平等ノ権ヲ有シテ均シク。<u>天皇陛下直隷ノ臣民トナルニ至レリ</u>。（第132页）

原文意思： 然而，天则绝不允许其永远持续下去，于是发展为维新大改革的时运，通过废藩置县这个全世界都无可类比的盛举，大名的特权被大幅去除，如今，华族、士族、平民几乎都拥有均衡、平等之权，<u>成为直接隶属于天皇陛下的臣民</u>。

---

① 在后文中，加藤弘之暗示道，其实欧洲的贵族与平民没有那么平等，明治社会中的华族、士族、平民也并没有变得完全平等。

　　译文（《物竞论》）：<u>然此法断无可久之理，故明治维新，废藩置县，而大名之特权，乃一律废除。今日则华族、士族、平民一律平等。较之往古诚不可同日语矣。</u>（第 66 页）

　　类似的翻译加工还出现在《物竞论》第六章。加藤弘之认为，专制政治是强者之权利之竞争的结果，专制未必是绝对的恶政，某些情况下是良政，明治维新就是一例。"吾邦皇政维新之后，天皇陛下以专制之政，施行诸般大革新，特别是诸如废藩置县、武职解除等，仅用很短岁月就完成了古今未曾有过的事业，这完全是我们万世一系的天皇陛下的功劳，他国那些通过易姓革命上位的君主绝对不敢企及。"[1] 考虑到原著出版的时间是在 1893 年，在此之前，《大日本帝国宪法》于 1889 年公布，《教育敕语》于 1890 年颁布，也就是说，原著出版之时，"天皇制绝对主义"业已形成。然而，面对这么一长段称颂明治维新的原文，杨荫杭却仅用七个字来"翻译"——"日本之维新亦然"，即，专制的明治维新也是良政。[2]

　　虽然杨荫杭没有否定明治维新的成功，但是从译文中能感觉到他的冷淡，似乎他并不愿意强调明治天皇的作用。《物竞论》连载于 1901 年 5 月，距离戊戌变法失败才过了不到三年。那场以光绪帝的支持为基础实施的政治改革运动，致力于将中国建设为君主立宪制国家，结果历时百余日就因遭到以慈禧太后为首的守旧派的反对而宣告失败。杨荫杭之所以省略有关明治维新、明治天皇的语句，很有可能是因为他联想到了戊戌变法的失败。并且，1900 年，

---

① 加藤弘之：《強者の権利の競争》，第 105 页。
② 加藤弘之：《物竞论》，杨荫杭译，第 54 页。

高唱"扶清灭洋"口号的义和团才被清廷利用后不久就遭镇压。面对这一连串事件，杨荫杭没有理由对清政府抱有好感。

那么，杨荫杭到底欣赏怎样的政治体制？从他的翻译加工中可以读取到答案。加藤弘之在原著第五章指出，在"草昧未开化的社会"，酋长的权力无法大幅增长，是因为"召开人民会议来议定政事是普遍的习惯"，接着，他又进行了如下阐述（例3－8）。

例3－8：原文（《强者之权利之竞争》）：後世王権ノ漸ク増大トナルニ随ヒ、人民会議ハ次第ニ衰ヘテ、其権力ヲ失フコトヽナリ。（第82页）

原文意思：后世随着王权日渐增大，人民会议逐渐衰落，失去了它的权力。

译文（《物竞论》）：后世君权日益强大，而人民会议之良法，渐以不振。（第41页）

在翻译"人民会議"（人民会议）时，杨荫杭添加了"良法"一词来表达自己对"人民会议"的评价。

并且，在《强者之权利之竞争》的第六章，加藤弘之描述了"日耳曼民种"不甘屈服于专制的事例，杨荫杭在正确翻译了原文之后，又添加自己的语句表达称赞，"夫乃知日耳曼民种之气象为可贵也"（例3－9）。

例3－9：原文（《强者之权利之竞争》）：日耳曼民種ハ元来其気象壮大ニシテ敢テ専制ノ下ニ屈服セサルモノナリケレ

八、日耳曼民種ノ古代ノ気象ノ猶ホ大ニ存セル各国ニアリテ
ハ専制ノ力甚夕強大ナルコトヲ得サリキ。（第 98 页）

原文意思：日耳曼民种原本就气象雄大，不甘屈服于专制
之下，故而在那些还存在不少日耳曼民种古代气象的国家当
中，专制之力无法变得非常强大。

译文（《物竞论》）：日耳曼民种，则气象雄大，不甘屈服
于专制之下。故各国之中，其犹带古代日耳曼民种之气象者，
其专制之力，往往不能强大。夫乃知日耳曼民种之气象为可贵
也。（第 50 页）

综上所述，杨荫杭称"人民会议"为"良法"，赞赏不甘屈服
于专制之下的"日耳曼民种"，从他自行添加的语句可以看出，他
在内心排斥专制，重视"人民会议"也即民主。

再者，在原著第六章的最后一段，加藤弘之写道："学者往往
认为共和政治或某君主国（如英国等）的主权完全在人民手中，持
'政府完全是人民佣仆'这一观点的人也并非没有。"加藤将此类
观点视为"谬论"，称其"完全违背真理"，① 而杨荫杭却把这段长
达 16 行的段落完全删除。② 很有可能是因为杨荫杭反对加藤弘之的
批判，赞成"主权在民"的观点。

总而言之，从译文中的添加和删除部分可以看出，杨荫杭认为
中国无法实施像明治维新那样的渐进式改革，因此，在翻译加藤弘
之的著作时，他有意忽略加藤对明治天皇的称颂，对译文进行"加

① 加藤弘之：《強者の権利の競争》，第 112—113 页。
② 加藤弘之：《物竞论》，杨荫杭译，第 57 页。

工",一反原著宗旨,转而批判专制、主张民主共和。

四、对亚洲人种的认识

《强者之权利之竞争》出版于甲午中日战争爆发之前的 1893年。既然加藤弘之心满意足地回顾了明治维新的光辉成就,那就不可能对日本人种抱有否定的态度。也正出于上述缘故,在原著第六章,加藤弘之一方面承认"亚洲人种的性质是怯懦退缩,类似女子",① 另一方面却把日本和中国视为例外。他解释道:"不过,即使在亚洲人种当中,诸如日本及中国的人民绝不像其他各国那样拥有女性气质,因此,理所当然,这两个国家与其他各国不可同日而语,特别是日本,已经设立立宪政体,最能证明日本人民优于他国。"② 可是在译文中,这段话却被杨荫杭删除。③

并且,加藤弘之指出,"亚洲人种除日本、中国以外,大多安于怯懦退缩,有女子之性质,因此最终无法抵抗专制,那样一来,就导致专制永久持续下去"。对于这句原文,杨荫杭进行了如下"加工"(例 3 - 10)。

例 3 - 10:原文 (《强者之权利之竞争》):亜細亜人種ハ日本支那等ヲ除クノ外、多クハ怯懦退縮ニ安スル所ノ女ラシキ性質アルカ故ニ、遂ニ専制ニ抗抵スルコト能ハスシテ、夫

---

① 加藤弘之:《強者の権利の競争》,第 92 页。原文:"亜細亜人種ハ怯懦退縮ノ性質ニシテ女ラシキ。"
② 加藤弘之:《強者の権利の競争》,第 93 页。
③ 加藤弘之:《物竞论》,杨荫杭译,第 47 页。

レヲシテ、遂ニ永続セシムルニ至リタルカ為メナリ。(第104 页)

原文意思: 亚洲人种除日本、中国以外,大多安于怯懦退缩,有女子之性质,因此最终无法抵抗专制,那样一来,就导致专制永久持续下去。

译文(《物竞论》): 亚人懦弱退缩,故专制不能骤去。此亦欧亚人种强弱之原矣。(第53 页)

从这段译文中可以发现三个问题。

第一,和上文所述例子一样,杨荫杭在这段译文中同样反对把日本和中国视为亚洲人种的例外,他把"亚洲人种除日本、中国以外,大多安于怯懦退缩,有女子之性质"(亜細亜人種ハ日本支那等ヲ除クノ外、多クハ怯懦退縮ニ安スル所ノ女ラシキ性質アル)翻译为"亚人懦弱退缩",在其"加工"下,亚洲人种成了没有例外的整体。《物竞论》连载于1901 年。在此之前,1895 年,中国在甲午中日战争中战败;1898 年,戊戌变法以失败而告终;1900 年,八国联军攻占北京。考虑到《物竞论》问世时的时代背景,杨荫杭不可能把这样的中国视为亚洲的例外。此外,杨荫杭虽说没有否定明治维新的成功,但是,既然他反对专制,就不可能把实施专制政治的日本视为亚洲的例外。在他眼里,既然日本与中国都屈服于专制,那么这两个国家与亚洲其他国家没有什么明显的不同。

第二,杨荫杭把"最终无法抵抗专制,那样一来,就导致专制永久持续下去"(遂ニ専制ニ抗抵スルコト能ハスシテ、夫レヲシテ、遂ニ永続セシムルニ至リタルカ為メナリ）翻译为"故专制不能骤去"。在加藤弘之看来，除了日本与中国以外的亚洲人种大多安于怯懦退缩，因此不可能摆脱专制。另一方面，杨荫杭认为，包括日本和中国在内的亚洲人种很难做到迅速摆脱专制。但是需要注意的是，杨荫杭没有否定亚洲人种摆脱专制的可能性。

第三，杨荫杭在翻译原文的基础上添加了自己的语句，指出，"此亦欧亚人种强弱之原矣"。如前文分析的那样，对于把人种分为"优""劣"的观点，杨荫杭虽然没有明显表现出抵触心理，但他尽力回避把欧洲人种划为"优等"的表述。可是，在这段译文中，他承认欧洲人种"强"，亚洲人种"弱"。乍一看去，"优"等同于"强"，"劣"等同于"弱"，然而其中存在着微妙的不同。

从加藤弘之的言论中可以读取到如下逻辑，即，因为日本和中国的人种优秀，所以专制支配不可能永久持续下去。换言之，在他的脑海里，人种的优等是成为强者的前提，故而劣等人种成为强者的可能性被直接否定。从他的其他著作中也可以读取到这一逻辑。比如，1893 年 11 月，加藤弘之在出版日语版《强者之权利之竞争》之前几日，出版了著作《杂居尚早》。该书有如下论述，"我们日本与其他亚洲人种截然不同，有敢为进取的气象，并且有颇为伶俐敏捷的人民，故而能在短短二三十年间实现社会的一大改良"。①

可是，对于杨荫杭而言，当前的人种等级并非固定不变的。优

---

① 加藤弘之：《雜居尚早》，東京：哲学書院，1893 年，第 40 页。《杂居尚早》出版于 1893 年（明治二十六年）11 月 24 日，《强者之权利之竞争》出版于同年 11 月 29 日。

等人种未必永远优等，劣等人种未必永远劣等。正因如此，他才用
"强"来评价欧洲人种，用"弱"来评价亚洲人种，或许他期待着
终有一日弱者会变为强者。

五、对国家间竞争的认识

在《强者之权利之竞争》的第十章，加藤弘之围绕国家间的强
者之权利之竞争以及权利的进步发展，展开如下论述。"因为强者
的权利必然产生于利己的动机，所以，当强弱两者相对立时，强者
不敢顾及弱者的利害，只顾着谋求自己的利益，这就是天则，这个
天则在列国交往时最为盛行。"① 在加藤弘之看来，"开化人民"压
制"劣等人民"虽然会给"劣等人民"，即"野蛮未开化的人民"
带来不幸，但是可以促进人类的文明开化，这种行为是顺应"天
则"。② 该逻辑把侵略正当化，对此，杨荫杭进行了忠实的翻译。

杨荫杭在《物竞论》的凡例表示，"是书所言，皆生存竞争优
胜劣败之理。其义富，其词危，务使人发愤自强以图进取，此其本
旨也"。③

《强者之权利之竞争》反复强调强者的权利，认为"权力、权
势、强者之权利，以及自由权等词语，若用学理来解释，全都是相
同的意思"。④ 阅读此书之人想必都会产生变为强者的欲望。可是，

① 加藤弘之：《強者の権利の競争》，第 208 页。参见，加藤弘之：《物竞论》，杨荫杭
　译，第 102 页。杨荫杭的译文如下："强者之权利，必因利己而起。故强弱相遇，强
　者但谋一己之利，而不顾弱者之害。各国之交际，胥用此道。"
② 参见，加藤弘之：《強者の権利の競争》，第 219、224 页。
③ 加藤弘之：《物竞论》，杨荫杭译，凡例，第 1 页。
④ 加藤弘之：《強者の権利の競争》，第 45 页。

日本人加藤弘之所期待的，是让日本走上帝国主义国家的道路，从该书中常能读取到侵略他国的野心。另一方面，中国人杨荫杭则站在自卫，即保卫中国的立场。杨荫杭之所以忠实地翻译了加藤弘之把侵略行径正当化的语句，是为了刺激中国读者发愤图强，当然，杨荫杭自己也很担心中国被侵略、被殖民。

举例而言，在原著第十章，加藤弘之想象了"宇内统一国"的成立。他指出，"据我所想象，宇内统一国绝不是世界万国，即文明国与野蛮国相互合作共同建设而成的国家，它是仅仅数个文明强大国家专门协调统一利害后共同建设出来的国家"。① 如田头慎一郎所言，"在近代日本吸收进化论的过程中……像加藤弘之这样以利己心为中心展开社团主义式的社会构想，是非常特殊的事例"。② 虽说如此，加藤弘之认为，只有在少数文明强大国家之间才有可能实现这种"社团主义"，而"野蛮未开化国家"的人民则走向灭绝，抑或拥有有名无实的权利自由，被已开化的人们奴役，他们的国家会被占领，面临沦为殖民地的命运。③ 那么，有资格建设"宇内统一国"的国家到底是哪些国家？如前文所述，加藤弘之常常强调欧洲人种是优等人种，还把日本和中国视为亚洲的例外，在此处，他也把"欧美各国及他洲一二文明国家（如日本及中国）"设定为有资格建设"宇内统一国"的国家。理所当然的，不把日本和中国视为亚洲例外的杨荫杭将"如日本及中国"一句

---

① 加藤弘之：《強者の権利の競争》，第 235 页。
② 田頭慎一郎：《加藤弘之と明治国家：ある 「官僚学者」 の生涯と思想》，東京：学習院大学，2013 年，第 310—311 页。
③ 参见，加藤弘之：《強者の権利の競争》，第 234—235 页。

删除（例 3 - 11）。

　　例 3 - 11：原文（《强者之权利之竞争》）： 宇内統一国ヲ以テ世界万国カ各平等ノ権利自由ヲ以テ相協議シテ建設スルモノトハ認メス、唯<u>欧米各国卜及ヒ他洲一二ノ文明国（日本及ヒ支那ノ如シ）</u>カ其利害ヲ同ジクスル所ヨリ相合シテ建設スルモノナラント信スルナリ。（第 233 页）

　　原文意思： 我不认为宇内统一国是由世界万国各自基于平等的权利自由，相互合作共同建设而成的国家，我相信，它是由<u>欧美各国及他洲一二文明国家（如日本及中国）</u>统一利害后共同合作建设出来的国家。

　　译文（《物竞论》）： 故所谓宇内统一国，非由世界万国，各以平等之权利自由相协议而成，不过<u>欧美各国，及他洲一二文明之国，</u>以利害相同而起。（第 116 页）

　　关于日本和中国的未来，加藤弘之自信满满地宣称，"我相信，像这两个国家，将来肯定会有充分的实力，必然会加入宇内统一国的建设当中"。[1] 该句所在段落共计 9 行，专门论述了日本和中国的优越性，然而杨荫杭将此段落完全删除。[2]

　　加藤弘之在原著反复强调，弱者成为新的强者，新强者与旧强者产生冲突，最终两者权力变得均衡，旧强者开始认可新强者在制度上享有的权利，这就是权利的进步发展过程。尽管他肯定了弱者

---

[1]　加藤弘之：《强者の権利の競争》，第 234 页。
[2]　参见，加藤弘之：《物竞论》，杨荫杭译，第 116 页。

成为强者的可能性，但是在他看来，并非任何人种、任何国家都能成为强者，其前提在于人种的优秀。也正因此，如前文所述，加藤弘之认为除日本和中国以外的其他亚洲国家无法摆脱沦为殖民地的命运，他否定了除日本和中国以外的亚洲各国成为强国的可能性。在他的逻辑里，优等人种及优等人种的国家拥有光明的未来，劣等人种绝不可能变为强者，劣等人种的国家绝不可能变为强国。

加藤弘之为日本和中国描绘的未来图景是获得殖民地，成为不亚于欧美各国的帝国主义国家。与此相对，在杨荫杭的译文中，日本与中国不被视为亚洲的例外，于是，包括日本、中国在内的亚洲整体都面临着共同的课题，即，通过摆脱专制、实施民主化来应对欧美的压力以及被殖民的危机。杨荫杭从加藤弘之的原著中感受到强烈的刺激，他迫切地希望把中国从被殖民的危机中解救出来，为此，他最大程度地保留了加藤弘之在《强者之权利之竞争》中阐述的优胜劣败思想，并且在此基础上添加了革命派的思想。也正是出于这个缘故，杨荫杭翻译的《物竞论》才在当时的中国大受欢迎。那么，为何杨荫杭不支持加藤弘之所主张的日本与中国在亚洲的优越性？为何在1901年这个时间节点认为专制是整个亚洲面临的共同问题？关于其思想形成的背景，日后还需进一步考察。

第四节 杨廷栋与《政教进化论》

本章第一节至第三节分析了加藤弘之著作被广泛翻译的主要原因，即，中国国内进化论热潮、加藤弘之在日本的较高知名度、梁启超的宣传、早期留日学生开始参加翻译活动等。并且在此基础上明确了研究中国留日学生如何翻译及认知该思想的意义，比较分析了加藤弘之的原著《强者之权利之竞争》与杨荫杭的译本《物竞论》。除此以外，在众多中文译作当中，由杨廷栋翻译的《政教进化论》非常值得关注，该译书的底本是加藤弘之的《道德法律之进步》。本节位于该研究的延长线上，聚焦于加藤弘之的原著《道德法律之进步》（1894 年）与杨廷栋的译本《政教进化论》（1902 年）。

渡边和靖把加藤的思想分为三期，初期为"政体论"时期，中期为政治的"进化论"时期，后期为伦理的"进化论"时期。[1] 加藤弘之曾在《道德法律之进步》的序言中写道，他在 1893 年的《强者之权利之竞争》中尽管多次提及道德法律的进步起因于强者的权利竞争，但是由于该书的主要目的是论证人类权利的进步发展，因此关于道德法律的内容相对简略。为此，他专门写作《道德法律之进步》一书加以补充。[2] 用加藤的话来讲，《道德法律之进步》就是《强者之权利之竞争》的"补遗"。[3] 尽管如此，《道德法律之进步》却起到了承前启后的作用，一方面承袭了加藤的政治"进化论"，另一方面又是加藤后期思想的开端之作，奠定了后期思想的基础。

然而，比起加藤的初期和中期思想，日本学界对其后期思想的

---

[1] 渡辺和靖：《加藤弘之の後期思想——近代日本に於ける「儒教」の運命》，第17 页。

[2] 加藤弘之：《道德法律之進步》，東京：敬業社，1894 年，緒言，第 1 页。

[3] 加藤弘之：《道德法律之進步》，緒言，第 2 页。

研究明显较少。① 虽然有学者在总体分析加藤思想的过程中简短考察或提及了《道德法律之进步》，但是据笔者所查，尚无学者将视线聚焦于该书，并对该书展开重点分析。至于杨廷栋的译书《政教进化论》，王中江在介绍中国进化主义与日本的中介作用时提及了该书书名，吴丕在描述中国留学生翻译介绍进化论的情况时却未提及杨廷栋和他的译书。② 换言之，《政教进化论》不过是在翻译史和中日交流史上留下了一个书名，从未被分析研究过。

进化论在近代日本和中国的传播存在一个"时间差"。当严复译《天演论》于1897年末开始连载后，中国人对进化论的热情空前高涨，不仅从西方直接引入进化论，还把日本人的进化论著作翻

---

① 如下这些加藤弘之的相关研究大多较为关注加藤的初期和中期思想。田畑忍编，加藤弘之著：《強者の権利の競争》；松本三之介：《加藤弘之における進化論の受容》；桐村彰郎：《加藤弘之の転向》；渡辺和靖：《加藤弘之の初期思想——西洋の政治原理と儒教》；渡辺和靖：《加藤弘之の所謂「転向」：その思想史の位置付け》，《日本思想史研究》5，1971年5月；植手通有：《明治啓蒙思想の形成とその脆弱性：西周と加藤弘之を中心として》，植手通有编《西周　加藤弘之》；中野目徹：《洋学者と明治天皇：加藤弘之・西村茂樹の「立憲君主」像をめぐって》，沼田哲编《明治天皇と政治家群像：近代国家形成の推進者たち》；渡辺昌道：《明治10年代前半における政局とイデオロギー状況：加藤弘之『人権新説』発刊経緯を通して》，《千葉史学》44，2004年5月；佐藤太久磨：《加藤弘之の国際秩序構想と国家構想：「万国公法体制」の形成と明治国家》；田中友香理：《加藤弘之『人権新説』の再検討》；田中友香理：《『人権新説』以後の加藤弘之：明治国家の確立と「強者ノ権利」論の展開》；工藤豊：《明治維新前後の日本の啓蒙思想：加藤弘之の初期思想を中心として》。除本书所引用的文献以外，与加藤后期思想相关的研究还可参见如下资料。田中友香理：《加藤弘之による雑誌『天則』の創刊》，《メディア史研究》37，2015年3月；葛奇蹊：《明治时期日本进化论思想研究》，北京：东方出版社，2016年。

② 王中江：《进化主义在中国的兴起：一个新的全能式世界观（增补版）》，第49页；吴丕：《进化论与中国激进主义1859—1924》，北京：北京大学出版社，2005年，第43—48页。

译成中文，把西方进化论著作的日译本转译为中文。杨廷栋作为一名早期留学日本的中国学生，1902 年 5 月 17 日（光绪二十八年四月初十）出版了加藤弘之著作的中译本《政教进化论》，同年年末和翌年夏季，以赫伯特·斯宾塞著作的日译本为底本分别出版了转译作品《原政》第一册和第二册，可谓是经由日本引入进化论思想的代表性人物。他的翻译作品无疑会影响到中国读者对进化论的理解与吸收。

　　本节采用逐字逐句对比原文和译文的研究方法，围绕加藤弘之的原著《道德法律之进步》与杨廷栋的译书《政教进化论》，分析杨廷栋在译文中的增、删、修改等情况。试图考察杨廷栋对加藤思想的认知，并分析他的译书对近代中国引入进化论思想曾产生怎样的影响。

一、《政教进化论》的翻译出版及成书情况

　　《政教进化论》的译者杨廷栋（1878/1879？—1950 年），字翼之，江苏吴县人。① 1897 年起在南洋公学（上海交通大学前身）学习，1899 年，被南洋公学派往日本，先后在日华学校及东京专门学

---

① 关于杨廷栋的出生年，《苏州民国艺文志》写为 1861 年，《逝去的风流：清末立宪精英传稿》写为 1879 年，孙宏云则认为是 1878 年。考虑到作家杨绛的父亲杨荫杭是在 1878 年出生，和杨廷栋同年被派往日本留学，二者的早期经历基本一致，因此，杨廷栋出生于 1878 年或 1879 年的可能性较高。关于杨廷栋的履历，参见如下资料。张耕田、陈巍主编：《苏州民国艺文志》上卷，扬州：广陵书社，2005 年，第 225—226 页；侯宜杰：《逝去的风流：清末立宪精英传稿》，北京：北京师范大学出版社，2013 年，第 85—87 页；曹丽国：《浅析杨廷栋的救国历程》，《邢台学院学报》第 28 卷第 1 期，2013 年 3 月；孙宏云：《杨廷栋：译介西方政治学的先驱者》，《中国社会科学报》，2015 年 3 月 6 日，第 B03 版。

校（早稻田大学的前身）留学。留学日本期间，杨廷栋积极参加翻译、出版等活动，1900 年末，杨廷栋参与创办了译书汇编社，其最具影响力的译作《民约论》就是在杂志《译书汇编》上连载。1901 年 6 月起，杨廷栋成为主张革命排满的《国民报》的主笔之一。① 1902 年回国后，杨廷栋担任过翻译、编辑、记者、政治家、实业家等。

虽然《政教进化论》的出版时间是 1902 年，但是杨廷栋着手翻译此书却远远早于该年。"庚子九月吴县杨廷栋撰于日本东京寓次"——这是《政教进化论》序言的结句。一般情况下，译者往往是在译完全书之后才执笔作序，换言之，早在参与创办译书汇编社之前的 1900 年旧历九月，杨廷栋很有可能自主翻译完加藤弘之的《道德法律之进步》，并未受到他人或机构的指示。

1901 年冬，戢翼翚恰好要从东京返回上海，临行前杨廷栋将译作交与戢翼翚，嘱其帮忙在上海刊印。戢翼翚欣然接受，赴上海后即交付给印局。可是因为印局繁忙，直至 1902 年 5 月，该书才由出洋学生编辑所出版。②

《政教进化论》为线装书籍，在书籍的右侧缝线，采用自上而下、从右到左的书写格式。翻开书籍后，右页和左页被合计为 1 "页"，全书正文共计 24 "页"，而如果按照今天的页数计算方式，

① 关于《国民报》的详情，参见，小野川秀美：《清末政治思想研究》，東京：みすず書房，1969 年，第 244—247 页。
② 参见，戢翼翚为《政教进化论》题写的跋。另外，留日学生戢翼翚是译书汇编社、作新社、出洋学生编辑所、《国民报》等的创办人。

应该是 48 页。与此相比，《道德法律之进步》的正文共计 130 页，乍一看去，与中译本的页数相差似乎非常之大。然而加藤弘之的写作习惯是不断在文中、文末及新章节开头反复总结强调前文中自己已经提出过的观点，而杨廷栋则会把那些重复过的语句删除，或是用相对简短的话语总结概括。此外杨廷栋还删除了若干冗长的例子和段落，并不影响文意的表达。并且，日文原著字号及行间距较大，中文译本则相对较小。从整体上来看，《政教进化论》不能算作"摘译"的范畴。

不仅如此，杨廷栋还对章节进行了调整，他在该书凡例中指出，"原书分为三章。因第二章头绪太烦。拆为三章。共成五章"。[1] 笔者逐字逐句对照了原著和译书，发现杨廷栋还对段落顺序进行了调整，其章节翻译情况参见表 3－2。

加藤弘之在《道德法律之进步》中指出，一切有机物的天性是利己，利他心原本并不存在，是利己心的变性变形，本质仍然是为了利己。人类的社会，即国家，是一种相当进步的社会有机物。要使社会有机物能继续维持下去并持续进步，就需要心神方面的重要手段。于是，道德法律渐渐出现，其发展程度必须与社会的进步发展程度相均衡。因此，一些在文明国看来万恶的道德法律在历史上发挥过重要的作用，被视为理所当然。道德法律是彻头彻尾为强者服务的，只有强者才能成为社会组织的要素。在未开化社会，强者多是君主、贵族、男子等，权利，即权力，集中于君主、贵族、男

---

[1] 加藤弘之：《政教进化论》，杨廷栋译，上海：出洋学生编辑所，1902 年，凡例，第 1 页。原文中写为"柝为三章"，"柝"字应为误写，故改为"拆"字。

表 3－2 《道德法律之进步》与《政教进化论》的章节

《道德法律之進步》	《政教进化论》
第一章：利己心並に利他心 （利己心与利他心）	第一章：利己利物（原著第一章，第1—33页）
第二章：道德法律か単に社会の維持進步の要具たる所以を論し並に強者の権利と道德法律の進步との関係を論す （论道德法律为社会维持进步重要手段之因缘，兼论强者权利与道德法律进步之关系）	第二章：论利己利物与政教进化相关之理（原著第二章，第66—104页）
	第三章：论政教为人群进化之要具（原著第二章，第34—50页）
	第四章：论强权与政教进化相关之理（原著第二章，第50—68页。其中，原著第66—68页的内容在译书第二章开头也被缩译过）
第三章：各社会有機物相互即ち各国相互の交際上にも道德法律は当然存在すへきものなる乎 （各社会有机物，即各国的相互交际中是否也该存在道德法律）	第五章：论政教与各国交际相关之理（原著第三章，第105—130页）

子之手，道德与法律存在的主要目的是为君主、贵族、男子而服务。在开明社会，人民、平民、女子等渐渐变强，有与君主、贵族、男子相抗衡之势，于是道德与法律有必要为君民、贵贱、男女全体服务，从过去的鄙陋变至今天的高尚。因为社会是个有机物，道德法律的最终目的是使社会全体能继续维持下去并持续进步，所以有时甚至会为了社会牺牲个人的利益。并且，道德法律只适用于社会（即国家内部），不适用于社会间（即国家间）的相互关系，不可以依据道德法律来判断国际的正邪曲直。当文明各国权力均

衡、利害与共之时，道德法律逐渐可以用于各国交际，但是不够健全稳固。若有一天，各文明国联合为"宇内统一国"，道德法律会更加适用。这就是全书的概要。

二、道德法律与政教

尽管《三生花草梦苏州》和《苏州民国艺文志》介绍了杨廷栋的履历，但是，关于辛亥革命前后杨廷栋的活动轨迹，两书的一些论述尚还存疑。[①] 虽说如此，需要注意的是，两书都指出杨廷栋是清朝的举人。

从杨廷栋的个人经历来看，他在留学之前就通过乡试成为举人的可能性不高。倘若他在留学之前就已成为举人，按理说应该以考进士为目标，继续在中国国内学习。不过，他有可能是在回国后成为举人。1905 年至 1911 年，清政府为归国留学生设立了留学生归国考试制度（"游学毕业生考试"），根据成绩授予归国留学生进士、举人等以往必须在科举考试中才能获得的出身。考试科目除了留学生所学专业以外，还包括用中文、外文写文章等。如此一来，能够通过该考试的留学生应该具有一定的汉学素养。虽然未能查到杨廷栋何时成为举人，但是，译书汇编社的不少成员都顺利通过了留学生归国考试。例如，1905 年，金邦平、曹汝霖、钱承志、戢翼

---

① 《三生花草梦苏州》与《苏州民国艺文志》称，杨廷栋是《清帝退位诏书》的起草人之一。然而，关于《清帝退位诏书》的起草人，学界众说纷纭，尚未形成统一意见，其中，"张謇起草"说占据主流。参见，尤玉淇：《三生花草梦苏州》，南京：江苏古籍出版社，2000 年，第 22—23 页；张耘田、陈巍编：《苏州民国艺文志》上卷，第 225—226 页；陈鹏、韩祥、张公政：《百年"清帝逊位"问题研究综述》，《清史研究》第 4 期，2012 年 11 月，第 115—116 页；陈希天：《辛亥革命重要文献——〈秋夜草疏图卷〉》，《民国档案》，1991 年 10 月。

犟等获得进士出身，陆世芬获得举人出身；[1] 1906 年，富士英获得
举人出身。[2] 因此，不排除杨廷栋回国后经由留学生归国考试取得
举人出身的可能。

　　在 1905 年废除科举考试的七八年前，杨廷栋作为早期留日学
生，虽然转学新学，其文学造诣却不可小觑。从他翻译日语时的遣
词造句可以看出，他对中国传统文体和表述方式有着强烈的执念。
譬如，书名"道德法律之进步"就被翻译为"政教进化论"。杨廷
栋在凡例中解释道："原书名道德法律之进步，语太冗长，因改今
名。"然而，将"冗长"的书名进行精简并非仅此一例。杨廷栋于
1902 年至 1903 年出版的译书《原政》是以日译本《政法哲学》为
底本的转译作品。[3] 对比《原政》和日译本《政法哲学》可以发
现，比起和制汉语，杨廷栋更倾向于使用严复译词，喜欢中国传统

---

[1] 刘晓琴：《严复与晚清留学生归国考试研究》，《南开学报（哲学社会科学版）》2014
　　年第 1 期，2014 年 1 月，第 115 页。另外，留日期间，金邦平与戴翼犟在东京专门
　　学校读书；曹汝霖在明治法学院；钱承志在帝国法科大学。关于清朝留学生归国考
　　试，详见，黄福庆：《清末留日学生》，第 65—82 页。

[2] 纪丽君：《清末留学生考试及奖励任用制度：从詹天佑担任归国留学生考试官角度
　　的观察》，《中国国家博物馆馆刊》2013 年第 11 期，2013 年 11 月，第 110 页。该
　　文章当中附有清学部发布的留学生成绩榜（1906 年），由詹天佑拍摄。从这个榜
　　单上可以找到富士英的名字，他的成绩排在"中等"。另外，1899 年，南洋公学
　　派遣富士英、杨荫杭、杨廷栋赴日留学，三人一同升入东京专门学校，并且加入
　　了译书汇编社。《留学教育：中国留学教育史料》收录的"榜示名单"显示："富
　　士英，年二十七岁，浙江人，游学日本，在早稻田大学习政法科毕业，经臣部考
　　验，平均分数六十三分，拟请旨给予法政科举人出身。"刘真主编，王焕琛编著：
　　《留学教育：中国留学教育史料》第二册，台北：台湾省编译馆，1980 年，第
　　793 页。

[3] 日译本《政法哲学》的底本是斯宾塞的《政治制度论》（*Political Institutions*，
　　1882 年）。

语言表述。① 对习惯于单音节词的中国知识分子而言，多音节词确实显得"冗长"。

在译书里，"政教"二字频繁出现。举例而言，"未開社会に斯く不十分なる道徳法律"（未开化社会的这种不健全的道德法律）被译为"上古政教"；"開明の道徳法律"（开明的道德法律）被译为"文明之政教"；"欧洲人種の道徳法律"（欧洲人种的道德法律）被译为"欧洲之政教"。② 从语义来看，这种译法似乎并不合适。然而耐人寻味的是，其实译书里出现了"政治"、③ "法律"（例3－13）、"道德法律"（例3－14）等词汇。

"政治""道德""法律"等词汇虽然在中国古代经典中早有出处，但是古代的中国人更习惯于使用"政""治""道""德""法""律"等单音节词，这三个多音节词都是在19世纪以后被用于对应西方概念，继而被广泛使用。具体而言，日本人从古汉语词库中挑选词语"政治"并组成"政治学"一词用以对应西洋概念"politics"，之后近代意义上的"政治"在中

---

① 详见本书第四章。

② 加藤弘之:《道德法律之进步》，第36—37页；加藤弘之:《政教进化论》，杨廷栋译，第15页。

③ 译书中"政治"一词仅出现一次。原文:"蓋し商売製造工業学術技芸宗教等其他の如き……広く文明各国の間に連亙して各国人民か相俱に共同従事するのこととなり。"（第121页）译文:"如通商惠工学术技艺宗教政治下……集各国人民，共图一业者，已屡见不鲜。"（第23页）原文的"商売製造工業学術技芸宗教等"（商业、制造、工业、学术、技艺、宗教等）被翻译为"通商惠工学术技艺宗教政治"，杨廷栋添加了"政治"一词。原句所在上下文是说，如今各文明国在各个领域联系愈发紧密。杨廷栋在此处添加"政治"一词，或许是因为他认识到中国传统的"政"的概念已经不适应近代的文明，也有可能用"政治"而非"政"是为了与"通商""惠工""学术""技艺""宗教"等二字词相协调。

国逐渐流行。① 19世纪来访中国的英国传教士马礼逊（Robert
Morrison）则在其出版的汉英字典《五车韵府》里，用英语的
"the laws""a law"来解释"法律"一词。② 关于"道德"一词，
据林教子考证，日本学者西周在《人世三宝说一》（1875年）
中，在"道德"一词上标注了英语"moral"的谐音假名"モラ
ール"。③

　　在加藤的原著里，孔教（孔子の教、孔子の徳教）、佛教及基
督教（釈迦基督の道徳）等"宗教徳教"（宗教徳教）都属于"道
德"的范畴，利用人们的利己心劝诱人们采取利他的行为，更发明
了一种巧妙手段促使利他行为兴盛，那就是现世、未来的赏罚。④
加藤指出，随着知识的进步，越来越多的人开始对现世及未来的赏
罚持怀疑态度，不像以前那样信奉宗教徳教了。但是还存在着一种
来自人类的赏罚，即社会舆论的赏罚和"刑法的处罚"（刑法の处
罰），"开明人民"最能感受到社会舆论的赏罚。⑤ 也就是说，加藤
弘之统一用广义的"道德""法律"来概括古今东西方的宗教、道
德、教化、法律等概念。

　　那么，杨廷栋又是如何翻译加藤的论述的，就需要探察细节进

---

① 冯天瑜：《新语探源：中西日文化互动与近代汉字术语形成》，北京：中华书局，2004
　　年，第355页。
② 王健：《沟通两个世界的法律意义：晚清西方法的输入与法律新词初探》，北京：中国
　　政法大学出版社，2001年，第52页。
③ 林教子：《中国古典の世界から 〈道徳〉 を考える》，《早稲田教育評論》30（1），
　　2016年3月，第75页。
④ 加藤弘之：《道德法律之进步》，第17—18页。
⑤ 加藤弘之：《道德法律之进步》，第68—69页。

行对比。

例3-12：原文（《道德法律之进步》）：法律は專ら社会
の維持進步に極めて必要なる行為を勧むるを以て主眼として
其他に及はす、又道德は社会の維持進步に極めて必要なる行
為を超過して更に此維持進步に利益ある行為を勧むるを以て
主眼とするなり。（第93頁）

原文意思：法律的主要目的是劝导人们实施"对社会的维
持进步而言极为必要的行为"，并不涉及其他；而道德则超越
了"对社会的维持进步而言极为必要的行为"，其主要目的是
劝导人们实施"对社会的维持进步有利的行为"。

译文（《政教进化论》）：盖政即劫之以势，使人类不得不
尽善群之道。教则导之以理，使人类勉为利人之业。（第
13页）

例3-13：原文（《道德法律之进步》）：未開社会に於て
は、治者か社会の維持進步に極めて必要なる行為、即ち法律
的事項の上に権力を有するのみならす、更に其区域を超過し
て社会の維持進步に利益ある行為、即ち道德的事項に迄権力
を及ほして、吾人の心神をも制せんと欲すと雖、開明社会に
於ては、全く之に反して治者の権力は唯法律の上に止まり
て、道德の上に迄及ふことを得さるなり。（第96頁）

原文意思：在未开化社会，治者不仅能在"对社会的维
持进步而言极为必要的行为"（即法律事项）上施加权力，

甚至超越其范围，将权力施加于"对社会的维持进步有利的行为"（即道德事项）上，意欲控制我们人类的心神。而在开明社会则完全相反，治者之权力仅仅施加于法律，并不涉及道德层面。

译文（《政教进化论》）：上古之世，治人者不特操有法律之权，行且骎骎乎出于法律权限之外。凡利己利物之心，莫不为君主所制。迨治人者与治于人者之间，强权相竞，各底于平，而后治人者之权，不得越于法律之外。（第 13 页）

例 3-14：原文（《道德法律之进步》）：各国交際上に道徳法律の行はるゝに至るは、全く各国の権力均同を得たると並に其共同利害の増加したるとに基因するのもなること敢て疑ふへからさるなり。（第 125 页）

原文意思：道德法律之所以能够适用于各国交际，原因完全在于各国取得权力上的均等地位且共同利害增多，这点不容置疑。

译文（《政教进化论》）：各国交际，可以道德法律之义行之者，必为权力相等、利害相同之国。（第 24 页）

如例 3-12 所示，加藤弘之将"法律"和"道德"的定义进行了区分，认为法律的主要目的是劝导人们实施"对社会的维持进步而言极为必要的行为"（社会の維持進歩に極めて必要なる行为），[1] 并不牵涉其他事物。道德的主要目的则超越了"极为必要"

---

[1] "維持進步"是加藤原著中的一个关键词，意指使某物（如，有机物、社会等）能够继续维持下去并持续进步。

这一行为要求，而是更进一步，劝导人们实施"对社会的维持进步有利的行为"（此維持進步に利益ある行為）。

　　然而结合例 3－12 和例 3－13 的译文可以看出，杨廷栋把"对社会的维持进步而言极为必要的行为"（社会の維持進步に極めて必要なる行為）视为"善群之道"，即"法律"事项；把"劝导人们实施对社会的维持进步而言极为必要的行为"（社会の維持進步に極めて必要なる行為を勧むる）视为"政"。相应的，"对社会的维持进步有利的行为"（此維持進步に利益ある行為）被视为"利人之业"，即"利己利物之心"；①"劝导人们实施对社会的维持进步有利的行为"（此維持進步に利益ある行為を勧むる）被视为"教"。

　　换言之，在杨廷栋看来，当统治者把权力施加于"法律"时则为"政"，当统治者把权力施加于"道德"（"利己利物之心"）时，则为"教"。也正是因为这个逻辑，所以在例 3－14 的译文中，日语的"道德法律"被直接翻译为"道德法律"，毕竟，在"权力相等利害相同之国"的交际中，没有哪个统治者能凌驾于各国之上、把权力施加于道德和法律，于是此处的"道德法律"未被译为"政教"。

　　总而言之，表面上看来，把"道德法律"翻译为"政教"似乎是错误的，但是杨廷栋把传统常用词汇"政""教"和对应西语

---

① 杨廷栋把加藤的"利他"译为"利物"，此处的"物"是指自己以外的人或跟自己相对的环境。另外，如本章第四节所述，加藤认为，宗教德教利用人们的利己心来促使人们把利他视为义务。杨廷栋正是接受了加藤的这一观点，才在例 3－13 中用"利己利物之心"代指"道德事项"。

的"政治""法律""道德"等词汇用在同一本译书中，其逻辑是自洽的。其对东西方概念的思辨能力不可小觑。

三、杨廷栋对加藤弘之思想的吸收与抵抗

清末民初时期，翻译书籍无疑是引进新思想的一条捷径。有趣的是，诸如严复翻译《天演论》时，虽然在译文中添加了自己的语句，让人误以为是原作者赫胥黎的主张，与此同时，却也会另写按语，标明"复案"字样，明确阐释自己的观点。[①] 而杨廷栋在翻译《政教进化论》时强烈地想要表达自己的观点，却没有添加类似字样。他直接在原著上进行增删，甚至严重扭曲加藤的主张，使加藤从一名天皇支持者变成了革命宣传者。

（一）对中国的定位不同

如前文所述，《强者之权利之竞争》与《道德法律之进步》的关系极为密切，前者出版于 1893 年 11 月 29 日，后者出版于翌年 2 月 3 日。加藤屡屡在《道德法律之进步》的行文中要求读者参考《强者之权利之竞争》的论述。[②] 两书出版之时，甲午中日战争尚未爆发，加藤弘之在《强者之权利之竞争》中把日本人和中国人排除于"怯懦退缩的亚洲人种"之外。[③] 在《道德法律之进步》中，这一观点虽未改变，但他对中国和日本的文明程度有了更明确的

---

① 关于严复译《天演论》与赫胥黎著《进化与伦理》的差异，参见，吴丕：《进化论与中国激进主义 1859—1924》，第 209—219 页。

② 参见，加藤弘之：《道德法律之進步》，第 49、52、79、111、115、116、123 页。

③ 加藤弘之：《強者の権利の競争》，第 104 页。

划分。

　　加藤认为，道德法律会随着社会的开明及强者权利的进步而进化。① 在未开化的国家，专制君权管理公私万般事物，其权力范围涵盖"宗教道德"及"法律"；随着社会的进步，被统治者不甘事事听从统治者，于是，"极有必要交由统治者掌控的部分"与"不是很需要统治者掌控的部分"相分离，即，"法律"与"道德"相分离。② 根据这一逻辑，加藤对中日两国做出如下评价。

　　　　例 3 - 15：原文（《道德法律之进步》）：但し支那及ひ土耳其は<u>開明の大国</u>なるを以て、実際に於ては皇帝の主権は決して無限なる能はされは、<u>決して十分に臣民の徳義品行を支配するを得さるは勿論なれとも</u>、併し国家の真主義に於いては十分に之を支配すへきものとなすなり。<u>独り吾か日本に於ては</u>、今日は道徳と法律とを全く派別分離して法律上に絶て徳義的事項を含有することあらさるは、実に吾か邦の開明進歩を誇るに足ると云ふへし。（第 92 页）

　　　　原文意思：不过，<u>中国及土耳其是开明的大国</u>，当然，实际上皇帝的主权绝不可能是无限的，<u>绝不可能做到完全支配臣民的德义品行</u>，然而，在国家的真正主义层面是应该完全支配的。<u>唯有我们日本</u>，如今道德与法律的派别完全分离，法律上绝不包含德义方面的事项，可以说，这证明了吾邦的开明进步，实在值得骄傲自豪。

---

① 加藤弘之：《道德法律之進步》，第 74 页。
② 加藤弘之：《道德法律之進步》，第 89—90 页。

译文（《政教进化论》）：然汉与土，皆为古国，声明文物，率天下而先之。核其事实，则帝皇之权，亦非漫为制限。矧闾巷之是非，草泽之文野，虽有十目十手，亦乌从而察之。复欲为之评骘得失，其势亦有所不可。历世相沿，悬为成例。而人民视之，蔑如也。夫政教之分，始于希腊罗马，继遂遍于欧洲，近且航太平洋而东，日本已稍受其益。运会所趋，不若是将不足以为善国。二十世纪之中，即为政教分界大行之日。（第 12 页）

在例 3-15 当中，加藤把中国视为"开明的大国"，认为中国尽管宣称皇帝支配一切是"国家的真正主义"，实际上皇帝的权力并非无限的大；而在日本，道德与法律已经完全分离，这点恰恰足以证明日本的"开明进步"。也就是说，虽然加藤认为中国是"开明的大国"，但是，在甲午中日战争尚未爆发的这个时间节点，他已做出判断，认为相比中国，日本的文明程度更胜一筹。相较而言，杨廷栋的译文却只承认中国是"古国"，"声明文物，率天下而先之"。他对日本"开明进步"一句进行了改写，并添加自己的语句指出："政教之分，始于希腊罗马，继遂遍于欧洲，近且航太平洋而东，日本已稍受其益。运会所趋，不若是将不足以为善国。二十世纪之中，即为政教分界大行之日。"

1894 年初的加藤弘之对中国持肯定、乐观的态度，1900 年前后的杨廷栋则感到焦虑。杨廷栋把日语的"未開"（即，未开化）翻译为"上古"（例 3-13）、"半開"（即，半开化）翻译为"中古"，[①]

[①] 例如，原文：未開半開の世にありて。译文：上古中古之时。加藤弘之：《道德法律之進步》，第 42 页；加藤弘之：《政教进化论》，杨廷栋译，第 16 页。

并在序文中称，"中国今日度其进化之程，当在中古以下无疑"，①
对中国当时的形势表达了深切的忧虑。杨廷栋的青少年时光是在中
国内忧外患的时代背景下度过的。甲午中日战争、庚子国变等令当
时的中国人深受刺激。自古以来一直模仿、学习中国的日本突然成
为中国人模仿、学习的对象，而他就是早期留日学生中的一员。他
的忧国忧民之情可想而知。

　　"东觇汉土，则政不过乎文告章奏，教不过乎感应果报，化既
不存，进于何有？吾甚悲之"，这是杨廷栋在序文中的慨叹。② 他
所期待的是"政教进化"，如此一来，中国才能赶上二十世纪政教
分界的时代潮流，成为一大"善国"。

（二）对人性和国际关系残酷之处的强调

　　即使是在《政教进化论》出版的 1902 年，加藤弘之对于中国
的评价也没有降低多少。在他看来，当时的中国虽然不够统一，但
绝不能被视为野蛮未开化的国家，而是"世界最大国"且尤为
"丰富"的国家，这种丰富体现在辽阔的疆土、人口的稠密与富裕，
以及广阔的商机上。③ 然而如田头慎一郎所分析的那样，1902 年的
加藤尽管认为瓜分中国的领土是相当拙劣的行为，但主张对中国进
行贸易上的掠夺。④ 毕竟，按照加藤的逻辑，国家是为了自身的利

---

① 加藤弘之:《政教进化论》，杨廷栋译，第 2 页。
② 加藤弘之:《政教进化论》，杨廷栋译，序，第 1 页。
③ 加藤弘之:《北清事変に於ける列国の動作は悪と言はむよりは寧ろ拙と謂ふべし》，
　《太陽》第八巻第三号，1902 年 3 月 5 日，第 210—211 页。
④ 田頭慎一郎:《加藤弘之と明治国家：ある「官僚学者」の生涯と思想》，第 319—
　321 页。

益而侵略他国，不可从道德上批判瓜分他国的行为。① 而这一逻辑其实早在《道德法律之进步》中就有了出处。

加藤弘之认为，一切有机物的天性是利己，利他心的本质是为了利己。他把"社会有机物"等同于国家，② 如此一来，国家作为有机物理所当然要利己，"文明开化"的欧洲人欺压驱逐"野蛮未开化"的人民在加藤的解释中也有了合理性，因为该行径"提高了人类世界的开化程度"，尽管他同时承认弱者的可悯。③

加藤关于利己的理论受到了梁启超的关注。虽然梁启超多次赞扬加藤的思想，却于1902年在《加藤博士天则百话》中指出，"平心论之。则所谓爱他心者。实人群所以成立之大原。日培植而滋长之犹惧其不殖。而何必抹而煞之。使并为利己心之附庸。……故此等学理。最不宜行于今日之中国"。④ 如川尻文彦所言，"由于担心过分强调爱己心会更加助长自私自利，因此他（梁启超）在此观点

① 加藤弘之：《北清事変に於ける列国の動作は悪と言はむよりは寧ろ拙と謂ふべし》，第211页。
② 原文："各社会有機物即ち各国。"参见，加藤弘之：《道德法律之進步》，第106页。据田中友香理分析，加藤主要是从19世纪德国的心理学、社会学、哲学等领域学得国家有机体说。参见，田中友香理：《日清戦争前後の「道德法律」論：加藤弘之における進化論的国家思想の展開》，《史境》72，2016年9月，第15页。
③ 加藤弘之：《道德法律之進步》，第112页。
④ 加藤弘之：《加藤博士天则百话（一）》（《新民丛报》第二十一号，光绪二十八年十一月一日），梁启超译，第2880页。另外，《天则百话》成书于1899年，书中关于利己、利他的讨论以《道德法律之进步》为基础。不过梁启超于1902年写此文章时在"译者案"处提到，他所阅读的是加藤1900年出版的《道德法律进化之理》。而在《道德法律进化之理》中，加藤将"利己心"改为"爱己心"，"利他心"改为"爱他心"。

上明确批判了加藤弘之"。① 梁启超的关注重点在于个人利己心的
危害性，他担心的是人们为各自的利己找到理论依据，阻碍利他心
的发展，影响到社会的团结，至于国家的利己心，似乎没有受到他
的关注。

在梁启超看来，加藤的学理"最不宜行于今日之中国"，那么
1900 年就已完成译稿的杨廷栋又如何看待加藤的理论？杨廷栋多次
在译文中添加自己的语句，支持加藤的论述，举例如下。

> **例 3 - 16：原文（《道德法律之进步》）**：此感情的利他心
> か実に全く利己心の変性変形したるものに外ならさるの理は
> 前述の如しと雖、更に此利他心か親戚故旧に厚くして、無縁
> の他人に薄き所以を考察すれは、其利己心に因由するの理は
> 益明瞭なるを得へし。蓋し吾人は親戚故旧を以て常に第二の
> 吾れとなすに慣るゝものなりと雖、無縁の他人に至りては敢
> て之を第二の吾れとする能はされはなり。但し、全く無縁の
> 他人と雖、其人か不意に危害に迫るか如き有様を目撃するこ
> とあるときは、覚へす吾か身を棄て以て之を救助することさ
> へもあることなるか开は不意驚愕の餘り全く自己自身か危害
> に迫りたるか如く感覚するか故なり。（第 11—12 頁）
>
> **原文意思**：如前文所述，这种感情上的利他心其实完全是
> 利己心的变性变形，若要进一步考察为何利他心在亲戚故旧身

---

① 川尻文彦：《"进化"与加藤弘之、严复、梁启超：近代日中之间关于"进化"的
"概念"关联》，郑大华、黄兴涛、邹小站主编：《戊戌变法与晚清思想文化转型》，
第 267 页。

上更为浓厚，在没有任何关系的他人身上非常微薄，就能更加明确地了解到，这是因为利他心源自利己心。确实，我们习惯于把亲戚故旧当作第二个我，却不可能把没有任何关系的他人当作第二个我。然而，虽说对方是没有任何关系的他人，倘若目击到此人突然遇到危险，我们甚至会不假思索地舍己救人，就连我们自己都感到惊愕。这是因为我们感到自己仿佛也面临着危险。

译文（《政教进化论》）：利物由于利己，言之已详，今请更述厚于亲旧而薄于途人之故，益证前说之非谬。人有恒情，唯吾为贵，舍吾而外，首及亲旧。凡途之人，亦欲责吾以待亲旧者待之，断无是理也。虽然，途人与吾，非无毫发相系者也。唯必俟其性命之虞，悬于呼吸，且我犹坐视，则祸将不测而波及于我。乃不顾夷险，毅然赴之。必求其急少熄而后止。由是观之，我之所以厚于亲旧者，以亲旧为吾之次也；所以薄于途人而不敢终薄者，以其祸将及我也。天下而有利物之心出于利己之外，则非吾人今日所居之世界矣。（第3—4页）

例 3 - 17：原文（《道德法律之进步》）：以上論する所の如くなるか故に、凡そ道徳法律は徹頭徹尾社会の要素たる強者（未開国にては独り君主貴族男子のみ、但し開明社会にては君民貴賤男女総体なり）か自己の維持進歩を遂くるか為めの要具たるに外ならすと知るへきなり。（第50页）

原文意思：正是出于上文所述的原因，所以我们应该知道，大体上道德法律彻头彻尾就是作为社会要素的强者（在未开化国家只有君主、贵族、男子，不过，在开明社会则是君、民、贵、贱、男、女的总体）为了维持自己的开明进步而制造的必要用具。

译文（《政教进化论》）：盖政教唯与强者以利，亦唯强者而后能得政教之利。呜呼！昏昏者众，妄谓权由天授，呱呱堕地之时，即坐享人权之福，不知去日大难，生人之祖，战胜百物，而后人为独灵。中古以还，人人相竞，仅遗此最宜之种。其为人民女子者，又复汗竭血枯，始与君主、贵族、男子相平等。进化秩序，历历如斯，岂易言哉！不然，强权之说，何以尚未普及于亚非？良以人治不兴，日为天演，而不图自存之术，求其不为文明之所弃，乌可得哉？（第18页）

例3-18：原文（《道德法律之进步》）：但し、强者も亦或は弱者を愛憐して之れに幸福を與ふることを願はさるにはあらされとも、併し、此强者の弱者に対せる愛なるものは宛かも吾人か捕獲飼養せる鳥獣に対せる愛と殆と其性質を同じくするものにして……（第54页）

原文意思：不过，虽然强者也会爱怜弱者，不会不希望给予对方幸福，但是，这种强者对弱者的爱，几乎和我们人类对自己所捕获饲养的鸟兽的爱的性质相同……

译文（《政教进化论》）：有强权者，亦或爱怜弱者，少食以福。无如强弱之界不辍，爱怜之者终不得尽其诚也，极其量之所至，能如饲养捕获鸟兽之道，亦云可矣。（第18页）

例 3－19: 原文（《道德法律之进步》）: 宗教家及ひ哲学者か若しも各国関係のことに就ては、基督教及ひ哲学者か教ふる所の博愛主義も或は時ありて之を用ふるを得すと認むるならは、何故に彼等は之を明言せさる。若し又各国の関係に於ける実際の有様か実に右の博愛主義に反して甚た不正なりと認むるならは、何故に彼等は心力を尽くして其不正なる所以を論辨せさる。宗教家及ひ哲学者は必す二者の一を撰はさるへからす。（第 118—119 页）

原文意思: 关于各国关系，倘若宗教家及哲学家认为基督教及哲学家所教授的博爱主义有时没法通用，为何他们不肯明言此事？倘若他们认为各国关系的实际情况其实与上述博爱主义相悖，甚至不正当，为何不肯竭尽心力围绕其不正当的缘故展开论辩？宗教家及哲学家必须在二者当中择其一。

译文（《政教进化论》）: 宗教家、哲学家苟知各国交际博爱之说，有时而不通，何不明析言之？苟见各国所为，有戾博爱之说，何不尽力攻之？二者必取其一。若无事则言之维详，有事则仰之、颂之以从众，是贱丈夫之所为。（第 23 页）

如上述例文所示，杨廷栋明显赞同加藤的言论，认为利他心源于利己心，是利己心的变种（例 3－16）。[①] 他接受了加藤的"强权之说"，认为权利并非天授，而是强者通过竞争获得的，并且他对

---

① 例 3－16 中的"利物之心"就是日语的"利他心"。杨廷栋在译书中把"利他心"一律翻译为"利物之心"。

亚非的现状感到忧虑（例3－17）。① 在杨廷栋眼中，加藤尖锐地揭露了所谓"博爱"的本质，强弱悬殊之时，弱者不可能被强者当作平等的人来看待，弱国不可能被强国真正尊重（例3－18、例3－19）。

不仅如此，杨廷栋还在译文中多次添加自己的语句，强调人们要有"救国保种之心"，否则会"国灭种绝""为天演所溶"。② 尽管加藤只是在写一本学术性书籍，冷静地陈述个人与国家的利己本性，并将国家间的侵略行为正当化；然而在杨廷栋看来，该书"俱以优胜劣败为指归，又深望弱者之发愤为强，以图自立。词危义富"。③ 杨廷栋在译书中的"加工"无疑影响到了中国读者对该书的认识。顾燮光评价道，"全书持论以优劣胜败为天演之公理，故必弱者图强方足为争存之的"，而这正是杨廷栋所努力传达的信息。④

总而言之，梁启超担忧人们误解加藤弘之的理论，只顾利己，不顾利人；杨廷栋却把加藤弘之的理论作为一剂刺激人们清醒的良药，力图使人们清醒地认识到人性和国际关系的残酷，激励中国读者发愤图强。

---

① 关于梁启超如何看待、吸收加藤弘之的思想，李晓东指出，"梁启超认为，通过'利他'，利己首次被正当化"，"梁启超通过吸收'强权'论，继承了'斗争的主题'"。参见，李晓东：《制度としての民本思想：梁啓超の立憲政治観を中心に》，《思想》932，2001年，第130、133页。
② 加藤弘之：《政教进化论》，杨廷栋译，第14页。另外，参见，加藤弘之：《道德法律之进步》，第102—103页。
③ 加藤弘之：《政教进化论》，杨廷栋译，凡例，第1页。
④ 顾燮光：《译书经眼录》（杭州金佳石好楼1934年石印版），熊月之编：《晚清新学书目提要》，上海：上海书店出版社，2007年，第341页。

（三）从支持天皇到宣传革命

加藤弘之把"变性变形的利己心"（即"利他心"）分为两大类，一种是"自然的利他心"，另一种是"人为的利他心"。而"自然的利他心"又分两类，即，"知识的利他心"和"感情的利他心"。[①]　其中，关于"感情的利他心"，加藤的原文与杨廷栋的译文在思想上形成了鲜明的对立。

例 3－20：原文（《道德法律之进步》）： <u>此尊崇敬愛の情は自己の受けたる恩惠を感謝するより生する所にして、且つ此感謝によりて更に自己の快楽を求めんとするものなれは、是亦全く利己心の稍変性変形したるものにほかならさるなり。</u>

神明を敬し、吾か国を愛し、又は父母に孝を尽し、若しくは夫妻兄弟姉妹等相親むことの如きは、大抵此感情的利他心の一種若くは二種に属するものと知るへし。<u>殊に吾か邦人か最も忠君の情に厚きは全く万世一系の帝室を戴て其情誼の最も親密なるに由るものなれは、是亦此感情的利他心に出るものと云ふへし。故を以て吾か邦にては、忠君と愛国とは須臾も相離ること能わさるなり。</u>（第 12—13 页）

原文意思： <u>既然这种尊崇敬爱之情源于对自己所受恩惠的感谢，并且出于感谢之情，人们更进一步产生了追求自身快乐的意愿，那么，尊崇敬爱之情同样完全可以算作利己心的稍稍</u>

---

① 加藤弘之：《道德法律之進步》，第 2—3 页。

变性变形。

我们应该知道，诸如尊敬神明、热爱祖国、孝顺父母抑或夫妻兄弟姐妹等相亲相爱，大抵都属于"感情的利他心"中的一种或两种。<u>特别是在我国，忠君之情最为浓厚，这种感情完全发自我国人民对万世一系之帝室的拥戴，这一情谊最为浓厚，因此亦可认为此种情谊出自"感情的利他心"。是故吾邦之中，忠君与爱国须臾不可分离。</u>

译文（《政教进化论》）：<u>盖今日敬爱之情，即以答曩日之所惠我，而益冀佑我于他日。此又出于利己之显著者也。</u>

～崇神、爱国、敬长、慈幼之道，皆如是也。其在专制之国，仰君上为帝天，而为君上者又号于人曰，善事吾者为忠。忠者、天下之美名也。有忠者一人，则族郡誉之，乡里艳之，己亦睥睨千古，自谓极人生之能事。盖名之美者，天下趋之。名之不美者，天下避之。欲求名之美者，不得不率全国之人而出于忠之一途。为君上者乃不烦举手投足之劳，使通国之人，甘为一姓家奴而不耻。君上亦遂安享其利，传诸子孙，罔或失坠。此又利己之至而转利他人之说也。（第 4 页）～

如例 3-20 所示，加藤指出，有一种"感情的利他心"源于人们感受到神明、君父以及他人的恩惠，故而产生尊崇敬爱之情，日本人民对天皇的爱戴之情正是出自这种"感情的利他心"。加藤在原文中表达了忠君即爱国、"忠君与爱国须臾不可分离"的理念，为日本的忠君爱国思想提供了理论支持。杨廷栋却明显不赞同加藤关于"忠君"的论述。他大篇幅删除加藤的忠君论述，并添加多行语句指出,人们的忠君之情并非仅仅源于感谢君主的恩惠,而是因为想让君主"佑我于他日",因为"忠"是"天下之美名",在社会舆论的影响下,为了博取美名享有利益,人人"甘为一姓家奴而不耻"。

其实,加藤弘之在主张"忠君之情"原本产生自"自然的利他心"的同时,在"人为的利他心"这一章节指出,宗教及德教的教化具有加强忠君之情的效果。[①] 然而,杨廷栋的译文却明确强调,"忠君之情"不仅仅源自报恩式的快乐,而且是为了追求利益。结果导致,加藤弘之关于忠君思想本源的论述在杨廷栋的译文里失去了其纯粹性。

对于加藤的忠君思想,田中友香理提出了颇有见地的观点。她认为,加藤一方面在思想上接受了明治宪法所谓天皇主权和《教育敕语》所谓"忠君爱国"的观念,另一方面,日本当时正处于"初期议会"(1890 年 11 月—1894 年 5 月)时期,藩阀政府与民党对立,立宪政治的运用相当困难,为了解决这一困难,加藤采用"道德法律"论和国家有机体说来支持以天皇为顶点的明治国家。[②]

其实,如侯宜杰所言,"君主立宪也是留日学生的方案之一。当时虽也有革命、立宪的论驳文章,但政治上的分野还不太鲜明"。[③] 杨廷栋虽然出版了许多译书,但是笔者难以找到他明确署名的时评类文章。这是由于尽管他在留日期间担任《国民报》的主

---

① 加藤弘之:《道徳法律之進歩》,第 14—17 页。
② 田中友香理:《日清戦争前後の「道徳法律」論:加藤弘之における進化論的国家思想の展開》,第 6 页。
③ 侯宜杰:《二十世纪初中国政治改革风潮——清末立宪运动史》,北京:中国人民大学出版社,2011 年,第 26 页。

笔之一，回国后又曾担任《大陆报》的主笔之一，却没有在文章上直接署名。因此，若要判断他在该时期的政治立场、思想动机等，就只能依据他的译文、活动、同时代人的回忆录等。

从例 3 - 20 的译文可以看出，杨廷栋的立场极为明确，既然从根本上批驳了忠君思想，他在这一时期就不可能支持君主立宪。冯自由在《革命逸史》中也把他划归为"兴中会后半期之革命同志"。① 并且，他在日本与戢翼翚、杨荫杭等革命派关系密切，1901 年还成为革命报刊《国民报》的主笔之一。② 因此，可以判断该时期的杨廷栋属于革命派。

此外，加藤认为，道德法律是为强者服务的，宗教和德教等利用人们的利己心来劝导人们将利他作为义务。③ 杨廷栋受到加藤的启发，多次大量添加自己的语句，以加藤的理论为依据，提出他自己的反封建思想。杨廷栋指出，不遵从宗教德教则会在社会面临巨大的压力，"虽英迈豪俊之士，亦不能脱其桎梏，出其樊笼"，结果被玩弄于股掌之中，"是乃圣人之祸而以贼世者也"。④

加藤弘之实际上是天皇制的支持者。杨廷栋这种不添加注解、按语，直接增删、修改原著内容的行为，无疑会给中国读者营造出一个反专制、反对天皇制的加藤弘之形象。为何杨廷栋没有采用类似严复

---

① 冯自由：《革命逸史》第三集，第 64 页。据冯自由定义，兴中会后半期是指 1900 年秋惠州革命军失败至 1905 年 6 月东京同盟会成立之时。

② 关于戢翼翚和杨荫杭的革命活动，参见，刘成禺：《述戢翼翚生平》，《世载堂杂忆》，第 130—134 页；杨绛：《回忆我的父亲》，罗俞君编，杨绛著：《杨绛散文》，第 84—137 页。关于杨荫杭与杨廷栋的交集，参见本章第二节与第三节。

③ 加藤弘之：《道德法律之进步》，第 18—19、50 页。

④ 加藤弘之：《政教进化论》，杨廷栋译，第 4—5 页。另外，参见，加藤弘之：《道德法律之进步》，第 15—16 页。

的按语形式来表明自己的主张？究其原因，主要应有如下两点。

　　其一，出于人身安全的考虑。这一时期，宣传革命思想无异于碰触清政府的逆鳞。比如与杨廷栋早期生涯基本一致的杨荫杭，他在 1902 年回国后不久就因宣传革命招致清政府通缉，1906 年赴美国留学避难。① 此外，由秦力山、杨廷栋、杨荫杭、雷奋等主笔的月刊《国民报》自 1901 年 5 月 10 日至同年 8 月 10 日虽然总共出版了四期就因资金不足而停刊，但"开留学界革命新闻之先河"，据冯自由所言，为了"避免清吏鱼肉"，《国民报》选择"以英人经塞尔（Kingsell）名义为发行人"，② "经塞尔"正是冯自由之父冯镜如这个英籍华人商人的英文名。③ 在《国民报》中，外国作者、外国编译者、英文主笔的姓名尚可见到，却没有中文主笔和译者的署名。比如，《国民报》第四期开头解释道，该报之所以停止西文论说，是因为西文主笔"王君宠惠"（王宠惠）已被派往美国留学。并且需要注意的是，直到王宠惠赴美留学后《国民报》才公布他的名字。④ 此外，该期译编《最近之支那》中标有"英国可芬原

----

① 杨绛：《回忆我的父亲》，罗俞君编，杨绛著：《杨绛散文》，第 92 页。

② 冯自由：《革命逸史》初集，第 96—97 页。

③《国民报》上标注的发行兼编辑人的姓名为"京塞尔"，而非冯自由所写的"经塞尔"。

④ 京塞尔发行兼编辑：《国民报》第一至四期，国民报社，1901 年，收录于，《辛亥革命时期期刊汇编》编纂委员会编：《辛亥革命时期期刊汇编（100 册）》第一册，北京：首都师范大学出版社，2011 年，第 253、311 页。另外，根据郭梦垚的调查，王宠惠的学历为"北洋大学堂—东亚商业学校（约 1901 年）—耶鲁大学"。徐志民、孙安石、大里浩秋等：《团体与日常：近代中国留日学生的生活史》，第 30 页。但是，东亚学园高等学校的官网显示，该校前身"东亚商业学校"创立于大正十三年（1924 年）。王宠惠在日本究竟就读哪所学校存疑。東亜学園高等学校，《沿革》：https://toagakuen.ac.jp/introduction/history/。

著，日本法学士立作太郎编译"字样。可见国民报社明知文章署名
这一业界惯例，却故意隐匿了中文作者及译者的姓名。这同样应该
是为了避免遭到清政府的打击报复。

　　其二，借用外国知名学者之口宣传革命显得更有权威性和说服
力。加藤弘之是日本最早的近代启蒙学术团体明六社的成员，而明
六社的成员都是当时日本顶尖的学问大家，如福泽谕吉、中村正
直、西周等。自东京大学草创时期起，加藤弘之先后三次担任该校
校长（法理文 3 学部综理、总理、总长），在学界地位相当高。并
且他还经常引起学界论战，知名度颇高。如此一来，当杨廷栋把自
己的革命思想借日本人加藤弘之之口传播时，一方面拥有了权威
性，另一方面还拥有了社会进化论、社会有机体论等在当时非常先
进的理论的支持。

　　《政教进化论》虽然至今未被学界分析研究过，但是这本译书
在历史上绝非无名之作。孙宝瑄曾于 1903 年购得此书，[①] 顾燮光的
《译书经眼录》（1934 年版）和沈兆祎的《新学书目提要》（1903—
1904 年版）都介绍了该书。[②] 据《中国译日本书综合目录》记载，
《政教进化论》除出洋学生编辑所版以外，另有广智书局版。[③] 可
见该书在当时比较受中国读者欢迎。虽然杨廷栋的"加工"扭曲了
加藤的立场观点，但是不可否认，这种扭曲必然曾向中国读者传播

---

① 关于《政教进化论》，孙宝瑄在 1903 年阴历四月六日的日记中只写了一句话："天
　阴，风起，过厂肆，购得《政教进化论》及《土耳其史》。"孙宝瑄：《忘山庐日记
　（上）》，上海：上海古籍出版社，1983 年，第 673 页。
② 顾燮光：《译书经眼录》（杭州金佳石好楼 1934 年石印版），熊月之编：《晚清新学书
　目提要》，第 341 页。沈兆祎：《新学书目提要》（上海通雅书局 1903—1904 年版），
　熊月之编：《晚清新学书目提要》，上海：上海书店出版社，2007 年，第 446 页。
③ 实藤惠秀监修、谭汝谦主编、小川博编辑：《中国译日本书综合目录》，第 14 页。

了革命的种子，鼓舞了中国读者的反抗精神。

耐人寻味的是，杨廷栋在 1900 年旧历九月翻译完《政教进化论》后，又从同年 12 月到翌年 12 月在《译书汇编》上连载其翻译的卢梭《民约论》。① 既然杨廷栋已经吸收了加藤弘之的强权论，那么，他在翻译这部主张天赋人权论的《民约论》时，又会产生怎样的思想变化？关于这一点，需要进一步研究。

结　语

《天演论》连载、出版后不久，中国迎来进化论的热潮。以此为契机，日本进化论思想的代表加藤弘之进入中国知识分子的视野。本章首先整理了加藤弘之著作中译本的相关史料，发现 9 部中文译本当中，约有一半与保皇派的梁启超有关，另一半与革命派的戢翼翚密切相关。戢翼翚作为早期留日学生，曾活跃在出版界的最前线。在他主持的译书汇编社，中国留日学生大量翻译日文书籍，杨荫杭与杨廷栋作为骨干译者，和戢翼翚同属革命派。

然后，比较加藤弘之的著作《强者之权利之竞争》与杨荫杭的译书《物竞论》，考察作者和译者思想上的不同点并加以分析。加藤弘之认为欧洲人种、日本人种、中国人种为优等，人种的优等是其成为强者的前提。他为明治维新的成功而感到骄傲自豪，期待着日本崛起为帝国主义强国，试图将侵略行为正当化。对此，杨荫杭认为人种的优劣是可变的，他肯定了弱者成为强者的可能性。并

---

① 《民约论》连载于《译书汇编》，作者名写为"卢骚"。另外，关于《民约论》的详情，参见，邹振环：《影响中国近代社会的一百种译作》，第 134—139 页。

且，通过分析杨荫杭在译文中的增删加工，可知杨荫杭有意背离加藤弘之的意图，在译文中表达了对立宪君主制的反感，以及对民主主义政治手段的高度肯定。换言之，杨荫杭译笔下的《物竞论》传达了与加藤弘之原著迥然不同的主张。

再者，通过逐字逐句对比加藤弘之的《道德法律之进步》与杨廷栋的译书《政教进化论》，笔者发现杨廷栋在译书中非常强烈地想要借加藤弘之之口表达自己的观点及立场。近代中国的翻译标准自然不像今天这样强调忠实，但是，阅读过《天演论》并深受其影响的杨廷栋理应知道，译者可以添加按语以表达自己的观点。[1] 然而杨廷栋却没有采用这个方法，而是直接增删、修改原著的内容。一方面是为了确保自己的人身安全，另一方面也是为了使其革命思想更具权威性和说服力。于是，在杨廷栋的"加工"下，原本把中国视为开明之国的加藤弘之变为仅仅承认中国在古代取得了一定的成就；原本得意于日本的"开明进步"，将各国间侵略行为正当化的加藤弘之变成了一个意在刺激弱者奋发的人物；原本主张忠君爱国、拥护天皇制的加藤弘之，转而成为反对忠君思想、反对封建专制及封建道德束缚的学者。

该时期的杨荫杭和杨廷栋正值二十多岁，他们与早期的青年留日学生们共同活跃在出版界和思想界。尽管在译书《物竞论》与《政教进化论》中，杨荫杭与杨廷栋发出的声音算不上特别精辟独到，但是，这些声音反映了留日中国学生当中"革命派"的共同理念。

---

[1] 杨廷栋在《政教进化论》中的遣词造句，有不少是在模仿《天演论》，比如，杨廷栋使用了《天演论》的"群""首出庶物之人""天演"等词汇。该现象还出现在他的其他译书，详见本书第四章。

不过，杨荫杭与杨廷栋的译文也呈现出不同的特征。1905 年科举制度废除之后，留日中国学生开始剧增。[1] 也就是说，杨荫杭和杨廷栋留学之时，科举在众多中国知识分子心目中还占据着重要的地位。两位青年在二十多岁的年纪赴日留学，经由日本吸收了西方思想，但是，对于传统文体，他们表现出了不同的态度。如李冬木所述，杨荫杭在阅读了严复的译书《天演论》后着手翻译加藤弘之的著作，虽然他采用了诸如"物竞""天演"等严复译词，但没有采用类似严复的典雅文体。[2] 另一方面，尽管杨廷栋经由日本吸收了西方思想，但对中国传统的表达方式有着较深的执念，并一直试图用中国传统词汇来解释西方概念。虽然有时会造成西方概念的扭曲，但其尝试本身反映了他自己独特的思考与逻辑。关于杨廷栋译文的特征，本书第四章还将继续进行考察，此处需要强调的是，杨荫杭翻译的《物竞论》比杨廷栋翻译的《政教进化论》更具影响力，原因之一或许就在于杨荫杭的译文更加通俗易懂。

---

[1] 参见，黄福庆：《清末留日学生》，第 24、84 页。黄福庆指出，1905 年至 1906 年是留日学生人数之最高峰。

[2] 李冬木：《关于〈物竞论〉》，第 9 页。

第四章　斯宾塞进化论的翻译与转译

引　言

若要论及在近代日本和中国引起强烈反响的西方学者，斯宾塞（Herbert Spencer，1820—1903 年）是不容忽视的一位。1974 年，山下重一将边沁（Jeremy Bentham，1748—1832 年）、密尔（John Stuart Mill，1806—1873 年）、斯宾塞这三位英国学者著作的日译本整理成书籍目录。[①] 根据该目录记载，明治时代，边沁、密尔、斯宾塞著作的日译本分别为 10 部、14 部、30 部，斯宾塞著作的翻译尤为盛行。一方面是因为斯宾塞笔耕不辍、著述丰富；另一方面，他的同一部著作往往被多次翻译。另外，上述 30 部日译本全部出版于 1877 年（明治十年）至 1898 年（明治三十一年），其后直到 1923 年（大正十二年）才又有新的日译本诞生，这点值得注意。特别是在 1889 年（明治二十二年）《大日本帝国宪法》公布以前，共有 22 部斯宾塞著作的日译本出版。

中国译者翻译斯宾塞著作的步伐要比日本译者晚 5 年。1882 年，中国传教士颜永京将斯宾塞的《教育论：智育、德育和体育》

[①] 山下重一：《ベンサム，ミル，スペンサー邦訳書目録》，《参考書誌研究》第 10 号，1974 年 11 月，第 29—35 页。

（*Education: Intellectual*, *Moral and Physical*） 中的《什么知识最有价值?》（*What Knowledge is of Most Worth?*）从英语翻译为中文，命名为《肄业要览》，该书被学界普遍视为斯宾塞著作的中译开端。[①]然而，严复于 1895 年 3 月在文章《原强》中介绍并高度评价斯宾塞之前，斯宾塞的著作并未受到过多的关注。于是，日本和中国在引入斯宾塞思想时出现了较长的"时间差"。中国不仅出现了直接从英语译为中文的版本，还出现了以日译本为底本的转译。

关于中国引入斯宾塞思想的过程，韩承桦已从翻译史的视角着手，整理了斯宾塞著作的引入路径，即，取道日本的"东学"和取道西方的"西学"，因而在此不必另做详细分析。[②] 需要注意的是，彭春凌按照中国人引入斯宾塞思想的具体内容而非翻译路径，将中国的斯宾塞著作译介活动分为三条路线，即，颜永京译《肄业要览》，曾广铨、章太炎合译《斯宾塞尔文集》，严复译《群学肄言》这三条路线。她认为，颜永京开创了翻译斯宾塞教育思想之路，曾广铨、章太炎"凸显斯宾塞以'同等自由原理'为核心的政治和社会思想"，严复开创了"翻译斯宾塞社会学之路"，"三种译作塑造了斯宾塞三种不同形象，并且各自作为某一种倾向的源头，在此后百年斯宾塞的译介史中得到了或隐或显的呼应"。[③] 彭春凌高屋建瓴地阐释了斯宾塞思想在中国的翻译史和传播史，具有重要的参考价值。

[①] 韩承桦：《斯宾塞到中国：一个翻译史的讨论》，《编译论丛》第三卷第二期，2010 年 9 月，第 37 页；彭春凌：《章太炎译〈斯宾塞尔文集〉研究、重译及校注》，上海：上海人民出版社，2021 年，第 7 页。

[②] 参见，韩承桦：《斯宾塞到中国：一个翻译史的讨论》，第 33—60 页。

[③] 彭春凌：《章太炎译〈斯宾塞尔文集〉研究、重译及校注》，第 9、30—31 页。

　　韩承桦指出，"来自日本的斯宾塞学说几乎皆经过日人删改增补，并非原来面貌。且国人能读的是经过'翻译再翻译'之文字，易有译书水准不一的问题。综合两者，难保中国学子均能读到理想的译本"。① 可是，很少有人具体考察过斯宾塞著作的转译，故而难以确定韩承桦的论断是否准确。因此，本章选取具有代表性的转译文本展开分析。

　　在斯宾塞的诸多著作当中，最受近代日本人关注的日译本当属松岛刚翻译的《社会平权论》。《社会平权论》（全六册）以斯宾塞的处女作《社会静力学》（*Social Statics*，1851 年）为底本翻译而成，出版于 1881 年至 1883 年。斯宾塞在书中指出，"每个人都有做一切他愿做的事的自由，只要他不侵犯任何他人的同等自由"。② 对此，松岛刚深以为然，他在《社会平权论》的序文中用汉文写道："盖压抑者，后天地生，而固不合天理之邪道也。自由者，与天地俱生，而固合天理之正道也。"③ 该书"在自由民权运动中掀起了空前盛大的斯宾塞热潮"，被誉为"民权的教科书"。④ 山下重一将该书评为"堪称明治初期三大译著的不朽的名译"。⑤ 关于该书的翻译特点，山本芳名表示，"译文中导入了对当时读者而言最易理解的儒教思想

---

① 韩承桦：《斯宾塞到中国：一个翻译史的讨论》，第 45 页。

② 赫伯特·斯宾塞：《社会静力学》，北京：商务印书馆，1996 年，第 54 页。

③ 斯辺瑣：《社会平権論》卷一，松島剛訳，東京：報告社，1881 年，社会平権論序，第 1 页。松岛刚的序文用汉文书写，从其汉文功底即可看出他的汉学功底。

④ 关于《社会平权论》引发的强烈反响，参见，山下重一：《スペンサーと日本近代》，第 56—59 页。

⑤ 山下重一：《スペンサーと日本近代》，東京：御茶の水書房，1983 年，第 57 页。山下重一把中村敬宇（即，中村正直）译《自由之理》（1872 年）、中江兆民译《民约译解》（1882 年）、松岛刚译《社会平权论》评为明治初期三大译著。

的框架"。① 丸山真男则从另一个角度指出，"statics"的意思是
"静态学"，却被翻译为"平权论"，"给人一种类似于'平等主义'
的印象。因此，斯宾塞的 *Social Statics* 成为自由民权运动参与者的
《圣经》"。② 这部颇具盛名的日译本自然被中国人知晓，在留日中
国学生发行的杂志《译书汇编》第一期（1900 年 12 月）里就有广告
发布称，《社会平权论》已被译为中文，不久将公开出版。③ 可是，
笔者并未查到《社会平权论》的中译本，或许该书最终未能出版。

　　除了《社会平权论》以外，斯宾塞的《政治制度论》（*Political
Institutions*，1882 年）的翻译和转译也值得注意。④

　　如图 4-1 所示，《政治制度论》共有两部日译本。其中，《政
法哲学》尤其畅销，出至第三版。此后，《政法哲学》又被三次转
译为中文。由此可知斯宾塞的《政治制度论》在近代中日两国受到
知识分子的广泛关注。然而，很少有人研究过《政治制度论》的日
译本和中译本。据笔者调查，渡边宪正以日译本《政法哲学》为
例，围绕斯宾塞对"文明与野蛮"的理解进行简短的分析;⑤ 孙宏

① 山本芳明:《社会平権論（山本芳明）》，加藤周一、丸山真男校注:《日本近代思想
　大系 15 · 翻訳の思想》，東京：岩波書店，1991 年，第 426 頁。
② 丸山真男、加藤周一:《翻訳と日本の近代》，東京：岩波書店，1998 年，第 50 頁。
③ 参见，佚名:《已译待刊各书目录》（坂崎斌编:《译书汇编》第一期，1900 年 12 月
　6 日），坂崎斌编:《译书汇编》，台北：台湾学生书局，1966 年，第 103 页。
④ 彭春凌指出，饶孟任根据俄人荷儒笭的辑要本转译了斯宾塞《社会学原理》三大卷
　的全部内容，书名为《斯宾塞尔哲学爻言原群》（北平：京华印书局，1931 年）。斯
　宾塞的《政治制度论》是《社会学原理》的一部分，也就是说，《斯宾塞尔哲学爻
　言原群》也包含了《政治制度论》的内容。由于本书聚焦的是清末进化论思想的翻
　译，因此未将 1931 年的饶孟任译本作为考察对象。彭春凌:《章太炎译〈斯宾塞尔
　文集〉研究、重译及校注》，第 18—19 页、第 668 页。
⑤ 参见，渡辺憲正:《明治期日本の「文明と野蛮」理解》，《経済系：関東学院大学
　経済学会研究論集》第 257 集，2013 年 10 月，第 38—42 頁。

云围绕中译本《原政》展开研究。① 《政治制度论》的日语译者和
中文译者虽然在那个时代堪称精英，但是关于这些译者的研究比较
少见。分析日译本《政法哲学》及其中文转译，想必有助于厘清斯
宾塞进化论的翻译及转译的相关情况。此外，孙宏云认为，不能否
定中译本《政法哲学》与《原政》为同一译者的可能性。② 关于这
一点，笔者将在本章进行验证并提出自己的主张。

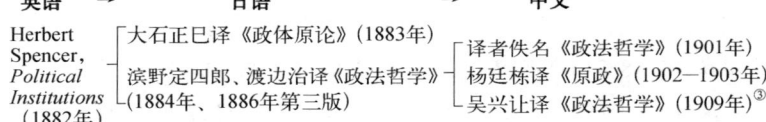

图 4 - 1　《政治制度论》（*Political Institutions*）的日译本与中译本

第一节　原著《政治制度论》

1858 年，斯宾塞发表了构筑鸿篇巨制《综合哲学体系》（*A System of Synthetic Philosophy*）的草案，1860 年，他又对外公布了

———————————

① 参见，孙宏云：《杨廷栋译〈原政〉的底本源流考》，《政治思想史》2016 年第 1 期，
2016 年 3 月。

② 孙宏云：《杨廷栋译〈原政〉的底本源流考》，第 183—184 页。

③ 吴兴让翻译的《政法哲学》连载于《北洋法政学报》1909 年第 94、95、97、99、
102、105 期，虽然与 1901 年的中译本《政法哲学》标题相同，但是翻译表述大不
相同，可知译者并非同一人。吴兴让的译本包括第一卷"政法哲学之绪论"、第二卷
"论广义政治之组织"、第三卷"论政治之成体"、第四卷"政治之分体"。彭春凌指
出，应将吴兴让翻译的《政法哲学》划归到严复翻译斯宾塞社会学的路线上。彭春
凌：《章太炎译〈斯宾塞尔文集〉研究、重译及校注》，第 18 页。考虑到 1901 年和
1902 年的两部种译本面世时间相近，存在译者是否为同一人物之谜，具有较强的可
比性，因此，本章主要着眼于 1901 年和 1902 年的 2 部中译本对比。

"预约出版"的计划。其后，斯宾塞耗时三十余年，试图用进化论解释生物学、心理学、社会学、伦理学等一切现象。《社会学原理》（*The Principles of Sociology*，1876—1896 年）就是《综合哲学体系》的一部分。

如表 4 - 1 所示，《社会学原理》由 3 卷共计 8 个部分组成。在明治时代，第一卷和第三卷各有一部日译本，第二卷第五部分的《政治制度论》（*Political Institutions*，1882 年）则有两部日译本，即，大石正巳的译本《政体原论》、滨野定四郎与渡边治的合译本《政法哲学》。《社会学原理》第二卷于 1882 年在纽约出版，一两年后

表 4 - 1　《社会学原理》（*The Principles of Sociology*）
在明治时代的日译本①

The Principles of Sociology vol. Ⅰ, 1876 Part Ⅰ. The Data of Sociology Part Ⅱ. The Inductions of Sociology Part Ⅲ. The Domestic Relations vol. Ⅱ, 1882 Part Ⅳ. Ceremonial Institutions Part Ⅴ. Political Institutions vol. Ⅲ, 1896 Part Ⅵ. Ecclesiastical Institutions Part Ⅶ. Professional Institutions Part Ⅷ. Industrial Institutions	① 乘竹孝太郎译《社会学之原理》，1882 年（vol. Ⅰ 的译文）
	② 大石正巳译《政体原论》，1883 年 10 月（vol. Ⅱ, Pt Ⅴ, Political Institutions, Ch. 1~2 的译文）
	③ 滨野定四郎、渡边治译《政法哲学》，1884 年 10 月（vol. Ⅱ, Pt Ⅴ, Political Institutions 的译文）
	④ 高桥达郎译《宗教进化论》，1886 年（vol. Ⅲ, Pt Ⅵ, Ch. ⅩⅥ, Religious Retrospect and Prospect 的译文）

① 参见，山下重一：《ベンサム，ミル，スペンサー邦訳書目録》，第 33—34 页。表 4 - 1 是根据山下重一整理出来的译书目录制作而成。

就出现了两部日译本，由此可知，在当时的日本，很多人对政治领域的相关知识非常感兴趣。关于这一点，将在本章第二节具体阐述。

原著《政治制度论》约有 450 页，共计 19 章。第 1 章是绪论，第 2 章是政治机构的概论，第 3 章到第 18 章围绕各个政治机构、政治体制等展开具体分析，第 19 章总结该书论点并展望未来政治。其主要内容如下。①

社 会 组 织（social organization）可 以 按 照"自 发 的 合 作"（spontaneous cooperation）和"有意识的合作"（conscious cooperation）这两种合作形态，分为两类。二者常常共存，或多或少会交织在一起，都为社会福利做出了贡献。前者只为追求私人目的，没有配备强制力量，后者有意识地追求公共目的，采用强制力量。隶属于社会组织的政治组织（political organization）具备为公共目的服务的功能，因此属于后者。政治组织按照合作形态的不同又分为两类。即，"强制合作"（compulsory cooperation）所铸就的"军事型社会"（the militant type of society）与"自愿合作"（voluntary cooperation）所铸就的"产业型社会"（the industrial type of society）。政治组织是按照进化的法则来发展。在起步阶段，"野蛮人"（savages）为了实施攻击和防御暂时团结在一起，这种结合非常松散。后来，不断爆发的战争要求实现"强制的结合"，小的"集团"（groups）经由"混合"（compound）和"重新混合"（re-compound）变为"大国"（great nations）。这种基于强制合作而形成的社会就是军事型社会。因为军事型社会的"主导需求"（the dominant need）是保护社会整

① 概要内容还参见，渡边宪正：《明治期日本の 「文明と野蛮」 理解》，第 37—42 页。

体、抵御其他社会，所以其特征是"中央集权化"（centralization），
"政治控制"（political control）对国民生活的各个方面进行干涉。文
明国家已经从战争中得到巨大的利益，如果再继续战争，只会蒙受损
失。因此，应该停止战争，从军事型社会转型为产业型社会。产业型
社会的特征是"权力下放"（decentralization），其政治制度必然来源
于"代议制"，政府的干涉范围被限制。

第二节　日译本《政体原论》与《政法哲学》

如表 4-1 所示，《政治制度论》的日译本有两部，其中，大石
正巳的译本《政体原论》只翻译了原著的第一章和第二章，滨野定
四郎、渡边治合译的《政法哲学》则对全书进行了翻译。那么，为
何大石正巳、滨野定四郎、渡边治选取《政治制度论》进行翻译？
为何大石正巳仅仅翻译了第一章和第二章？为何滨野定四郎与渡边治
的合译本备受瞩目，甚至出到第三版？本节将试着解答上述问题。

一、大石正巳的早期活动及其吸收斯宾塞思想的背景

大石正巳（1855—1935 年）是一位在日本政治舞台颇为活跃
的精英，历经江户、明治、大正、昭和时代。然而笔者只发现一篇
以大石正巳为研究对象的论文，考察的是他担任"朝鲜驻扎辨理公
使"期间（1892—1893 年）的活动。① 虽然缺乏 19 世纪 90 年代以

---

① 参见，大澤博明：《朝鮮駐箚弁理公使大石正巳：その任免と反響》，《熊本法学》
127，2013 年 3 月，第 31—53 页。此外，沈薇薇在考察犬养毅第一次中国之旅时，
提到了一同出行的大石正巳。参见，沈薇薇：《中国との初対面——犬養毅の第一
回、第二回中国遊歴について》，《東アジア文化交渉研究》5，2012 年 2 月，第
161—170 页。

前大石正巳人生经历的相关研究成果，但是，因为大石正巳在 1890
年以后曾相继担任朝鲜驻扎辨理公使、农商务大臣、众议院议员
等，所以他的名字常常出现在明治及大正时代出版的人物传记集
里。并且，在自由民权运动的相关资料里也能找到他的名字。从这
些资料当中可以发掘到大石正巳的早期活动。

　　19 世纪 90 年代以前，大石正巳似乎对斯宾塞相当感兴趣。从
1883 年 1 月到同年 11 月，大石正巳相继出版了共计五卷的译书
《社会学》，该书翻译了斯宾塞《社会学研究》（*The Study of
Sociology*，1873 年，共十六章）第一章到第十一章的内容。① 值得
一提的是，严复是在 1897 年 11 月第一次连载《社会学研究》的中
译《斯宾塞尔劝学篇》，直到 1903 年才实现全译本《群学肄言》
的出版。大石正巳和严复都是以英文原著为底本进行翻译，从这两
者也可看出中日两国引进进化论思想的"时间差"，日本知识分子
对斯宾塞的关注要早于中国知识分子。

　　1883 年 10 月，大石正巳出版译著《政体原论》，该书的底本
是斯宾塞的《政治制度论》（*Political Institutions*，1882 年）。从大石
的翻译经历可以看出，他对斯宾塞的兴趣颇为浓厚。那么，大石正
巳为何会对斯宾塞的著作产生兴趣，又是出于何种目的翻译斯宾塞
的著作？下文将围绕《政体原论》的翻译，重点关注大石正巳吸收
斯宾塞思想的背景情况；试图通过考察上述问题，揭开日本斯宾塞
著作翻译史的一个侧面。

---

① 山下重一称，大石正巳翻译的《社会学》是以原著第一章到第十章为底本。据笔者
　调查，该译本是以第一章到第十一章为底本。山下重一：《ベンサム，ミル，スペン
　サー邦訳書目録》，第 34 页。

（一）大石正巳在高知县的学习生活

1873 年 10 月，主张对朝鲜强硬出兵的参议板垣退助、副岛种臣、后藤象二郎、江藤新平因为在"征韩论"中失败而下野。这些前参议们在小室信夫的协助下于 1874 年 1 月提交《民选议院设立建白书》，自由民权运动自此拉开帷幕。板垣退助与后藤象二郎都是土佐（高知县）人，大石正巳则于 1855 年出身在土佐的一个士族家庭。

1876 年至 1878 年，大石正巳在立志学舍的英学科读书。[①] 立志学舍是立志社的附属机构，而立志社是以板垣退助为核心，因此，该校具有浓厚的自由民权运动色彩。1876 年 1 月至 1878 年 7 月，立志学舍先后从庆应义塾聘来 7 位英学教员。其中，门野几之进与城泉太郎是由当时立志学舍的"学生总代表"大石正巳从东京招聘过来。[②] 许多英学教员都主张自由民权，他们"给立志社乃至后来的自由民权运动带来的影响，绝对不容小觑"。[③]

就读立志学舍期间，大石正巳每天从御畳濑村乘船而来，他一边摇着船桨，一边单手拿着西方文献学习，其勤奋学习的样子常常

---

① 参见，山下重一：《高知の自由民権運動と英学——立志学舍と高知共立学校》，山本大编：《高知の研究 第 5 卷 近代篇》，大阪：清文堂出版，1982 年，第 281 页。另外，立志学舍与立志社都是在 1874 年创立，1876 年 1 月，立志学舍增设英学科，1879 年立志学舍停止办学。

② 参见，山下重一：《高知の自由民権運動と英学——立志学舍と高知共立学校》，山本大编：《高知の研究 第 5 卷 近代篇》，第 252 页；寺崎修：《立志学舍と慶應義塾——派遣教師を中心に》，《法学研究》68（1），1995 年 1 月，第 317 页。

③ 寺崎修：《立志学舍と慶應義塾——派遣教師を中心に》，第 323 页。

令同辈佩服不已。[①] 根据山下重一的调查，立志学舍设有斯宾塞社会学相关课程，同为立志学舍学生的坂本南海男（后来改名坂本直宽）早在松岛刚出版译著《社会平权论》之前，就在立志社讲堂讲述原著《社会静力学》的内容并主张自由民权。[②]

　　换言之，大石正巳在 1876 年至 1878 年期间就有可能阅读了斯宾塞的著作，并且，他在吸收斯宾塞思想的过程中还受到自由民权运动的影响。

（二）大石正巳在东京的早期活动

　　如前文所述，大石正巳曾于 1878 年 3 月赶赴东京并从庆应义塾招聘了两位英学教员，然而随着立志社的财务状况急剧恶化，同年 7 月，这两位英学教员就离职了。[③] 或许也是因为立志社的财务问题，同年，大石正巳离开立志学舍。关于大石正巳之后的人生经历，《今世人物评传丛书》（1896 年）、《众议院议员列传》（1901 年）、《大臣的书生时代》（1914 年）都简单介绍道，大石正巳前往东京学习西学，当时正值 1878 年三菱商业学校创立，他被该校雇

---

① 安芸喜代香：《土佐自由党時代青年結社史談》，《土佐史壇》第一号，1917 年，转引自山下重一：《高知の自由民権運動と英学——立志学舎と高知共立学校》，山本大编：《高知の研究　第 5 巻　近代篇》，第 253 页。另外，大石正巳出生于土佐国吾川郡御畳瀬村。参见，渡辺修二郎：《今世人物評伝叢書》第二册，東京：民友社，1896 年，第 127 页；山崎謙编：《衆議院議員列伝》，東京：衆議院議員列伝発行所，1901 年，第 141 页。

② 山下重一：《高知の自由民権運動と英学——立志学舎と高知共立学校》，山本大编：《高知の研究　第 5 巻　近代篇》，第 253、255、281 页。另外，关于坂本直宽吸收斯宾塞思想的详情，参见，山下重一：《スペンサーと日本近代》，第 84—104 页。

③ 寺崎修：《立志学舎と慶應義塾——派遣教師を中心に》，第 317—322 页。

为英语教员。① 至于大石正巳入职三菱商业学校之前是在东京何处学习的西学，上述资料并未提及。与此相对，《政界之五名士》（1902 年）一书明确写道，大石正巳"年少时背着书箱前往东京，在庆应义塾修习，获益良多"。②

　　松崎欣一曾研究"政谈社"相关史料，他指出，大石正巳未曾就读庆应义塾，然而在政谈社演讲的人员几乎都曾在庆应义塾就读，对于大石正巳为何得以在政谈社及三田演说会演讲，他感到颇为困惑。③ 笔者则认为大石正巳曾在庆应义塾就读的可能性较高，一方面，1902 年的《政界之五名士》明确记载了大石正巳的就读学校，另一方面，三菱商业学校是岩崎弥太郎在东京创办的一所学校，该校成立之时，不仅聘请庆应义塾的教员森下岩楠为校长，而且经过与福泽谕吉的商谈，从庆应义塾招来大批教员。④ 考虑到这两点，就算大石正巳不算庆应义塾的正式学生，也有可能曾在该校学习过一小段时间。

----

① 参见，渡辺修二郎：《今世人物評伝叢書》第二册，第 127 页；山崎謙編：《衆議院議員列伝》，第 141 页；墨堤隠士：《大臣の書生時代》，東京：大学館，1914 年，第 75 页。另外，只有墨堤隐士的《大臣の书生时代》明确写道，大石正巳承担的课程科目是英语。

② 山崎俊彦、中久喜信周：《政界之五名士》，東京：文声社，1902 年，第 39 页。

③ 松崎欣一：《三田演説会と慶應義塾系演説会》，東京：慶応義塾大学出版，1998 年，第 223—224 页。"政谈社"原名"三田政谈会"，是由庆应义塾相关人士设立的组织，用以讨论政治，开展以政治为主题的演说。三田演说会同样是庆应义塾相关人士设立的组织，但是演讲和讨论的内容多与政治无关。详见，松崎欣一：《三田政談会・政談社演説会について：明治十年代前半における慶應義塾系演説会の研究》，《近代日本研究》第 12 卷，1995 年，第 9 页。

④ 岩崎家伝記刊行会編：《岩崎弥太郎伝（下）》，東京：東京大学出版会，1979 年，第 428 页。

　　大石正巳担任三菱商业学校教员期间，除了本职工作以外还积极参加演讲活动、政治活动。特别需要注意的是，他的许多熟人、朋友都与庆应义塾关系密切。举例而言，马场辰猪（1850—1888年）与大石正巳同样来自土佐，他曾在铁炮洲中津藩邸的福泽塾（后来的庆应义塾）求学，① 1878 年从英国回到日本后成为三菱商业学校的教员。或许就是从这个时期起，大石正巳与马场辰猪成为好友。除此以外，1881 年 1 月 25 日，大石正巳在三田演说会上以《卑屈之说》为题目发表演讲，这天，福泽谕吉也在现场进行了演讲。② 由此可以推测，大石正巳与福泽谕吉必然有过交集，至少是点头之交。

　　同年 4 月，大石正巳与末广重恭（末广铁肠）、西村玄道、马场辰猪等人成立国友会。③ 西村玄道也曾在庆应义塾就读。④ 1884年，西村玄道出版了他和松本清寿合译的《万物进化要论》，该书节选斯宾塞的《第一原理》（*First Principles*，1867 年）翻译而成，序文由马场辰猪于 1884 年 3 月执笔。考虑到书籍的出版策划及翻译周期较长，大石正巳不仅极有可能在立志学舍接触到斯宾塞思想，而且有可能在东京经由身边的友人关注到斯宾塞。

　　1881 年 10 月，大石正巳与马场辰猪、末广重恭共同担任自由

---

① 马场辰猪于 1866 年（庆应二年）入读福泽塾。参见，松崎欣一：《三田演説会と慶應義塾系演説会》，第 227 页。

② 参见，松崎欣一编集・解説：《三田演説会資料》，東京：慶応义塾福沢研究センター，1991 年，第 143 页。大石正巳仅在三田演说会上演讲过一次。

③ 参见，松崎欣一：《三田演説会と慶應義塾系演説会》，第 230—232 页。

④ 西村玄道于 1878 年（明治十一年）入读庆应义塾，时年 23 岁。参见，松崎欣一：《三田演説会と慶應義塾系演説会》，第 227 页。

党的干部，大石正巳任干事，马场辰猪和末广重恭任常议员。① 在这一时期，作为三菱商业学校的教员，大石正巳和马场辰猪在三菱商业学校内开设明治义塾，马场辰猪负责教授英国宪法史，末广重恭负责教授汉学，大石正巳则担任学监。这三人是"高呼打倒藩阀政府的最激进的论客"，明治义塾"就仿佛是民权论者的巢穴"。②

　　1882 年正值众多自由党党员变得愈发激进的时候，然而就是在这一年，自由党总理板垣退助和副总理后藤象二郎前往欧洲考察。③ 该行为"无异于脱离战线"。④ 大石正巳对此表示强烈反对，而且他和他的同伴们对板垣退助和后藤象二郎的出国经费来源抱有怀疑，于是，1883 年，大石正巳、马场辰猪、末广重恭宣布脱离自由党。⑤ 1884 年，三菱商业学校停止办学，明治义塾的运营随之陷入困境，大石正巳转而在自家教授学生。岩崎弥太郎的长子就是他的学生之一。1885 年 11 月，大石正巳与马场辰猪因涉嫌违反"爆炸物取缔规则"被逮捕入狱，六个月后被无罪释放，其后不久，两人就于 1886 年前往美国。⑥ 然而，两人在美国"发生冲突，最终分道

---

① 自由党是以板垣退助为中心创建的政党，主张自由主义。1881 年 10 月 18 日创建，1884 年 10 月 29 日解散。另外，末广重恭是宇和岛藩（爱媛县）人。
② 参见，岩崎家伝記刊行会編：《岩崎弥太郎伝（下）》，第 441—443 页。
③ 值得一提的是，板垣退助在国外考察期间，于 1883 年 5 月，经由时任驻英公使森有礼介绍，与斯宾塞在英国伦敦会见。关于两人会见的情形，详见，山下重一：《スペンサーと日本近代》，第 179—181 页。
④ 井上清：《日本の歴史　中（全三冊）》，東京：岩波書店，1965 年，第 184—185 页。
⑤ 参见，横山健堂：《現代人物管見》，東京：易風社，1910 年，第 68—69 页。渡辺修二郎：《今世人物評伝叢書》第二冊，第 129 页。
⑥ 详见，渡辺修二郎：《今世人物評伝叢書》第二冊，第 129—131 页；横山健堂：《現代人物管見》，第 70—72 页。

扬镳",① 大石正巳于 1887 年回国后成为后藤象二郎的幕僚，参加
了大同团结运动（1886—1889 年）。而马场辰猪则于 1888 年病逝在
美国。

从上述大石正巳的人生经历可以看出，大石正巳确实曾是马场
辰猪的"莫逆之交"。② 两人去美国之前常常一起活动。据《现代
人物管见》（1910 年）所言，"大石原本学识有限，特别是外语水
平一般。然而他学习非常勤奋。他之所以能学到政治家所必需的知
识，很大程度上是因为当时受到马场的刺激"。③ 由此可以推知，
在大石正巳吸收斯宾塞的社会进化论时，很有可能也受到了马场辰
猪的影响。

马场辰猪是天赋人权论的拥护者。1882 年，加藤弘之出版
《人权新说》，以进化论为武器批判天赋人权论为"妄想"。④ 该观
点立刻招致马场辰猪的反驳，1883 年，马场辰猪专门发表了《天
赋人权论》。虽说如此，马场辰猪并非反对进化论本身。山下重一
在分析了马场辰猪连载于《自由新闻》上的长篇论文《本论》
（1882 年）的基础上指出，斯宾塞把自由个体自愿合作的行为视为
社会有机体的高度发展，这种关系概念是斯宾塞社会有机体论的特
征之一，马场辰猪准确理解了这一特征，并且试图将其作为自由民

---

① 渡辺修二郎：《今世人物評伝叢書》第二册，第 132 页。
② 鳥谷部銑太郎：《明治人物評論》，東京：博文館，1898 年，第 130 页。此外，关
　于大石正巳和马场辰猪的亲密的友情，还参见，横山健堂：《现代人物管见》，第
　70—72 页。
③ 横山健堂：《现代人物管见》，第 68 页。
④ 参见，加藤弘之：《人権新説》，東京：谷山楼，1882 年，第 25 页。

权运动的理论武器来灵活运用。① 并且，如前文所述，马场辰猪为西村玄道和松本清寿合译的《万物进化要论》撰写了序文，他写道："古今为数众多的学者当中，若要问到哪位学者学识渊博、言论卓尔不凡，那我必然要首推英国的袍巴士、斯边锁氏。"② "袍巴士、斯边锁氏"就是赫伯特·斯宾塞。

总而言之，大石正巳最早是站在自由民权的立场上吸收斯宾塞学说，他之所以翻译斯宾塞的著作，与当时《社会平权论》风靡一时的盛况、立志学舍的学习生涯、马场辰猪等友人的影响存在着密切的关联。

（三）大石正巳翻译斯宾塞著作的目的

1898 年，新闻工作者鸟谷部铣太郎在《明治人物评论》中如此评价大石正巳，"其政治主张、政见着眼点以最为进步的理论为基础"。③ 确实，大石正巳一直以来都表现出重视西方理论的倾向。例如，1883 年 10 月 6 日，他在浅草井生村楼发表了题目为《勿要因手段而弄错目的》的演讲。在演讲开头部分，他指出，"政论"原本是学术的一部分，必须以学术上的"原则"为依据。④

---

① 山下重一：《スペンサーと日本近代》，第 82 页。此外，还参见，山下重一：《明治初期におけるスペンサーの受容》，日本政治学会编：《日本における西欧政治思想》，東京：岩波書店，1976 年，第 81—82 页。

② 馬場辰猪：《 『スペンサー氏原著　万物進化要論』序》（1884 年），《馬場辰猪全集》第二卷，東京：岩波書店，1988 年，第 538—539 页。

③ 鳥谷部銑太郎：《明治人物評論》，第 128 页。

④ 参见，大石正巳：《手段ノ為ニ目的ヲ誤ルル勿レ》，大竹亀之助编：《国友会員学術演説筆記》，東京：大竹亀之助出版，1883 年，第 27 页。

此外，在其译书《社会学》与《政体原论》的序文中也可以看出相同的倾向。大石正巳在《社会学》的序文中写道：为人处世抑或想要改良社会、增进人类幸福的人们，首先必须研究社会学。[①]换言之，大石正巳把斯宾塞撰写的《社会学研究》视为改良社会的理论。关于大石翻译《政体原论》的目的，他在序言表示，日本以往的政治家全都因循守旧，沿用中国的儒家政治思想，不懂政理，那些代表三千余万同胞、肩负国家重任的政治家们应该首先学习政治学，如果把政体的本质原理搞清楚，想必很少有人会贻误治政护国的目的。[②] 该言论意在强调日本政治家学习西方政治理论的必要性。

如前文所述，从 1883 年 1 月到同年 11 月，大石正巳相继出版了五卷《社会学》。在他同年 10 月出版的译著《政体原论》里，仅有原著《政治制度论》的前两章内容，他将大量时间消耗在《社会学》的翻译上或许就是未能全译《政体原论》的原因之一。虽然无法断定大石正巳是否认识滨野定四郎和渡边治这两个庆应义塾的毕业生，但是，考虑到大石正巳在立志学舍的老师以及他在东京的诸多友人都毕业于庆应义塾，他自己也在庆应义塾读过书，可以推测——他通过某个渠道了解到滨野和渡边正在翻译《政治制度论》，于是放弃了将《政治制度论》全部内容翻译出版的计划。

---

① スペンサー：《社会学》第一册，大石正巳译，東京：大石正巳出版，1883 年，序，第3—4 页。
② スペンサー：《社会学》第一册，大石正巳译，序，第 9—10 页。

二、《政法哲学》的译者滨野定四郎与渡边治

1884 年 10 月，滨野定四郎和渡边治合译的《政法哲学》出版。要了解为何两人合译此书，需考察他们在 19 世纪 90 年代以前的活动。

滨野定四郎（1845—1909 年）是中津藩士族。1864 年，福泽谕吉为了培养能够协助运营学塾之人，专程赶赴中津，从中津带回小幡笃次郎、甚三郎兄弟以及滨野定四郎等共六位资质较好的子弟，让他们入读福泽谕吉在筑地铁炮洲的学塾（庆应义塾的前身）。① 滨野定四郎"读书非常勤奋，甚至被人说是除了读书没有其他兴趣爱好，他擅长翻译解读英语书籍，但是发音不怎么标准"。② 毕业之后，他先成为庆应义塾的教员，然后从 1872 年起在中津市学校历任教员、校长之职。1878 年，时任立志学舍"学生总代表"的大石正巳从庆应义塾聘走两名英学教员，结果导致庆应义塾人手不足，同年，滨野定四郎应福泽谕吉之邀返回义塾。③ 翌年，滨野定四郎成为塾长，其后与小幡笃次郎等人重整义塾的财务，最终得以维持义塾的存续。1881 年，按照最新制定的"庆应义塾临时宪法"，滨野被重新选为塾长，直到 1887 年卸任。④ 福泽谕吉用"精确深识"这四个字来评价他，认为他拥有真知灼见。⑤

① 福沢諭吉事典編集委員会編集：《福沢諭吉事典》，東京：慶應義塾，2010 年，第 75 页。
② 福沢諭吉事典編集委員会編集：《福沢諭吉事典》，第 554 页。
③ 参见，寺崎修：《立志学舎と慶應義塾——派遣教師を中心に》，第 318 页。慶應義塾編：《福沢諭吉書簡集　第二巻》，東京：岩波書店，2001 年，第 399 页。
④ 详见，福沢諭吉事典編集委員会編集：《福沢諭吉事典》，第 148—150 页。
⑤ 福沢諭吉事典編集委員会編集：《福沢諭吉事典》，第 575 页。

渡边治（1864—1893 年）出身于常陆国水户藩（今茨城县）的武术之家，① 自幼在家乡的私塾学习汉学，其后入读茨城师范学校。1881 年，福泽谕吉计划发行《时事新报》，为了培养记者人才，他拜托茨城师范学校校长松木直己推荐该校的学生。以此为契机，渡边治入读庆应义塾。② 《日本帝国国会议员正传》（1890 年）记载道，渡边治在庆应义塾"深入研究英语书籍，深受福泽谕吉赏识，学业大为进步"。③ 1882 年，渡边治从庆应义塾毕业，入职时事新报社，他一边从事编辑工作，一边承担庶务、会计等工作，在报社占据重要的位置。④ 1885 年，伊藤博文因甲申政变前往中国谈判，当时，渡边治作为时事新报社的特派通信员被外派至中国出差。渡边治是一个非常关心政治的人，后来变得"抵触《时事新报》的不偏不党主义"，1889 年被福泽谕吉解雇。⑤ 其后，渡边治曾主持《都新闻》，还被《大阪每日新闻》招揽为主笔。⑥

综上所述，滨野定四郎与渡边治同为庆应义塾毕业生，《政法哲学》出版前后，滨野定四郎在福泽谕吉创设的庆应义塾担任塾长，渡边治在福泽谕吉创办的《时事新报》承担编辑和庶务、会计等工作，两人都与福泽谕吉关系密切。也正因此，两人合译《政法

---

① 渡边治的父亲是有名的击剑家，江户时代曾开设道场传授藩中子弟武艺。木戸照陽編述：《日本帝国国会議員正伝》，大阪：田中宋栄堂，1890 年，第 349 页。

② 福沢諭吉事典編集委員会編集：《福沢諭吉事典》，第 526 页。《时事新报》创刊于 1882 年。

③ 木戸照陽編述：《日本帝国国会議員正伝》，第 350 页。

④ 篠田正作編：《明治新立志編》，大阪：錘美堂，1891 年，第 325 页。

⑤ 参见，井田進也：《歴史とテクスト——西鶴から諭吉まで》，東京：光芒社，2001 年，第 55—56 页。

⑥ 详见，小野秀雄：《大阪毎日新聞社史》，大阪：大阪毎日新聞社同東京日日新聞社，1925 年，第 25—27 页。

哲学》，福泽谕吉为此书作序都是顺理成章的事情。

仓知典弘认为，滨野定四郎与渡边治是在福泽谕吉的指示下决定翻译赫伯特·斯宾塞《社会学原理》的一部分，即《政法哲学》。[①] 但他没有为这一推断提供依据。在福泽谕吉于 1884 年 4 月 1 日为《政法哲学》撰写的序文里有如下语句，"学弟滨野渡边二人告知老朽，他们这段时日翻译了政法哲学书并打算向世人公开发行"，"我于是应他们所请，阅读此书"。[②] 按照这段序文的内容，滨野定四郎和渡边治并非在福泽谕吉的"指示"下翻译《政法哲学》，而是两人先决定翻译出版该书，然后将这一决定告知福泽谕吉。

另外，在出版《政法哲学》以前，滨野定四郎已经出版若干合译作品，例如，他和小幡甚三郎合译《新炮操练》（1870 年），又和伊东茂右卫门合译《海产论》（1881 年）。滨野定四郎是炮术家滨野觉藏的长子，翻译炮术相关书籍不足为奇。[③] 另一方面，关于他翻译《海产论》的缘由，伊东茂右卫门在该书序言解释道，当时，伊东遵从时任开拓长官黑田清隆的命令，决定翻译介绍海产品的书籍，于是拜托滨野定四郎参与合译。[④] 相较而言，滨野定四郎

---

① 倉知典弘：《明治初期における「通俗教育」の用例について——渡辺治訳『三英双美政海之情波』における「通俗教育」の検討》，《吉備国際大学研究紀要（人文·社会科学系）》25，2015 年 3 月，第 83 頁。

② ハーバート·スペンサー：《政法哲学》，浜野定四郎、渡辺治訳，東京：石川半次郎出版，1886 年，福沢諭吉序，第 1、3 頁。

③ 浜野覚藏（浜野覚三）是炮术家、洋算家，擅长天文学、测量术、英语等。另外，在日本，"洋算"是与"和算"相对的概念。"和算"是日本的算数体系，承袭了中国传统数学的谱系；"洋算"是指西洋数学。

④ 参见，シモントス：《海産論》，浜野定四郎、伊東茂右衛門訳，開拓使，1881 年，伊東茂右衛門序，第 3—4 頁。

翻译斯宾塞的《政治制度论》应是源于个人兴趣。

渡边治比滨野定四郎小 19 岁，他在不到三十年的短暂人生里出版了《三英双美政海之情波》（1886—1887 年）、《欧洲战国策》（1887 年）、《镜花水月》（1888 年）等译书。① 据《日本帝国国会议员正传》（1890 年）所言，渡边治"著译书颇多，如果把稗史小说等类型算上，大约有四五十种"。② 虽然渡边治出版的首部译书极有可能是《政法哲学》，但是早在 1881 年的初夏，他就已经在译述比利时经济学博士埃米尔·路易斯·维克多·德·拉维莱（Emile Louis Victor de Laveleye）的《欧洲战国策》，该书主要讨论了国际形势、战争、和平等内容。③ 换言之，渡边治 17 岁时就已关注国际政治，从他后来的人生轨迹中也能看出他参与政治的强烈意愿——20 岁翻译斯宾塞的《政治制度论》，26 岁时甚至把年龄篡改为"三十五六岁"，以便参加众议院选举。④

在《政法哲学》的出版自序里，译者首先高度评价斯宾塞，介绍了他的鸿篇巨制《综合哲学体系》，然后称，"《社会学原理》第二册《政治制度论》的部分内容广泛论述政法哲理，其言论新颖精确，充满政治学的妙趣，无人可及。吾辈于是不顾自身愚笨，欲将其翻译

---

① 《三英双美政海之情波》是以本杰明·迪斯雷利（Benjamin Disraeli）的小说《恩迪米昂》（*Endymion*）为底本；《镜花水月》是以威廉·莎士比亚（William Shakespeare）的《错误的喜剧》（*The Comedy of Errors*）为底本。

② 木戸照陽編述：《日本帝国国會議員正伝》，第 350 页。

③ 参见，ヴィクトル・ド・ラブレー（Emile Louis Victor de Laveleye）：《欧州戦国策》，渡辺治译，東京：小柳津要人出版，1887 年，緒言。

④ 1890 年，渡边治篡改年龄参加众议院选举。《日本帝国国会议员正传》说他 1890 年时正值"三十五六岁"。其实渡边治当时只有 26 岁。木戸照陽編述：《日本帝国国會議員正伝》，第 350 页。

并公开给世人阅读"。① 也就是说，两人都对政治理论感兴趣，受到
《政治制度论》的启发，于是决定将其翻译。"我国的政治家、政论
家若能精读此书，咀嚼其精华，吸收其精髓，必然可以增长见识，甚
至在对人心世道的把握上受益良多。"② 由此可见，他们看重的是该
书的应用价值，希望能将斯宾塞的理论充分应用于日本政界。

那么，作为福泽谕吉身边的得力干将，滨野定四郎和渡边治又
是持何种政治立场翻译此书？或许他们与福泽谕吉的立场相同，但
是笔者未能发现相关史料依据。原因在于很难找到两人在 1884 年
前后发表的文章等资料。举例而言，滨野定四郎和渡边治都是三田
演说会的常客，滨野定四郎曾演讲 7 次，渡边治曾演讲 44 次，然
而笔者仅能查到他们的演讲题目，却难以查到具体内容。③ 此外，
渡边治当时虽为《时事新报》的记者，但是《时事新报》采取
"不偏不党"主义，其社论大多不署名，且很多文章都由福泽谕吉
亲自修改审核，因此难以从中探知渡边治的思想倾向。④

三、《政法哲学》畅销之因

《政体原论》和《政法哲学》的译文都是汉文训读体。因为

---

① ハーバート・スペンサー：《政法哲学》，浜野定四郎、渡辺治译，訳本政法哲学初版
　　自序，第 10 页。
② ハーバート・スペンサー：《政法哲学》，浜野定四郎、渡辺治译，訳本政法哲学初版
　　自序，第 13 页。
③ 演讲题目参见，松崎欣一编集・解説：《三田演説会资料》，第 221 页，第 242—243 页。
④ 参见，福沢諭吉事典编集委员会编集：《福沢諭吉事典》，第 195 页；平山洋：《石河
　　幹明入社前 『時事新報』 社説の起草者推定——明治十五年三月から明治十八年
　　三月まで》，《国際関係・比較文化研究》13（1），2014 年 9 月，第 1—17 页。

《政体原论》仅翻译了原著前两章,所以笔者将《政体原论》及《政法哲学》的前两章与原著进行对比,发现两部译书的译者都存在删除原著冗长例子、添加语句解释复杂内容的情况。考虑到明治时代这一背景,两书都可谓忠实的译本,并未大幅改变原著内容。也正因此,要从日译本《政体原论》和《政法哲学》中读取日本译者的政治立场比较困难。

并且,大石正巳翻译的《政体原论》只有 1883 年 10 月这个版本,而《政法哲学》则有多个版本,分别为:1884 年 10 月,初版前编;1885 年 12 月,初版后编;1886 年 1 月,再版;同年 5 月,第三版。《政法哲学》的畅销程度超乎译者想象,译者在该书的再版自序中写道:"拙译《政法哲学》完成全部印刷是在去年 12 月下旬。接着在今年 1 月初面世,社会需求出乎意料之多,仅仅十余日,印刷之稿本就售罄。而社会上的购买需求接连不断,于是着手印刷第二版……"由此可以管窥《政法哲学》的热销盛况。为何《政法哲学》受到读者的广泛关注,主要原因如下。

其一,以日本的"斯宾塞热潮"为背景,全译本《政法哲学》包含能引发读者兴趣的内容。如前文所述,松岛刚翻译的《社会平权论》大受自由民权论者的欢迎。山下重一认为,《社会平权论》用"天意"和"道义感情"来强调个人的"同等自由法则",展现出一个彻底的"必要之恶的国家观",故而被视为强大的武器,用以批判不断推进中央集权体制的明治政府。① 在《政法哲学》的底

---

① 山下重一:《スペンサーと日本近代》,第 63 页。

本《政治制度论》中，斯宾塞继续强调"必要之恶的国家观"。在斯宾塞所展望的"产业型社会"，政府的干涉范围受到限制，国家实行代议政治，[①] 上院下院并存的可能性较高。[②] 毋庸赘言，斯宾塞关于"产业型社会"的描述必然能引发自由民权运动支持者的兴趣。

另一方面，如本章第一节所述，作为《社会学原理》的一部分，《政治制度论》的核心思想是从军事型社会向产业型社会的进化。该主张本身就意味着渐进的社会进化。如清水几太郎所言，在日本，"斯宾塞学说在被引入时，一方面被用于奠定自由民权运动的理论基础，另一方面又被明治政府视为良好的'顾问'"。[③] 正因如此，《政法哲学》也有可能吸引那些自由民权运动反对者的关注。

其二，《政法哲学》的营销力度较大。《政体原论》虽然是在1883年10月出版，但是早在取得版权许可的当月，即同年6月，报纸广告页面就开始宣传此书。通过搜索"明治期出版广告数据库"可以发现，被称为"御用新闻"的《东京日日新闻》曾在1883年6月20日、10月19日、10月23日共3次刊登该书广告。[④] 《政体原论》的广告只有寥寥数语，完全没有介绍该书内容，只是极为简单地提供了作者名及国籍、译者名及国籍，以及原著书名、"近日出

---

① 参见，Herbert Spencer, *Political Institutions: Being Part V of The Principles of Sociology*, p. 649；ハーバート・スペンサー：《政法哲学》，浜野定四郎、渡辺治译，第 732 页。

② 参见，Herbert Spencer, *Political Institutions: Being Part V of The Principles of Sociology*, pp. 651－652；ハーバート・スペンサー：《政法哲学》，浜野定四郎、渡辺治译，第 739 页。

③ 清水幾太郎：《日本文化形態論》，金沢：東西文庫，1947 年，第 59 页。

④ 参见，"明治期出版广告数据库"（国文学研究资料馆）。明治期出版広告データベース：http://base1. nijl. ac. jp/infolib/meta_ pub/G0037150meijisub。

版"等信息。与之相比，《政法哲学》的营销力度较大。《东京日日新闻》共计 9 次刊登《政法哲学》前编预约出版、前后两编装订完成、再版预约、第三版预约发行、第三版预约书装订完成等广告，其广告字数、刊登频率远超《政体原论》。

"明治期出版广告数据库"没有收录渡边治所在时事新报社的广告。笔者调查了 1884 年 1 月至 6 月《时事新报》的广告后发现，即使仅看这半年的广告，也能明显感受到当时的斯宾塞热潮和进化论热潮。在《时事新报》的广告栏里，能看到许多进化论思想的相关书籍，如：有贺长雄著《宗教进化论》（1 月 9 日、10 日、11 日）；松岛刚译《社会平权论》（1 月 29 日，4 月 10 日、11 日）；大石正巳译《社会学》（4 月 1 日、2 日）；西村玄道、松本清寿合译《万物进化要论》（4 月 1 日、2 日）；乘竹孝太郎译《社会学之原理》（4 月 10 日、12 日）；有贺长雄著《族制进化论》（6 月 19 日、20 日、21 日）。与这些著作、译书相比，《政法哲学》的广告尤其之多。早在 1884 年 8 月 20 日《政法哲学》取得版权许可之前，《时事新报》就已从 4 月 15 日起刊登该书广告。也就是说，福泽谕吉于同年 4 月 1 日给该书作序后不过十几日，该书就开始刊登广告，广做宣传。

从 4 月 15 日到 5 月 2 日，《时事新报》共计 7 次刊登该书预约出版的大广告。① 这则广告首先介绍高桥义雄的《日本人种改良论》，然后介绍《政法哲学》，两书都由"福泽先生"作序，福泽

---

① 《时事新报》于 1884 年 4 月 15 日、18 日、21 日、26 日、30 日，5 月 1 日、2 日刊登《政法哲学》预约出版的大广告。《时事新报》上刊登的预约出版大广告与 1884 年 4 月 23 日的《东京日日新闻》上的广告几乎完全一致，不过，《东京日日新闻》把"福泽先生"的"泽"误写为"流"（同页刊登的《日本人种改良论》广告没有写错福泽谕吉的名字），而《时事新报》没有写错福泽谕吉的名字。

谕吉的名字被列在著者、译者的名字之前。显然，出版方期待着福泽谕吉的序文能起到宣传效果。① 值得一提的是，高桥义雄与渡边治是终生挚友，两人同在水户的"自强舍"学习汉学，一同入读水户上市茨城师范学校内的中学预备校（后改名茨城中学校），都得到松木直己的推荐升入庆应义塾，毕业后都任职于时事新报社。② 高桥义雄以进化论思想为依据写就的《日本人种改良论》在当时的日本社会引起轩然大波，不仅是因为该书内容本身极具冲击性和争议性，还因为有福泽谕吉作序，受到广泛的关注。

《政法哲学》的预约出版大广告从总论、纲领、译文这三个方面详细介绍该书。5 月 6 日以后，该书广告虽然变短，但是仍与《日本人种改良论》列在一起宣传，截至 6 月 30 日，短广告共计刊登 34 次。③ 如前文所述，该书译者滨野定四郎和渡边治都是福泽谕吉的得力干将，且渡边治当时在时事新报社工作，所以福泽谕吉的《时事新报》大量刊登《政法哲学》的广告也在情理之中。

如此一来，以斯宾塞热潮和进化论热潮为时代背景，《政法哲学》将福泽谕吉的序文作为重要的营销点，在《时事新报》和《东京日日新闻》等报纸上大量刊登广告，引起了读者的关注。并

---

① 《福泽谕吉全集》的编者认为，《日本人种改良论》的序文实际上并非福泽谕吉所写，而是由高桥义雄起草，福泽谕吉署名。参见，慶應義塾編：《福沢諭吉全集》第 21 卷，東京：岩波書店，1964 年，第 342 页。

② 参见，中川清：《文人実業家高橋義雄の生涯》，《白鴎法学》第 6 号，1996 年 10 月，第 207 页。

③ 《时事新报》刊登《政法哲学》短广告的日期如下：1884 年 5 月 6 日、7 日、9 日、12 日、13 日、14 日、15 日、16 日、17 日、19 日、20 日、21 日、22 日、23 日、24 日、26 日、27 日、28 日、29 日、30 日、31 日、6 月 2 日、3 日、4 日、5 日、6 日、7 日、9 日、10 日、11 日、25 日、26 日、27 日、30 日。

且，随着再版、第三版的出版，其广告数量愈发增多，热销盛况广为人知，进一步刺激了读者的好奇心和阅读欲。

其三，《政法哲学》的译文较为通俗易懂。《政法哲学》的广告把译文通俗易懂作为另一个营销点。比如，1886 年 4 月 13 日《东京日日新闻》的广告用大字强调该书"译述精确无误，文章平易易解"。1886 年 1 月 24 日《东京日日新闻》的广告也宣称，"《日日新闻》近日评论道，'……该书译文以意译为主，平易流畅，不拘泥于原文，通俗易懂，等等'"。此外，福泽谕吉也在序文中高度评价该书的翻译："通篇文章平易、易懂，不存在因为被原文意思束缚而采用难懂字词的情况。"①

通过比较原著和《政体原论》，以及《政法哲学》的前两章，可以发现两个日语译本的用语存在明显差异（表 4 - 2）。

表 4 - 2 《政体原论》与《政法哲学》中的译词

例	*Political Institutions*（《政治制度论》）	大石正巳译《政体原论》	滨野定四郎、渡边治译《政法哲学》第三版
①	thought（p. 229）；ideas（p. 229）	思想（第 1 页）	理（第 1 页）
②	feeling（p. 229）；emotion（p. 229）	感情（第 1 页）	情（第 1 页）
③	the bias of education（p. 230）	教育上ノ偏癖（第 4 页）	養成ノ僻（第 3 页）

----

① ハーバート・スペンサー：《政法哲学》，浜野定四郎、渡辺治译，福沢諭吉序，第 3 页。

续 表

例	*Political Institutions*（《政治制度论》）	大石正巳译《政体原论》	滨野定四郎、渡边治译《政法哲学》第三版
④	the bias of patriostism（p. 230）	報国心ノ偏癖（第 4 頁）	愛国ノ僻（第 3 頁）
⑤	inter-social conflicts（p. 231）	社会内部ノ戦闘衝突（第 8 頁）	戦争ノ暴乱ヨク小国ヲ合セテ大国ヲ造リ（第 6 頁）
⑥	bad（p. 232）	害悪（第 12 頁）	悪（第 7 頁）
⑦	good（p. 232）	善良（第 12 頁）	善（第 7 頁）
⑧	small groups（p. 241）	小結団（第 43 頁）	小群（第 20 頁）
⑨	employed（p. 245）	被役者（第 55 頁）	傭人（第 30 頁）
⑩	units smaller communities into larger ones（pp. 249 - 250）	細小ノ社会ヲシテ至大ノ社会ニ并合スル（第 69頁）	小社会ヲ合セテ大社会トナス（第 37 頁）
⑪	anarchy（p. 250）	無政（第 70 頁）	政治ノ頭領ヲ失ヒ（第 38 頁）
⑫	Receiving their subsistence through the national revenue（p. 255）	其生活生存ノ資料ヲ一国ノ租税ニ仰ク（第 89—90 頁）	其衣食ノ費ハ悉皆国民ノ蔵入ヲ仰ク（第 48 頁）
⑬	the principle of fixity in social organization（p. 258）	社会上ノ組織ニ就テ凝結固定ノ主義（第 99頁）	社会ノ組織ヲ凝結セシメテコレカ変動ヲ防クモノト云フ（第 55 頁）

续　表

例	*Political Institutions*（《政治制度论》）	大石正巳译《政体原论》	滨野定四郎、渡边治译《政法哲学》第三版
⑭	the division between the ranks（p. 259）	種々ノ階級ノ区別；階級相互間ノ区別（第 102 頁）	階爵ノ区畫；貴賤高下ノ区畫（第 57 頁）
⑮	the acquirement of function by efficiency（p. 260）	能力優勝ノ法ニ因テ以テ位地職業ヲ得ルコト（第 106 頁）	才能ヲ以テ職業ヲ得有（第 59 頁）

　　与《政体原论》的译词相比，《政法哲学》的译词具有如下几个特征。其一，如例①、②、③、④、⑥、⑦、⑧、⑨、⑩所示，《政法哲学》的译者尽可能用较短的词汇、日本知识分子掌握的汉学概念来解释英语单词的意思。其二，如例⑤、⑪、⑫、⑬、⑭、⑮所示，《政法哲学》的译者尽量用容易理解的词语来解释抽象的概念。

　　从当代人的视角来看，在翻译学术书籍时，《政体原论》是用抽象的词汇更加精确地表述英语的意思。然而，对明治时代的读者而言，许多抽象的词汇都是新词，当抽象词汇串联成冗长的句子时，更令读者感到费解。对此，在《政法哲学》的"第三版自序"和"译例一般"中，滨野定四郎和渡边治强调自己采取了"意译"的翻译手法，并对以往译者的"直译"手法表示批评。① 虽然《政法哲学》有不少译词算不上精确，但是

---

① 参见，ハーバート・スペンサー：《政法哲学》，浜野定四郎、渡辺治译，三版自序，第 17—18 頁；訳例一般，第 19—21 頁。

它采用当时社会较为熟知的词汇来解释抽象的概念，因此颇受好评。

　　总而言之，以日本的自由民权运动、斯宾塞热潮、进化论热潮为背景，解说政治理论的全译本《政法哲学》在内容上更具吸引力、在译文上通俗易懂，加之精于宣传营销，故而受到明治时代读者的喜爱。

第三节　中译本《政法哲学》与《原政》

一、中译本《政法哲学》与《原政》的译者

　　原著《政治制度论》共计19章（chapter）。该书日译本《政法哲学》把英语的"chapter"译为"卷"，两部中译本同样采取了该译词。

　　1901年1月28日和4月3日，发行于东京的月刊《译书汇编》在第2期和第3期连载了以《政法哲学》为题目的中文译文。内容为第一卷《序论》和第二卷《政治制度概论》。

　　1902年冬季和1903年夏季，作新社分别出版了日译本《政法哲学》的中译本《原政》第一册和第二册。① 《原政》共四卷，分两册。第一册由上编第一卷"总论"与上编第二卷"政纲"组成；第二册由上编第三卷"政治成体"与上编第四卷"政治分体"组

① 作新社（上海）是以翻译日本书籍为主要业务的出版社，其创办人是留日中国学生戢翼翬和实践女学校校长下田歌子。《原政》在东京的秀英社印刷，以上海为销售点。

成。因为《原政》第一册与中译本《政法哲学》翻译了相同部分的内容，所以本节将《原政》第一册和中译本《政法哲学》作为比较研究的对象。

中译本《政法哲学》没有注明译者姓名，而《原政》第一册上写着"吴县　杨迅栋译"字样。① 此处应为误写，因为《原政》第二册的版权页与第三卷卷首都明确标注着"吴县　杨廷栋译"字样。②

然而，关于两部中译是否为同一译者，孙宏云表示难以判断。他把中译本《政法哲学》和《原政》的第一段译文进行对比，分析称，两者"虽然同为文言，但《政法哲学》浅白流畅，《原政》则稍为典雅繁复"，他认为"存在着这样的可能：《政法哲学》和《原政》的译者都是杨廷栋，前者为他亲笔所译，后者则是由作为出版发行机构的作新社另请了文字高手为之'润辞'的结果"。③

笔者对两部中译本进行了逐字逐句的比较分析，认为两书译者并非同一人。例如，斯宾塞经常在原著中列举各种各样的案例。若是英国、法国等知名度较高的国家，其国家名的译词在近代已经比较固定，但是，诸如原住民部族、西方历史人物，以及当时鲜为中国人所知的地名等，其译词尚未固定下来，中国译者不得不根据发音自行翻译成中文。

---

① 斯宾塞尔：《原政》第一册，杨廷栋译，上海：作新社，1902年，第1页。
② 参见，斯宾塞尔：《原政》第二册，杨廷栋译，上海：作新社，1903年，第1页、版权页。另外，吴县地处江苏省苏州市，如今已没有吴县。
③ 孙宏云：《杨廷栋译〈原政〉的底本源流考》，第180、183—184页。

表4-3　部族、地名、人名的翻译

原著: *Political Institutions*（《政治制度论》），1882年	现代汉语释义	日译本:《政法哲学》，1886年5月第三版	中译本:《政法哲学》，《译书汇编》第二、三期，1901年1月28日，1901年4月3日	中译本:《原政》第一册，1902年12月15日
those in Bengal（p. 234）	孟加拉人	「ベンガル」ノ諸人種（第11页）	孟加诸人种（第二期，第85页）	匈牙利种（第11页）
the Tipperahs（p. 234）	特里普拉人（居住在印度东北部及孟加拉地区的部族）	「チペラ」人（第11页）	铁判来人（第二期，第85页）	奇魄拉人（第11页）
the Khonds（p. 235）	孔德族（印度的部族）	「コンド」ト称スル一种族（第11页）	空特一族（第二期，第85页）	康特族（第11页）
the Fijian（p. 236）	斐济人（居住在大洋洲的原住民）	太平洋ニ「フヰジ」ト云ヘル一种族（第13页）	太平洋中有所谓非其之种族（第二期，第85页）	太平洋中有腓奇族（第13页）
Dahomey（p. 236）	达荷美王国（非洲的王国，17—19世纪）	「ダホメー」ト称スル种族（第14页）	达化曼之种族（第二期，第85页）	达霍墨族（第13页）

原著: *Political Institutions*（《政治制度论》），1882年	现代汉语释义	日译本:《政法哲学》，1886年5月第三版	中译本:《政法哲学》,《译书汇编》第二、三期，1901年1月28日，1901年4月3日	中译本:《原政》第一册，1902年12月15日
Caracalla（p. 238）	卡拉卡拉（罗马皇帝，188—217年）	羅馬ノ「カラカレイ」王（第15頁）;西暦紀元後百八十八年ニ生レ二百十七年ニ死シタル羅馬国王（三版政法哲学人地名注釈·前編ノ部，第2頁）	喀尔喀兰王（第二期，第86頁）	罗马王喀拉喀兰生于西历纪元后一百八十八年，卒于二百十七年（第14頁）
the mountains of the Sierra Nevada（p. 248）	内华达山脉	「シエーラ、チベーダ」ノ群嶺（第35頁）	杀爱腊及难勃达两山之巅（第三期，第66頁）	撒腊纳孛达群岭之间（第36頁）
The Nile（p. 252）	尼罗河	「ナイル」河（第41頁）	泥绿河（第三期，第70頁）	尼罗河（第43頁）
the Nizam（p. 252）	尼扎姆王朝（印度，德干高原的伊斯兰王朝，1724—1948年）	「ナイザム」（第42頁）	于阗（第三期，第70頁）	挪墨（第43頁）
Gwalior（p. 252）	瓜廖尔（印度地名）	「グウオリオル」（第42頁）	华立安（第三期，第70頁）	格哇黎尔（第43頁）

续　表

原著: *Political Institutions*（《政治制度论》），1882 年	现代汉语释义	日译本:《政法哲学》，1886 年 5 月第三版	中译本:《政法哲学》，《译书汇编》第二、三期，1901 年 1 月 28 日，1901 年 4 月 3 日	中译本:《原政》第一册，1902 年 12 月 15 日
Madame de Maintenon (p. 253)	曼特农夫人（1635—1719 年）	「メインテノン」夫人（第 43 页）；千六百三十五年巴里ニ生ル始メ某氏ニ嫁シ寡婦トナル後チ佛国王「ルヰ」十四世ニ仕へ命婦トナリ尋テ寵ヲ得テ後宮ニ入ル、夫人文学ニ富ミ且ツ王ニ対シテ勢威多カリシナリ（三版政法哲学人地名注釈・前編ノ部，第 2 页）	梅退依夫人（第三期，第 70 页）	曼推诺_{曼氏于一千六百三十五年生于巴黎，嫁某氏而寡，后为法王路易第十四女宫，寻邀宠选入后宫。氏富于文学，权势甚威}（第 44—45 页）
M. Comte (p. 257)	奥古斯特·孔德（1798—1857 年）	佛国ノ碩学「コント」氏（第 51 页）；佛国有名ノ哲学者、千七百九十五年ニ生レ千八百五十八年死ス（三版政法哲学人地名注釈・前編ノ部，第 3 页）	空特者。法国绩学士也。（第三期，第 73 页）	法人康突_{法国著名哲学家，生于一千七百九千五年，卒于一千八百五十八年}（第 54—55 页）①

---

① 《原政》第一册译文把"一千七百九十五年"误写为"一千七百九千五年"。

　　根据日译本《政法哲学》的再版自序和三版自序所述，第二版修改了"仅二三字句"以及文字错误，添加了引用书目，第三版在译书的最后添加了人名和地名的注释。如表 4 - 3 所示，《原政》一栏的人名后添加了小字注释，这是把第三版文末的人名地名注释挪到正文中，以小字标注而成。因此，本章选取日译本《政法哲学》的第三版进行分析。

　　在中译本《政法哲学》与《原政》里，部族、地名、人名的译词存在较大差异。如果是请文字高手为《政法哲学》"润辞"形成《原政》，应该没有必要修改此类译词，毕竟这些词汇的译词尚未固定，只是按照谐音写就，不存在对错之分。因此，两书译者应该不是同一人。

　　虽然《政法哲学》的中译者没有署名，但是考虑到该译文连载于《译书汇编》，所以译者很有可能是留日中国学生，甚至可能是译书汇编社的成员。

　　关于《原政》译者杨廷栋的人生经历，本书第三章有所提及。杨廷栋于 1897 年入读上海南洋公学，读书期间就被称赞有文才。1899年，他被南洋公学派往日本留学，抵达日本后，他先在日本文部省创设的日华学校学习日语等课程，然后入读东京专门学校（早稻田大学的前身）。1900 年末，他与其他留日中国学生共同创办译书汇编社，1901年 6 月起，他开始担任《国民报》的主笔。1902 年回国后，杨廷栋在南洋公学译书院从事翻译工作，后来还参与新闻发行、政治活动等。

二、对和制汉语的引进及抵制

　　日译本《政法哲学》的前两卷共计 67 页，与此相比，中译本

《政法哲学》共计26页，《原政》前两卷共计72页。换言之，与其说中译本《政法哲学》是"翻译"，不如说它是"摘译"。

确实，如孙宏云所述，中译本《政法哲学》和《原政》的文风颇为不同。然而，重要的不只是二者的文风差异，从《政法哲学》和《原政》中可以读取出当时中国知识分子对待和制汉语的不同态度。

众所周知，"哲学"这个译词是在日本明治时代由西周所创。而在中国，17世纪，耶稣会传教士艾儒略（Giulio Aleni）在其著作《西学凡》里用"斐录所费亚"来音译"philosophy"一词，此后中国还出现了"性理之学""义理之学""爱知学原始"等词汇。[①] 林美茂认为，"'哲学'这个概念在中国被介绍的最初文献可能是黄遵宪的《日本国志》（1887年完稿，1895年出版）"。[②] 不过，在严复翻译的《天演论》里，也能看到"斐洛

----

① 关于"philosophy"的日语译词和中文译词，参见，高坂史朗：《西周の「哲学」と東アジアの学問》，《北東アジア研究》14・15，2008年3月，第151—167页。高坂史朗称，"翻译者李芝藻"翻译了耶稣会士艾儒略的《西学凡》，将"Philosophy（Philosophia）"表述为"斐录所非亚"。此为谬误。首先，高坂把"李之藻"的姓名误写为"李芝藻"；其次，李之藻编的《天学初函》收录了艾儒略的《西学凡》，《西学凡》系艾儒略用中文完成写作。另外，林美茂指出，学界虽然普遍认为《西学凡》中的"斐录所费亚"是"philosophy"的最初中文译词，但是，另一位意大利传教士高一志（Alphonse Vagnoni）的《童幼教育》（1620年）下卷的"西学第五"（完成于1615年前后）更早介绍"费罗所非亚"。参见：林美茂：《"哲学"的接受与"中国哲学"的诞生》，《哲学研究》第4期，2021年，第47页；艾儒略：《西学凡》，黄兴涛、王国荣编：《明清之际西学文本：50种重要文献汇编》第一册，北京：中华书局，2013年，第233—234页；高一志：《童幼教育》，黄兴涛、王国荣编：《明清之际西学文本：50种重要文献汇编》第一册，北京：中华书局，2013年，第219页。

② 林美茂：《"哲学"的接受与"中国哲学"的诞生》，第52页。

苏非"这个译词。① 换言之，清朝末年，"philosophy"的中文译词尚未统一，中译本《政法哲学》全盘接受了日译本的书名，并未表现出对"哲学"这个和制汉语的抵触情绪。

与此相对，中译本《原政》的书名令人不禁联想到严复的译著《原富》。1901年，严复出版了以亚当·斯密的《国富论》为底本的译著，将书名定为"原富"。严复解释道："云原富者，所以察究财利之性情，贫富之因果，著国财所由出云尔。"② 如果按照这个逻辑来思考，那么"原政"这个书名应该是模仿"原富"，意在探察政治的本质。

仅从两部中译的题目就可推测，中译本《政法哲学》没有任何抵触地接受了和制汉语，而《原富》则有可能较多地受到严复的影响。进一步对比两书内容可知，译文中译词差异也恰恰反映了这一现象。③

例 4－1：原文（《政治制度论》）：As it is true of a living

① 参见，赫胥黎（Thomas Henry Huxley）：《天演论》（1898年），严复译，王栻主编：《严复集》第五册，北京：中华书局，1986年，第1373页。
② 严复：《译斯氏〈计学〉例言》（1901年9月），王栻主编：《严复集》第一册，北京：中华书局，1986年，第97页。
③ 本章所引斯宾塞原著《政治制度论》均参见，Herbert Spencer, *Political Institutions: Being Part V of The Principles of Sociology*, New York：D. Appleton and Company, 1882。日译本《政法哲学》均参见，ハーバート·スペンサー：《政法哲学》，浜野定四郎、渡辺治译，東京：石川半次郎出版，1886年。中译本《政法哲学》均参见，斯宾塞尔：《政法哲学》第一卷，佚名译（坂崎斌编《译书汇编》第二期，1901年1月28日），坂崎斌编：《译书汇编》，台北：台湾学生书局，1966年；斯宾塞尔：《政法哲学》第二卷，佚名译，坂崎斌编：《译书汇编》第三期，东京：译书汇编发行所，1901年4月3日。中译本《原政》均参见，斯宾塞尔：《原政》第一册，杨廷栋译，上海：作新社，1902年。另外，英语原文的现代汉语释义系笔者所译。

body that its various acts have as their common end self-preservation,
so is it true of its component organs that they severally tend to
preserve themselves in their integrity. And, similarly, as it is true of
a society that maintenance of its existence is the aim of its combined
actions, so it is true of its separate classes, its sets of officials, its
other specialized parts, that the dominant aim of each is to maintain
itself. Not the function to be performed, but the sustentation of those
who perform the function, becomes the object in view: the result
being that when the function is needless, or even detrimental, the
structure still keeps itself intact as long as it can. (pp. 254 – 255)

原文意思：正如一个生命体，其各种行为的共同目的都是
保存自己一样，它的各个器官也都倾向于保存自己的完整性。
同样，正如一个社会开展共同行动的目的是维持其存在，它的
各个阶级、各个官员群体、其他专门部分的主要目的也是维持
自己。于是，人们所关注的目标，不是要履行其职能，而是要
维持那些履行职能的人的生存。其结果是，当职能是不必要
的，甚至是有害的，结构仍然尽可能地保持其自身的完整。

日语译文（《政法哲学》）：又一切ノ有機物、一個の生体
トシテハ、ソノ各種ノ働作、孰レモ全体ノ生存ヲ目的トナス
コトナレトモ、更ニ其体ノ各機関ニ就テ論スレバ、亦各々部
局々々ノ成体ヲ保続セントスルモノナリ。喩ヘバ、我々人体
ノ如キ、四肢五官其他ノ諸部局皆体ノ機関ヲナスモノニシ
テ、其各種ノ働作ハ均シク人体全個ノ生存ヲ助クルモノナレ
トモ、別ニ其機関ノ部局ニ就テ見ルトキハ、目ノ作用ハ以テ

目ノ成体ヲ保チ、肺ノ作用ハ能ク肺ノ成体ヲ保ツモノトス。更ニ社会ニ至テモ、ソノ各分子ノ行為ハ相共ニ社会全体ノ生存ヲ維持スルニ在ルモノナリト雖モ、ソノ種族、ソノ役人、或ハ其他ノ分子、各々亦自身ノ保続ヲ図ルヲ以テ其主眼トナシ、ソノ目的トスル所ハ自家ノ司ル作用ニアラスシテ、其作用ヲ行フ所ノ自家自身ヲ維持セント欲スルニ在リ、故ニ其作用ノ既ニ無益トナリ、若クハ有害トナルコトアルモ、社会全体ノ利害ヲ顧ミルコトナク、唯ダ自家自身ノ一部局ヲ支ヘン為メ、依然トシテ無用ノ旧態ヲ保続セントスル者ナリ。（第46—47页）

　　中文译文（《政法哲学》）：人身之有五官四肢也，合而言之，其一举一动，所以保其全体耳。分而言之，皆所以自保也。社会之有官吏人民，亦犹人身之有五官四肢。合而言之，其官吏人民之所作为，所以保社会之全体耳。分而言之，皆所以自保其身家也。然急公者少，济私者多。其终也，往往徒保一身一家之安全，而不顾社会全体之得失。于是，有害于社会者不除，有益于社会者不兴，而长此本来面目，因仍旧贯矣。（《译书汇编》第三期，第72页）

　　中文译文（《原政》）：天下官品，各具一体，生存食息于天溃界中，无间动植者也。各种动作，固以保持具体为鹄。而分析观之，则仅各护其分官而已。人身亦然，四肢五官与夫心腹肾肠，或主视听，或主嗅嗜，或主运化、发泄。各勤厥职，而皆足以为具体之利。然目聪于视，耳聪于听，鼻聪于嗅，口聪于嗜，心腹肾肠之聪于运化发泄，皆所以各保其分官之功用也。结群之始，竭群以内人人之力，共维群以内之公益。然群以内有膺职者，有业工者，有营商者，有务农者，各怀其利己之念，而视群以内为遂利之场。且利己云者，尤非各求有利一己之所作用之说也，不遇求利行其作用者之身家已尔。虽一己之所作用，为困益丛弊然，既行其作用者之身家，所享受靡既者，曾无丝粟之殊，则护持之，唯恐其弊之或革。群以内全体之损益，匪所问焉。此旧染污俗，所以互千万年而终不可革也。（第48—49页）

【注：本章所有例文当中，直线和粗体表示需要注意的部分，波浪线表示译者自行增添的部分。】

如例4-1所示，日译本《政法哲学》中的"社会"（即英文原著中的"society"）被中译本《政法哲学》和《原政》分别译为"社会"和"群"。日译本《政法哲学》中的"全体ノ生存"（全体的生存，即英文原著中的"self-preservation"）被中译本《政法哲学》和《原政》分别译为"保其全体"和"保持具体"，换言之，日语的"全体"被两位中国译者分别译为"全体"和"具体"。日译本《政法哲学》中的"有機物"（有机物，即英文原著中的"a living body"）和"各機関"（各机关，即英文原著中的"component organs"）在中译本《政法哲学》里未被翻译，在《原政》里被译为"官品"和"分官"。

关于这些译词，下一节将展开详细讨论。在此需要注意的是中译本《政法哲学》和《原政》遣词造句中体现出的不同风格和倾向。对比英文原文和日语译文可知，日译本《政法哲学》的译者为了便于读者理解，大幅增加自己的语句，描述了人体器官各司其职、各保自身，同时共保整个人体的例子（波浪线部分）。中译本《政法哲学》将其大幅精简，只是用"社会之有官吏人民。亦犹人身之有五官四肢"来一笔带过，虽然削减了篇幅，但是没有扭曲日译本的观点。相较而言，中译本《原政》则在日译本的基础上进一步增加篇幅，日译本列举了"目""肺"等人体器官，《原政》则列举了"目""耳""鼻""口""心腹肾肠"等。《原政》的内容扩充同样没有扭曲日译本所要表达的观点。与其说这种扩写是为了便于读者理解，不如说，译者是把译文的"雅"排在比"信"更为优先的地位。

（一）对严复译词的运用

在此以译词"社会"与"群治"为例，揭示两部中译本的译词差异。

如表 4-4 所示，中译本《政法哲学》往往使用"社会"这个和制汉语。① 另一方面，在杨廷栋的译本《原政》中，常能看到"群治"一词，就连"社会党"（the socialist party）也被翻译为"均产党"，"社会"一词被尽可能地排除。

---

① 关于译词"社会"的形成过程，参见，柳父章：《翻訳語成立事情》，東京：岩波新书，1982 年，第 1—22 页。另外，根据黄克武的调查，"'社会'一词乃是中国传统词汇，原指传统中国'社日'（即节日）时乡村住民的集会、行赛活动"，"大约在 19 世纪 70 年代中期，日本学者开始以源于中文的'社会'来翻译西文 society，并取得广泛的肯定"。黄克武：《晚清社会学的翻译——以严复与章炳麟的译作为例》，孙江、刘建辉主编：《亚洲概念史研究》第 1 卷，北京：商务印书馆，2018 年，第 16—17 页。

表 4-4　"社会"与"群治"

例	原著：*Political Institutions*（《政治制度论》），1882 年	日译本：《政法哲学》，1886 年 5 月第三版	中译本：《政法哲学》，《译书汇编》第二、三期，1901 年 1 月 28 日，1901 年 4 月 3 日	中译本：《原政》第一册，1902 年 12 月 15 日
①	—（p. 230；p. 232）	社会学者（第 3 页；第 7 页）	讲求社会学者（第二期，第 82 页；第二期，第 83 页）	言群治者（第 3 页；第 7 页）
②	*The Study of Sociology*（p. 230）	社会学阶梯（第 3 页）	社会学阶梯（第二期，第 82 页）	群治论纲（第 3 页）
③	the course of evolution（p. 242）	社会進步ノ針路（第 23 页）	进化之道（第二期，第 89 页）	群治日进之道（第 24 页）
④	social organization（p. 244）	社会ノ組織（第 29 页）	社会（第三期，第 64 页）	群治（第 30 页）
⑤	the socialist party（p. 257）	社会党（第 51 页）	社会党（第三期，第 73 页）	均产党（第 55 页）

事实上，斯宾塞的原著曾明确区分"group"和"society"的含义（例 4-2）。

例 4-2：原文（《政治制度论》）： The mere gathering of individuals into a group does not constitute them a society. A society, in the sociological sense, is formed only when, besides juxtaposition there is cooperation.（p. 244）

原文意思： 如果仅仅把个人聚集成一个群体，那么并不构成一个<u>社会</u>。在社会学意义上，除了<u>并列</u>还要有<u>合作</u>，只有在这种情况下一个<u>社会</u>才会形成。

日语译文（《政法哲学》）：<u>各人相聚テ唯ニ群ヲナスノミ</u>ニテハ、未ダ<u>社会</u>ヲ組成シタルニハ非サルナリ。<u>社会学ノ見解</u>ヲ以テスレバ、<u>人類群居シタリトテ社会ト称ス可ラス</u>、<u>群居シテ且ツ共同</u>アリ、然ル後チ始テ<u>社会</u>ノ成立アルナリ。（第27页）

中文译文（《政法哲学》）：<u>聚众人</u>于此，而无所设施，是<u>群</u>也，而非<u>社会</u>也。何谓<u>社会</u>？曰，<u>群</u>焉而有<u>公共之目的</u>也。（《译书汇编》第三期，第63页）

中文译文（《原政》）：<u>群学家</u>之言曰，<u>人类麇集一隅</u>，与<u>群治</u>之说无与焉。<u>群治</u>者，必<u>群</u>焉，而以<u>公益</u>为鹄者也。（第27页）

如例4-2所示，斯宾塞在原著中称，如果只是"个人"（individuals）聚集在一起，那就只是"群体"（group）而已，只有当"个人"聚集在一起"合作"（cooperation）时，才能形成"社会"（society）。日译本《政法哲学》把"group"翻译为"群"，把"society"翻译为"社会"，并且为了便于读者理解，添加了一个短句（波浪线部分）指出，"不能因为人类群居就将其称为社会"，从总体来看，并未改变英文原著的意思。在这段日语译文中，日语的"各人"不包含上下等级关系；日语的"群"并不表示政治组织，而是指单纯的个人的聚集；日语的"社会"包含"各人""群居""共同"（即"合作"）等要素，没有特意强调上下等级关系。

　　“社会”一词最早起源于中国。有贺长雄就曾提到“社会”一词在汉籍中的用例，他指出，在南宋的《近思录》里，“乡民为社会，为立科条，旌别善恶，使有劝有耻”这句话中的“社会”是比“一乡”还要小的存在。[①] 1875 年 1 月 14 日，政论家福地源一郎在其刊载于《东京日日新闻》的文章中，率先把“社会”作为“ソサイチ—”（即“society”的日语谐音）的译词。[②]

　　然而，以日译本为底本转译的中译本则不同。中译本《政法哲学》完全照搬了“群”和“社会”等词汇；《原政》的译者没有翻译日语的“群”（group），他把日语的“社会学ノ见解”（sociological sense）译为“群学家之言”，把日语的“社会”（society）译为“群治”。从字义上看，“群治”乃“群”之“治”，“群治”这个词本身就在强调上下等级关系。换言之，比起“群治”，“社会”一词更适合表达原著中“society”的意思。

　　“群”“群学”“群治”是严复创造的译词。如本书第二章的例

---

① 有贺长雄：《増補　社会進化論（抄）》，松本三之介、山室信一編：《日本近代思想大系 10・学問と知識人》，東京：岩波書店，1988 年，第 394 页。有贺长雄引用《近思录》的内容时写为“有勤有耻”，此处应为误写，实际上是“有劝有耻”。

② 松本三之介、山室信一編：《日本近代思想大系 10・学問と知識人》，東京：岩波書店，1988 年，第 394 页。此处引用的是注解部分。另外，根据章清的研究，“在稍后翻译《群学肄言》《社会通诠》等著作时，严复已接受‘社会’等概念，并结合此来谈论‘合群’。章清：《清季民国时期的“思想界”》，北京：社会科学文献出版社，2021 年，第 39 页。关于“社会”这个译词的成立过程，参见，柳父章：《翻訳語成立事情》，1982 年，第 1—22 页；陈力卫：《词源（二则）》，孙江、刘建辉主编：《亚洲概念史研究》第 1 卷，北京：商务印书馆，2018 年，第 191—195 页；李恭忠：《Society 与“社会”的早期相遇：一项概念史的考察》，《近代史研究》2020 年第 3 期，第 4—18 页。

2-6 所示，在严复翻译的《斯宾塞尔劝学篇》中，"群" 是 "society"，"群学" 是 "sociology" 的译词。不仅如此，《天演论》下卷 "论十六" 的标题为 "群治"，严复在该书中把 "群治" 作为 "polity" 的译词。① 也就是说，"群治" 原本是 "polity" 的译词，表示政治组织、政体等，《原政》的译者却将其作为日语译词 "社会"（society）的中文译词，导致词义的偏离。

如表 4-5 所示，在《原政》当中，除了 "群治" 这个严复的译词以外，还能看到诸如 "治化"（例①）、"自营"（例④）、"群谊"（例⑤）、"官品"（例⑦、例⑧）、"分官"（例⑨）、"具体"（例⑫）等词汇，这些词汇都曾在《天演论》里出现。

表 4-5　和制汉语与严复译词

例	原著：*Political Institutions*（《政治制度论》），1882 年	日译本：《政法哲学》，1886 年 5 月第三版	中译本：《政法哲学》，《译书汇编》第二、三期，1901 年 1 月 28 日，1901 年 4 月 3 日	中译本：《原政》第一册，1902 年 12 月 15 日
①	societies relatively advanced in organization and culture（p. 236）	組織発生ノ稍々高等二位シ半開或ハ文明トモ称シ得ベキ邦国（第 13 页）	—（第二期，第 85 页）	治化少进暨以文明自诩之国（第 12 页）

---

① 赫胥黎的原文为 "each man who enters into the enjoyment of the advantages of a polity"，严复将其翻译为 "盖以谓群治既兴，人人享乐业安生之福"。Thomas H. Huxley, *Evolution & Ethics and Other Essays*, p. 82；赫胥黎（Thomas Henry Huxley）：《天演论》（1898 年），严复译，王栻主编：《严复集》第五册，第 1395 页。

例	原著：*Political Institutions*（《政治制度论》），1882 年	日译本：《政法哲学》，1886 年 5 月第三版	中译本：《政法哲学》，《译书汇编》第二、三期，1901 年 1 月 28 日，1901 年 4 月 3 日	中译本：《原政》第一册，1902 年 12 月 15 日
②	police（p. 236）	警察（第 14 页）	巡察（第二期，第 85 页）	警察（第 13 页）
③	the struggle for existence（p. 240）	生存競争（第 17 页）	生存竞争（第二期，第 87 页）	生存竞争（第 17 页）
④	those constituted by purely personal desires（p. 246）	専ラ私ヲ営ム（第 31 页）	营私（第三期，第 65 页）	自营不仁（第 31 页）
⑤	social organization（p. 248）	社会ノ組織（第 35 页）	社会（第三期，第 66 页）	群谊（第 36 页）
⑥	resistance（p. 254）	抗力（第 45 页）	抗力（第三期，第 71 页）	觝抗变化之力（第 47 页）
⑦	an individual organism（p. 254）	個々ノ有機物（第 45 页）	大地万物（第三期，第 71 页）	天下之官品（第 47 页）
⑧	a living animal（p. 257）	有機物（第 53 页）	生物（第三期，第 74 页）	官品（第 58 页）
⑨	unit（p. 258；p. 262）	分子（第 53 页；第 62 页）	质点（第三期，第 74 页）；一（第三期，第 77 页）	分子（第 58 页）；分官（第 68 页）
⑩	cells（p. 258）	細包（第 53 页）	小包（第三期，第 74 页）	细包（第 58 页）

续　表

例	原著：*Political Institutions*（《政治制度论》），1882 年	日译本：《政法哲学》，1886 年 5 月第三版	中译本：《政法哲学》，《译书汇编》第二、三期，1901 年 1 月 28 日、1901 年 4 月 3 日	中译本：《原政》第一册，1902 年 12 月 15 日
⑪	the nervous centres（p. 258）	神経系（第 54 页）	一（第三期，第 74 页）	神经系统（第 58 页）
⑫	aggregate（p. 262）	全体（第 62 页）	一（第三期，第 77 页）	具体（第 68 页）

1897 年 11 月 24 日，旬刊《国闻汇编》第一期开始连载严复的译文《斯宾塞尔劝学篇》，其中，"organic actions"（有机体的行动）里的"organic"（有机体的）被翻译为"有官之品"。① 在 1898 年出版的《天演论》的按语中，"有官之品"被省略为"官品"，表示"有机体"。② 很明显，《原政》的译者杨廷栋采用了严复译词"官品"，用以对应日语的"有機物"（有机物），也即英文原著中的"organism"（例⑦）、"a living animal"（例⑧）和"a

---

① 斯宾塞的原文为："... not only throughout all in-organic actions, but throughout all organic actions ..."严复将其翻译为"金石水土然，至于有官之品如植如动凡生之事莫不皆然"。Herbert Spencer, *The Study of Sociology*, London：Henry S. King& Co. , 1873, p. 6；斯宾塞尔（Herbert Spencer）：《斯宾塞尔劝学篇》，严复译（《国闻汇编》第一册，1897 年 11 月 24 日），孔祥吉、村田雄二郎整理：《国闻报：外二种》第十册，北京：国家图书馆出版社，2013 年，第 16 页。

② 严复的按语："而晚近生学家，谓有生者如人禽虫鱼草木之属，为有官之物，是名官品；而金石水土无官，曰非官品。"参见，赫胥黎（Thomas Henry Huxley）：《天演论》（1898 年），严复译，王栻主编：《严复集》第五册，第 1361—1362 页。参见，黄克武：《新名词之战：清末严复译语与和制汉语的竞赛》，《台湾"中央研究院"近代史研究所集刊》第 62 期，2008 年 12 月，第 23 页。

living body"（例 4 – 1）。

此外，在《天演论》和《斯宾塞尔劝学篇》里，"self-assertion"（自我主张）被译为"自营"；① "the part"（部分，整体的一部分）被译为"分官"；② "the whole"（整体）被译为"具体"；③ "unit"（单位）被译为"质点"。④ 大多译词同样被《原政》沿袭，例如，"具体"被用于对应日语的"全体"（全体，例⑫和例 4 – 1），也即英文原著中的"aggregate"等词语；"分官"被用于对应日语的"分子"（分子，例⑨）、"各機関"（各机关，例 4 – 1），也即英文原著中的"unit""component organs"。就连中译本《政法哲学》也不可避免地使用了严复译词"质点"，用以对应日语的"分子"（分子，例⑨）。

在表 4 – 5 中，"治化"（例①）和"群谊"（例⑤）这两个译词尤其值得注意。

"治化"是自古就有的中文词汇，在《天演论》当中，它被用

---

① 参见，Thomas H. Huxley, *Evolution & Ethics and Other Essays*, p. 27；赫胥黎（Thomas Henry Huxley）:《天演论》（1898 年），严复译，王栻主编:《严复集》第五册，第 1346 页。

② 参见，Thomas H. Huxley, *Evolution & Ethics and Other Essays*, p. 47；赫胥黎（Thomas Henry Huxley）:《天演论》（1898 年），严复译，王栻主编:《严复集》第五册，第 1360 页。

③ Thomas H. Huxley, *Evolution & Ethics and Other Essays*, p. 47；赫胥黎（Thomas Henry Huxley）:《天演论》（1898 年），严复译，王栻主编:《严复集》第五册，第 1360 页。

④ 参见本书第二章例 2 – 6、例 2 – 8。另外，根据黄克武的研究，严复在 1903 年的《群学肄言》中把"units"翻译为"么匿"，把"aggregate"翻译为"拓都"（"total"的谐音）。陈力卫指出，"unit"在马礼逊的英华字典里被译为"单位"，也被日本的英和辞典所采纳，但严复仍然音译其为"么匿"，后来，"单位"又被当作"日本借词"借回到中文里。参见，黄克武:《新名词之战:清末严复译语与和制汉语的竞赛》，第 14—17 页；陈力卫:《东往东来:近代中日之间的语词概念》，北京:社会科学文献出版社，2019 年，第 420 页。

作 "the ethical process"（伦理过程）和 "civilization"（文明）的译词，如本书第二章所述，译者严复增添了 "圣人" 的存在这一前提。[1] 与此异曲同工的是，在《原政》里，"治化少进" 被用于对应日语的 "組織発生ノ稍々高等二位シ"（组织的发展稍稍达到高等水平，relatively advanced in organization），不论译者杨廷栋是否有意为之，这种译法同样强调了 "圣人" 施加统治和教化这一前提。当然，此种翻译方式算不上忠实于原著。

"群谊" 一词原本出现在《天演论》的按语中，是被严复用于翻译斯宾塞著作的标题。[2] 根据山下重一的调查，《群谊》《群谊篇》均指斯宾塞的《伦理学原理》（*Principles of Ethics*，1879—1893年）。[3] 然而，杨廷栋在《原政》中不仅用 "群治"（表 4 - 4 的例④），而且用 "群谊" 来翻译 "社会ノ組織"（社会组织，social organization）。

如前文所述，与赫胥黎的原著《进化与伦理》相比，严复在译本《天演论》中大量增删加工。而且在当时的中国，由于像严复这样擅长英语的人才相当罕见，因此，对清末知识分子而言，要了解《天演论》的译词具体对应哪个英语词汇非常困难。或许正是出于这个缘故，尽管留日青年杨廷栋试图采用严复的译词，但还是出现了 "群治" "群谊" 等误用。

---

① 参见本书第二章例 2 - 10、例 2 - 11。

② "群谊" 一词在《天演论》中出现过 4 次，2 次是《群谊》，2 次是《群谊篇》，都被用于表示斯宾塞的著作。赫胥黎（Thomas Henry Huxley）：《天演论》（1898 年），严复译，王栻主编：《严复集》第五册，第 1325、1346、1349、1357 页。

③ 山下重一：《厳復訳 『天演論』 （1898 年）の一考察（上）》，《国学院法学》38（3），2000 年 12 月，第 198 页。

（二）和制汉语的引入

如表 4 - 5 所示，在中译本《政法哲学》中，译者虽然使用了"质点"（例⑨）这一严复译词，但是完全照搬了"哲学"（书名）、"社会"（表 4 - 4）、"生存竞争"（例③）、"抗力"（例⑥）等和制汉语，似乎并未受到严复译词的过多影响。

与此相对，尽管杨廷栋明显倾向于使用严复译词，却也有不得不引入和制汉语的情况。在《原政》中可以看到"警察"（例②）、"生存竞争"（例③）、"细包"（例⑩）、"神经"（例⑪）等和制汉语。其中，"神经"这一和制汉语的引入值得注意。

根据松本秀士的考察，杉田玄白在译书《解体新书》（1774 年）中首次使用"神经"一词，"神经"是荷兰语"zenuwen"的译词，杉田玄白参考中国传统医学词汇创造了这一译词。[1] 其实，《天演论》的按语里出现过译词"涅伏"，它是"nerve"的音译词汇。[2] 然而，或许是因为杨廷栋以日译本为底本，所以没有注意到日语汉字词汇"神经"对应的就是严复译词"涅伏"，于是引入了"神经"这个和制汉语译词。

如此这般，在动荡不安的近代，若要在以日译本为底本的转译作品中彻底排除和制汉语，必然极为困难。

---

① 参见，松本秀士：《神経の概念の初期的流入に関する日中比較研究》，沈国威编著：《漢字文化圏諸言語の近代語彙の形成： 創出と共有》，吹田：関西大学出版部，2008 年，第 373—394 页。

② 参见，赫胥黎（Thomas Henry Huxley）：《天演论》（1898 年），严复译，王栻主编：《严复集》第五册，第 1328 页。另外，关于"涅伏"这一译词，详见，黄克武：《新名词之战：清末严复译语与和制汉语的竞赛》，第 18—19 页。

三、改革与革命

中译本《政法哲学》并未对和制汉语的引入表现出抵触感，而《原政》则摆出抵触和制汉语的姿态，大量采用严复译词。这或许与两位译者对进化论的理解差异有关。

中译本《政法哲学》和《原政》前两卷是原著《政治制度论》前两章的译文，其内容梗概如下。

分析社会问题时应该控制感情因素。社会的形态是由构成该社会的个体的性质来决定，社会内部的冲突具有推进社会组织发展的效果。因此，奴隶制和专制政治等虽然会给人们带来痛苦，但能在"社会进化"（social evolution）的过程中产生巨大的利益（原著第一章）。

政治组织使合作成为可能，具有促进社会发展的功能，一旦政治组织得到确立，又会阻碍进一步的发展。原因在于，进一步的发展意味着需要"重组"（re-organization），而现有的政治组织反对重组。如果按照世袭制度来决定人们的地位、职业等，那么社会结构难以发生变化。如果按照才能来决定人们的地位、职业等，那么社会结构容易发生变化（原著第二章）。

在《政治制度论》全书当中，斯宾塞指出，政治组织的发展以进化法则为基础，理想的情况应该是以专制主义为特征的"军事型社会"（the militant type of society）转化为以民主主义为特征的"产业型社会"（the industrial type of society）。这就是《政治制度论》最为核心的内容。该书强调社会有机体论、社会进化论，重视国民性质与政治组织之间的关系。正因如此，斯宾塞明确反对诸如法国大革命等激进的革命,① 并向明治政府传达了"保守的忠告"。② 然而，接纳吸收斯宾塞理论的两位中国译者却在思考中国未来道路时，做出了不同的选择。

（一）对清末新政的期待

在中译本《政法哲学》里，可以看到译者添加如下内容。

例4－3：原文（《政治制度论》）：Division of labour, to the last as at first, grows by experience of mutual facilitations in living. Each new specialization of industry arises from the effort of one who commences it to get profit, and establishes itself by conducing in some way to the profit of others. （p. 245）

原文意思：劳动分工自始至终都是在生活中相互促进的经验中发展起来的。每一种新的工业专门化都来自从事它的人为了获得利润而做出的努力，并通过采取某种方式帮助他人获得利润而确立自己的地位。

日语译文（《政法哲学》）：乃チ是レ分業組織ノ端緒ヲ開キタルノ時ナリ。既ニ一度ヒ之ヲ開キ、相互ニ便益ノ大ナルヲ知レハ、次第ニ分業ヲ拡充シ遂ニ此ヨリ分業ノ大組織ヲナスニ至ルコトナリ。（第30頁）

中文译文（《政法哲学》）：此分工通商之端所由起也。追其后文化日进，民智渐开，需用日繁，渐知交易之利，而分业

① Herbert Spencer, *Political Institutions: Being Part V of The Principles of Sociology*, p. 662.
② 山下重一:《スペンサーと日本近代》, 第200—206页。

之道亦日以增。(《译书汇编》第三期,第64页)

中文译文(《原政》): 即为后世<u>分业</u>之端。其端既启人怀<u>其益</u>,<u>分业</u>之途,亦日阔而日广。(第30页)

如例4-3所示,斯宾塞在原著中解释了"劳动分工"(division of labour)、"工业专门化"(specialization of industry)的产生经过。日译本《政法哲学》虽然采用意译法,没有逐字逐句地翻译原文,但也没有大幅修改原文的意思。中译本《原政》也大致翻译出了原意。值得注意的是中译本《政法哲学》里译者添加的部分。

在原著《政治制度论》当中,斯宾塞常常强调,社会经由不断的修改,从"原始的简单性"(primitive simplicity)演变至"最终的复杂性"(ultimate complexity)。[①] 并且,"总体的特征"(the character of the aggregate)取决于"单位的特征"(the characters of the units),"政治组织"(political institutions)能否得到有效改变,与"公民"(citizens)特征的变化速度有关。[②] 中译本《政法哲学》中的译者添加部分恰恰反映了斯宾塞的这一主张。至于为何采用"民智"这一词汇,很有可能是受到《天演论》的影响。如前文所述,中译本《政法哲学》里也出现了严复在《天演论》中创造的译词。由此可以推测,该译者因为读过《天演论》,所以使用了

---

① 原文:"Thus in all directions from primitive simplicity there is produced ultimate complexity, through modifications upon modifications." Herbert Spencer, *Political Institutions: Being Part V of The Principles of Sociology*, p. 645.

② 原文:"The general truth that the characters of the units determine the character of the aggregate ... political institutions can not be effectually modified faster than the characters of citizens are modified." Herbert Spencer, *Political Institutions: Being Part V of The Principles of Sociology*, p. 661.

"民智"这个词语。

斯宾塞反复主张社会进化应该是渐进的，同样，中译本《政法哲学》里没有出现译者添加的诸如反对清政府的语句。倒不如说，从译者添加语句中可以管窥译者对清末新政的期待。

1900 年 6 月 21 日，以慈禧太后为中心的清政府利用义和团的力量抵御外国，并对外宣战。其后不到两个月，八国联军占领北京，慈禧太后与光绪帝逃往西安。1901 年 1 月 29 日，慈禧太后主导的清政府颁布诏书，向各地官僚征集改革方案，此为清末新政的开端。诏书写道："至近之学西法者，语言文字、制造器械而已。此西艺之皮毛，而非西政之本源也。……中国不此之务，徒学其一言一话、一技一能，而佐以瞻徇情面、自利身家之积习。舍其本源而不学，学其皮毛而又不精，天下安得富强耶！总之，法令不更，锢习不破，欲求振作，当议更张。"① 清政府决定改学"西政之本源"，这一时代背景无疑对中译本《政法哲学》产生了较大的影响。在 1901 年 1 月 28 日刊载的《政法哲学》中，"改革"一词从未出现。然而，在 4 月 3 日刊载的《政法哲学》中，可以频繁看到"改革"这个词语（例 4 - 4、例 4 - 5、例 4 - 6）。

例 4 - 4：原文（《政治制度论》）：... an organization resists re-organization.（p. 255）

原文意思：……一个组织抗拒重组……

日语译文（《政法哲学》）：此ノ如ク一定セル組織ハ必ス

---

① 《大清德宗景（光绪）皇帝实录》（七）卷四百七十六·九（光绪二十六年十二月），台北：台湾华文书局，1968 年，第 4379 页。

組織ノ<u>変更</u>ヲ拒抗スル者ナレトモ……（第 47 頁）

中文译文（《政法哲学》）：制度已定，即有抗拒<u>改革</u>之力，<u>固自然之理。</u>……（《译书汇编》第三期，第 72 页）

中文译文（《原政》）：政纲既立，即有抵抗<u>变化</u>之力。……（第 50 页）①

在原著第二章，斯宾塞分析了社会结构的"重组"（re-organization）。英语的"re-organization"被日文译者翻译为"变更"（変更），日语的"变更"在中译本《政法哲学》和《原政》中被分别翻译为"改革"和"变化"。并且，围绕"组织抗拒重组"这个话题，中译本《政法哲学》的译者专门添加语句，称其为"自然之理"，表达对斯宾塞主张的赞同。

例 4－5：原文（《政治制度论》）：As fast as its parts are differentiated—As fast as there arise <u>classes</u>, bodies of functionaries, established administrations, these, becoming coherent within themselves and with one another, struggle against such as tend to <u>modify</u> them.（p. 254）

原文意思：随着它的各个部分被区分开来——产生了<u>阶级</u>、职能机构、既定行政机构，这些组织就会在自己内部和彼此之间

---

① 在《原政》里，"政纲"是"政治ノ組織"（political organization）的译词。参见，Herbert Spencer, *Political Institutions: Being Part V of The Principles of Sociology*, p. 248；ハーバート・スペンサー：《政法哲学》，浜野定四郎、渡辺治译，第 34 页；斯宾塞尔：《原政》第一册，杨廷栋译，第 35 页。

变得协调一致，并与那些倾向于<u>改变</u>它们的人展开斗争。

日语译文（《政法哲学》）：抑々社会ノ各部次第二分派シ、<u>種族</u>モ起リ、役人モ生シ、施政ノ術モ備ハリ、互二相密着シ、又結托スルニ至レバ、設ヒ此等ヲ<u>変化</u>セントスルニモ、ソノ抵抗力強大ナルコトナルベシ。（第45页）

中文译文（《政法哲学》）：迨其后<u>种族</u>已分，官吏已设，施政之术既备，结合之力遂增，于是抗力日大，而<u>改革</u>益难。（《译书汇编》第三期，第71页）

中文译文（《原政》）：暨政纲渐兴，施政之术略具，<u>种族</u>收分，职官已置，一群之内，彼此相结托者，日臻巩固。而其<u>抵抗变化</u>之力即于斯盛焉。（第47页）

如例4-5所示，日语译者把"class"（阶级）翻译为"種族"（种族），例4-1也存在同样的问题。虽然无法确定滨野定四郎和渡边治在翻译过程中到底参考了哪部辞典，但是，大石正巳在1883年10月出版的《政体原论》中，将"class"正确翻译为"阶级"。① 再者，早在1883年1月，大石正巳就在译书《社会学》中，把斯宾塞原著《社会学研究》第十章的标题"THE CLASS-BIAS"（阶级偏见）翻译为"階級上ノ偏癖"（阶级上的偏见）。② 也就是说，1884年以前，"阶级"已经作为"class"的译词，被日本人使用。另一方面，在1884年5月再版的《哲学字汇》一书中，

---

① 参见，斯邊鎖：《政体原論》，大石正巳译，东京：西村玄道出版，1883年，第85页。
② Herbert Spencer, *The Study of Sociology*, Contents. スペンサー：《社会学》第一册，大石正巳译，目录。

"class" 的译词是"部"。① 如此看来，在日译本《政法哲学》初版前编于 1884 年 10 月发行之时，"class" 的日语译词应该尚未固定。并且，考虑到"种族"一词是进化论的关键词之一，所以日本译者也有可能是有意识地对原著进行改写，以便导入"种族"这个词语。比如，在日译本《政法哲学》中，"the aggregate of those who form the regulating part"（构成监管部分的人的集合体）和"the aggregate of those who form the part regulated"（构成被监管部分的人的集合体）就被分别翻译为"管理体ニ属スル種族ノ集合"（属于管理者的种族的集合）与"被管理者ニ属スル種族ノ集合"（属于被管理者的种族的集合）。② 换言之，日本译者在这两个短语中都有意识地加入了原句所没有的"种族"元素。

不论何种原因，中译本的《政法哲学》和《原政》都参照日译本《政法哲学》的译文使用了"种族"一词，这可谓是"转译"的局限性。

此处需要注意的是"modify"的译词。日译本《政法哲学》把"modify"（修改）翻译为"变化"（使变化、变化），以日译本为底本的中译本《政法哲学》和《原政》则将该词分别翻译为"改革"和"变化"。

例 4－6：原文（《政治制度论》）：For while each new part is an additional obstacle to <u>change</u> ...（p. 255）

---

① 井上哲次郎、有賀長雄：《哲学字彙》改訂増補，東京：東洋館，1884 年 5 月，第 19 页。

② Herbert Spencer, *Political Institutions: Being Part V of The Principles of Sociology*, p. 255；ハーバート・スペンサー：《政法哲学》，浜野定四郎、渡辺治译，第 48 页。

原文意思：因为，每一个新的部分对<u>变化</u>而言都是额外的障碍，而且……

日语译文（《政法哲学》）：即チ組織ノ全面ニ新ニ一小部局ノ付加アレバ、爾後ノ<u>変化</u>ニ直接ノ妨害ヲ與フルノミナラス……（第 47 页）

中文译文（《政法哲学》）：苟于旧制中增一新法，则不独有害于将来之<u>改革</u>。……（《译书汇编》第三期，第 72 页）

中文译文（《原政》）：凡政纲之中附有新设条例，微则特为后日<u>变化</u>之害。……（第 50 页）

如例 4－6 所示，"change" 对应的日语译词也是"变化"（変化），该译词又被中译本《政法哲学》和《原政》分别转译为"改革"和"变化"。

总而言之，日语译者正确理解了原著的内容，将"现存的组织反对重组"这一现象恰当地翻译出来。与此相比，中译本《政法哲学》的译者尤其执着于使用"改革"这个词语。如前文所述，中译本《政法哲学》的译者更加倾向于照搬日语译词，从这点来看，他应该是有意识地将"变化"（変化）译为"改革"。

围绕"改革"，中译本《政法哲学》的译者还在译文中添加了自己的语句。

例 4－7：原文（《政治制度论》）：The convention of Royal Burghs in Scotland, which once regulated the internal municipal laws, still meets annually though it has no longer any work to do.

（p. 255）

原文意思：苏格兰皇家自治城镇的会议，曾经负责管理内部市政法律，虽然已经没有什么工作要做，但仍然每年召开一次会议。

日语译文（《政法哲学》）：又蘇格蘭ニ於テ往昔皇室ノ直領ナリシ郡村アリ、其地ニ会議ヲ開キ郡中ノ法律ヲ制定セシニソノ習慣今日ニ存在シ、今ハ復タ為スベキノ用事ナケレトモ、毎年例ニ由テ集会ヲナスト云ヘリ。（第47頁）

中文译文（《政法哲学》）：苏格兰某郡为皇室之产，尝始开议会于其地，以制定该郡之法律。今一无所议，而每年必循例闻会一次。可见守常之甚于变法也。故结构愈固，则抗力愈大，而改革愈难也。（《译书汇编》第三期，第72页）

中文译文（《原政》）：苏格兰某村，为皇室私产。旧例村中得集会议事，制定通行之律，今此例已废，绝无可议之事。而古老相遗，集会如曩昔者无虚岁也。（第49頁）

如例4-7所示，中译本《政法哲学》的译者为了强调改革所面临的困难，甚至特意添加了自己的语句。

再者，中译本《政法哲学》的译者还在第二卷第五章的译文中添加了如下语句："非破坏旧法，改弦而更张之，何能为力耶。"①

---

① 译者添加的这句话位于第二卷第五章最后一段，这段话其实是摘译，共计1.5行。实际上，在日译本《政法哲学》中，该段落原本共有9行之多。斯宾塞尔：《政法哲学》第二卷，佚名译，坂崎斌编：《译书汇编》第三期，第74页；ハーバート・スペンサー：《政法哲学》，浜野定四郎、渡辺治译，第52—53页。

乍一看去，"破坏旧法"一词似乎包含着"革命"的元素，然而，参照该句后面的段落可知，"旧法"是指"各人之职业皆累代相传而不相逾越""职业相传"等，"破坏旧法"是指"量各人之才力而后定其职业""量才称职"等。① 换言之，中译本《政法哲学》的译者没有表现出要推翻清政府的政治倾向。

（二）革命倾向

清末新政实施于 1901—1911 年。在 1902 年 12 月 15 日出版的译著《原政》里，日语的"变更"（变更）和"变化"（使变化、变化）都被翻译为中文的"变化"（例 4 - 4、例 4 - 5、例 4 - 6）。然而，译者杨廷栋不可能不关心中国的前途命运。从译文中常能感受到他的危机意识。

例 4 - 8：原文（《政治制度论》）：but in early stages, while the occupation of life was mainly in conflicts with adjacent societies, such ethical ideas as existed referred almost wholly to inter-social actions: men's deeds were judged by their direct bearings on tribal welfare. And since preservation of the society takes precedence of individual preservation ...（p. 233）

原文意思：但在早期阶段，人们平生的职业主要是与邻近社会发生冲突，存在的这种伦理观念几乎完全涉及社会间的行为：人们的功绩是根据其对部落福利的直接贡献来判断的。由

---

① 斯宾塞尔：《政法哲学》第二卷，佚名译，坂崎斌编：《译书汇编》第三期，第 74—75 页。

于对社会的保护优先于对个人的保护……

日语译文（《政法哲学》）：社会進化ノ初段二位スル邦国二至テハ大二然ラズ、平生ノ職トスル所ハ唯ダ隣敵ト相鬩グノミノコトニシテ人ノ功業ト云フモ隣敵ヲ殺スノ功業ナリ。殺スノ多キハ功ノ多キナリ。功ノ少キハ殺すノ少キナリ。畢竟野蛮人民ノ常経トスル所ハ一群ト一群、一国ト一国ノ交際ニシテ、斯ル社会ニハ一人ノ生存ヲ図ランヨリハ寧口社会ノ生存ヲ保ツヲ以テ善良ノ行為トナスニ相違アル可ラス。（第9—10頁）

中文译文（《政法哲学》）：未经开化之民，一举一动，其主意在国与国之交际。故往往以杀敌为功，辟土为荣，苟有益于其国，即困苦艰难，亦所不辞。（《译书汇编》第二期，第84页）

中文译文（《原政》）：回顾国于进化始级时者，杀人夺土，终无宁谧之期。盖彼各集其相得之种，麇为一群，群以外又有与吾并立于世界之上。设于此而不知互相争竞之术，则吾群将涣，而无足以制群外之胜。是以彼虽冒后世不韪，而力足以保其群，固可俯仰无怍者也。（第9页）

在例4-8里，日译本《政法哲学》采用"意译"的手法，甚至添加自己的语句，以便用简单易懂的语句来解释原文的大致含义。英文原著没有明确描述社会早期阶段的人们"对部落福利的直接贡献"（direct bearings on tribal welfare）到底是什么，而日译本则添加语句指出，那就是"斩杀邻敌的功绩"（隣敵ヲ殺スノ功業），

中译本《政法哲学》和《原政》在处理这段译文时，则不局限于
"杀敌"／"杀人"，还增加了"辟土"／"夺土"，描绘了国家之间
的领土掠夺等场景。

尤其需要注意的是《原政》的译文。如例4-2所述，杨廷栋
把"群治"作为日语"社会"（society）的译词。然而，在例4-8
中，他却把"社会ノ生存ヲ保ツ"（确保社会的生存，"preservation
of the society"）翻译为"保其群"。也就是说，日语的"社会"
（society）被翻译为"群"。为何杨廷栋在此处没有继续使用"群
治"这个译词？其原因应该是受到了《天演论》的影响。在《天
演论》里，"保群"是关键词之一，共计出现过6次。① 该书还出
现过诸如"故善保群者，常利于存；不善保群者，常邻于灭"等充
满刺激性的译者添加语句。② 此外，在例4-8的《原政》译文中，
还出现了"吾群将涣"一词，想必同样是受到了《天演论》的影
响。在《天演论》里，常能看到"其群将涣""群涣""一群既涣"
等语句。③ 杨廷栋认为，如果能知道"互相争竞之术"，就能"保

---

① "保群"一共在《天演论》中出现过6次，其中，3次出现在按语，2次为译者在译
文中的添加部分，只有1次出现在严复翻译的句子里。《进化与伦理》的原文："He
（conscience）is the watchman of society."（p. 30）《天演论》的译文："天良者，保群
之主。"（第1347页）"the watchman of society"（社会的守护者）被翻译为"保群之
主"。参见，Thomas H. Huxley, *Evolution & Ethics and Other Essays*, p. 30；赫胥黎
（Thomas Henry Huxley）著，严复译：《天演论》（1898年），王栻主编：《严复集》第
五册，第1331、1347、1348、1394页。
② 参见，Thomas H. Huxley, *Evolution & Ethics and Other Essays*, p. 81；赫胥黎（Thomas
Henry Huxley）：《天演论》（1898年），严复译，王栻主编：《严复集》第五册，第
1394页。
③ 赫胥黎（Thomas Henry Huxley）：《天演论》（1898年），严复译，王栻主编：《严复
集》第五册，第1343、1346、1353页。

其群",那么就算不被后世认可,也可以俯仰无愧。

例4-9:原文(《政治制度论》): Startling as the truth seems, <u>it is yet a truth to be recognized</u>, that increase of humanity does not go on pari passu with civilization; but that, contrariwise, the earlier stages of civilization necessitate a relative inhumanity. (p. 238)

原文意思: 尽管事实似乎令人吃惊,<u>但这仍是一个必须承认的事实</u>:人性的提升并不与文明同步进行;恰恰相反,文明的早期阶段需要相对不人道。

日语译文(《政法哲学》): 右ノ如ク、文明野蛮両者ノ実況ハ実ニ案外ナルモノニテ、一見驚キニ堪ヘタレトモ、<u>事実ノ明鏡ハ誣ユ可ラス。</u>文明ノ進歩ト人心ノ仁慈トハ、相追随セザルモノナリ。否、追随セザルノミナラズ、<u>国民力野蛮ヲ離レ随テ文明ノ初段ニ入ルニ当テハ、寧ロ人心ノ残忍ナルハ止ヲ得ザル関係アルモノ</u>ヽ如シ。(第15頁)

中文译文(《政法哲学》): 由右之说,可知文明之进步与人心之慈善,不特绝不相关,<u>且国民当离野蛮而进文明之始,其人心之残忍,亦自然之势</u>。(《译书汇编》第二期,第86页)

中文译文(《原政》): 文野之说如此,几若倒果为因。世人之惑,将因是而滋甚也。~~然日月经天,江湖行地,不以腐竖指摘而稍变其常。且我说为天下至庸之理,圣人复起,无以易之。~~唯不忍蔽聪塞明,以嫁恶于塚中枯骨,亦不敢合汙同流,以谀并世之人。夫文明进化之率，与仁心慈善不必相侔者也。当互黄始判，文野升降之际，彼其民皆由蛮野无识之乡，跻之文明之域之上。保种宜族之念，亦溯腾涌往而不可复遏。使于此时少捐残忍之度，则争之不至，择之不苛，其功将末由而藏。（第14—15页）

　　与例4-1相似，例4-9也非常典型地反映了中译本《政法哲学》和《原政》的行文风格差异。中译本《政法哲学》言简意赅，倾向于把冗长的句子缩写或删减；中译本《原政》则更重视文笔的典雅和可读性，不惜增添笔墨，用数行语句解释原文的寥寥数语。例如日译本中的"事实ノ明镜ハ诬ユ可ラス"（事实如明镜，不可相诬）就被《原政》的译者翻译加工为"然日月经天，江湖行地，不以腐竖指摘而稍变其常。且我说为天下至庸之理，圣人复起，无以易之。唯不忍蔽聪塞明，以嫁恶于塚中枯骨，亦不敢合汙同流。以谀并世之人"。这种对"雅"的追求或许也是因为受到严复"信、达、雅"翻译思想的影响。

　　姑且不谈文风，如例4-9所示，在《原政》当中，译者添加的语句里出现了"保种"一词。"保种"也是《天演论》的关键词之一，曾在该书序文出现过1次，在按语出现过6次。[1]

　　严复常常在《天演论》的按语和译者添加部分中强调优胜劣汰的严酷、国际形势的严峻，将危机感深深地植入中国读者的脑海里。杨廷栋在译文中采用的"群涣""保群""保种"等词汇都是

① 赫胥黎（Thomas Henry Huxley）：《天演论》（1898年），严复译，王栻主编：《严复集》第五册，第1321、1325、1335、1352、1357、1393页。

《天演论》里的高频词汇，由此可见，严复所传达的危机感又被杨廷栋继承了。

尽管如此，为中国前途命运而焦虑的严复和杨廷栋在译文中表现出不同的政治倾向。在戊戌政变发生之前的时间节点，光绪帝尚未被幽禁，在《天演论》里反复提及斯宾塞的严复吸纳了斯宾塞的社会发展阶段论，他多次强调"圣人"一词，将中国的前途命运寄托于强大的统治者身上。另一方面，以慈禧太后所主导的清末新政为时代背景，杨廷栋在译文里暗示了革命的道路（例4-10、例4-11、例4-12）。

例4-10：原文（《政治制度论》）：Hence it results that succession to place and function by inheritance, having as its necessary concomitant a monopoly of power by the eldest involves a prevailing conservatism; and thus further insures maintenance of things as they are. (p. 259)

原文意思：因此，它的结果是，通过继承的方式来继任地位和职能，必然伴随着由最年长的人垄断权力，这就涉及普遍存在的保守主义；从而进一步确保维持事物的原状。

日语译文（《政法哲学》）：故二位地職業ハ継続二由テ之ヲ授受スレバ、自然二長者ノ権力ヲ増加シ、保守主義勢力ヲ得テ依然タル事物ノ旧態ヲノミ保続スルニ至ルハ勢ヒノ免レ難キ所ナリ。（第56頁）

中文译文（《政法哲学》）：传授之风既盛，长者之权力益固。长者之权力固，保守之势力益增。此事物之旧态所以终不

得而变也。(《译书汇编》第三期，第74页)

中文译文（《原政》）：而家世相传之法，如是其盛。使<u>家长</u>之权，日益滋生，<u>视子弟为牛马，迫子弟递为家长，复将牛马其子弟</u>。于是<u>保守之义</u>，弥护无垠。事事物物，一仍其已成之形而不变。<u>呜呼！四界茫茫，新政鼎革之际，何怪其天道闭而人事暗哉</u>！(第62页)

在例4-10中，斯宾塞指出，当人们的地位、职业等由世袭来决定时，那么"最年长的人"（the eldest）就会垄断权力，保守主义（conservatism）将占据优势。杨廷栋虽然翻译了原文的内容，但他把日语的"年长者"（年長者，the eldest）翻译为"家长"，甚至增添笔墨感叹道，"呜呼！四界茫茫，新政鼎革之际，何怪其天道闭而人事暗哉"。毫无疑问，他从斯宾塞的言论联想到清朝父权制的束缚，故而字里行间都透露出他对清末新政并不抱有期待。

再者，杨廷栋甚至在译文里增加句子，表达对封建主义的厌恶之情。

例4-11：原文（《政治制度论》）：<u>Where, as in the East,</u> the rapacity of <u>monarchs</u> has sometimes gone to the extent of taking from cultivators so much of their produce as to have afterwards to return part for seed ...（pp. 250-251）

原文意思：<u>正如在东方，君主们</u>的贪婪有时已经达到了从耕种者手中夺取大量农产品的程度，以至于后来不得不归还一部分作为种子。

日语译文（《政法哲学》）： <u>古来ノ君主</u>、極テ貪欲ニシテ専ら収斂ヲ重クシ。掊克剥奪ノ甚キ農民ヲシテ亦余剰ナキニ至ラシメシ例証少ラズ。（第 39 页）

中文译文（《政法哲学》）： <u>古来君主</u>之掊克剥夺，贪欲无厌，而致民不聊生者，史乘所载，其例不鲜。（《译书汇编》第三期，第 69 页）

中文译文（《原政》）： 暴君御世，何代蔑有。<u>窃土地人民为一姓之私产</u>，剥脂吸髓，为花息之恒例。凡务农力作之民，亦不能聊其所生。史策所传，<u>无可强掩者也</u>。（第 40 页）

日译本《政法哲学》没有翻译"Where, as in the East"（正如在东方）。虽然不清楚译者是否有意避讳包括日本在内的"东方"的相关负面评价，但也正是因为删除了"东方"，日语译句的意思发生了变化，贪婪的君主成为东西方自古以来共通的存在。在《原政》里，杨廷栋进一步用贬义词汇"暴君"来翻译"古来ノ君主"（自古以来的君主们，monarchs），并且添加语句批判暴君"窃土地人民为一姓之私产"。也就是说，杨廷栋想要向读者揭示，土地和人民原本并非君主的私有财产。

例 4-12：原文（《政治制度论》）： Moreover, <u>they</u> all stand in similar relations to the rest of the community, whose actions are in one way or other superintended by them; and hence are led into allied beliefs respecting <u>the need for such superintendence and the propriety of submitting to it</u>. （p. 256）

原文意思：此外，<u>他们</u>都与社会的其他部分保持着类似的关系，那些部分的行动都以这样或那样的方式受到他们的<u>监督</u>；因此，对于<u>监督的必要性以及服从这种监督的正当性</u>，他们产生了一致的看法。

日语译文（《政法哲学》）：且又社会ノ被治者ニ対シテハ、己等之ヲ管理スルニ慣レテ、<u>斯ル監督ハ実ニ巳ムヲ得サルコトナリ。人民ガ之ニ服従スルハ当然ノ義ナリ</u>ナドヽ自家ニ理窟ヲ附シテ被治者ノ利害ヲ顧ミザルハ自然陥リ易キノ迷路ニシテ……（第 49 页）

中文译文（《政法哲学》）：此句未译。（《译书汇编》第三期，第 73 页）

中文译文（《原政》）：执政者之言曰："<u>众生蚩蚩，凤为君相所豢养。故君相之统驭万姓，亦出于无可已耳。</u>"又曰："<u>天生民而作之君，使司牧之。一人不能独治，授官建职以辅之，是君相之力，为斯民而瘁。则民之诚服君相之命，亦其义也。</u>"呜呼！身为群以内之元恶大凶，而犹盗美名以自饰，侈然自崇为吾民之枋，天下罔耻无良之甚莫逾此者。（第 52 页）

在例 4 - 12 里，英文原著中的"they"（他们）是指"all who compose the controlling and administrative organization"（所有构成控制和管理组织的人员），也即"统治者"。[①] 日译本《政法哲学》采取意译的手法解释原文的意思，并添加译者自己的语句，阐明统治者

---

① 参见，Herbert Spencer, *Political Institutions: Being Part V of The Principles of Sociology*, p. 255。

并不顾虑被统治者的利害得失，以表达对统治者的批判。中译本《政法哲学》言简意赅到堪称"摘译"的程度，未将例4－12这段语句翻译。与此相对，杨廷栋则在《原政》中大幅增添笔墨描述统治者是如何制造理由以维持自己地位的。而且，"天生民而作之君，使司牧之"。这句话化用了《春秋左传》中的"天生民而立之君，使司牧之，勿使失性"，以及《孟子》中的"天降下民，作之君，作之师"等。① 也就是说，在杨廷栋看来，这些儒学经典意图证明君主统治地位的正当性，而他对此并不认同，因此添加自己的语句，声称君相"身为群以内之元恶大凶"，"盗美名以自饰"。

正如胡适所言，读《天演论》的人，"很少能了解赫胥黎在科学史和思想史上的贡献。他们能了解的只是那'优胜劣败'的公式在国际政治上的意义"。② 杨廷栋也从《天演论》中感知到了"优胜劣败"所带来的危机感。他之所以采用严复译词，执着于采用类似严复的典雅文体，不仅是为了向坚守中国传统文体的知识分子阶层展现自身的文字造诣，而且意图继承《天演论》的强烈冲击力，向《原政》的读者强调中国当时面临的危机。

如第三章分析的那样，1900 年的旧历九月前后，杨廷栋在翻译加藤弘之的《道德法律之进步》时，将反对忠君的言论编织进译文当中。并且，在翻译《原政》之前，他曾于 1900 年 12 月 6 日至 1901 年 12 月 15 日，将其转译的卢梭（Jean-Jacques Rousseau）的

① 杨伯峻编著：《春秋左传注》下，北京：中华书局，2018 年，第 876 页；焦循撰，沈文倬点校：《孟子正义》，北京：中华书局，1987 年，第 115 页。
② 胡适：《四十自述》，北京：中国文联出版公司，1993 年，第 48 页。

《民约论》连载于《译书汇编》。① 赵稀方指出，卢梭的原著着眼于探讨理想的社会制度，没有鼓吹革命，而杨廷栋出于革命的立场翻译此书，其译文表现出批判专制、宣传革命的倾向。② 1901 年 6 月 25 日，主张革命排满的《国民报》在东京创刊，杨廷栋为主笔之一。也就是说，他不仅通过时评类文章传达自己的观点，而且在其译书《原政》中编入自己的政治主张，试图向社会宣传革命思想。

结　语

明治时代以来，日本社会越来越迅速地引入西方思想。斯宾塞试图用进化论来解释社会，他的这一理论被政治立场各不相同的日本人广泛接受，继而导致斯宾塞热潮。大石正巳从他在家乡土佐学习的时期开始，就受到自由民权运动的影响，他翻译出版《社会

① 《译书汇编》上连载的《民约论》虽然没有标注译者姓名，但是，1902 年出版的杨廷栋译《路索民约论》与连载版的内容没有较大差异，因此可以推断两个版本的译者为同一人。

② 赵稀方：《翻译现代性——晚清到五四的翻译研究》，天津：南开大学出版社，2012 年，第 156 页。卢梭的《社会契约论》（*Du Contrat Social*，1762 年，又译为《民约论》）最初是法语论著，而杨廷栋是以原田潜翻译的《民约论覆议》（1883 年）为底本完成了《民约论》（后来的《路索民约论》）的转译。按理说，若要研究杨廷栋翻译的《民约论》，应该比较法语原著、日语译本以及中文转译本，并且，井田进也认为原田潜的译本存在一些问题，"若论从根本上推翻卢梭逻辑的实绩，无人能出原田潜之右"。然而，赵稀方是拿杨廷栋译本和英译本进行比较研究。这种研究方法不可谓合适。不过，考虑到同时精通法语、日语、中文的研究者极为少见，这也是不得已而为之的研究策略。参见，井田進也：《兆民をひらく：明治近代の「夢」を求めて》，東京：光芒社，2001 年，第 151 页；井田進也：《辛亥革命前夜中国における ルソー『民約論』の数奇な運命》，《大妻比較文化：大妻女子大学比較文化学部紀要》8，2007 年，第 107—111 页。

学》和《政体原论》这两部斯宾塞的作品，也是为自由民权运动寻求理论依据。另一方面，虽然难以确定滨野定四郎和渡边治到底出于何种立场翻译斯宾塞的《政治制度论》，但是毫无疑问，他们对斯宾塞的政治理论甚为关注。并且，由于滨野定四郎和渡边治的合译本《政法哲学》不仅在译文方面较为通俗易懂，而且营销力度较大，因此受到日本读者的欢迎，甚至出版到第三版。

滨野定四郎和渡边治较为忠实地翻译了斯宾塞的《政治制度论》，所以难以从该译本中读取译者自身的政治倾向。然而，中译本《政法哲学》和《原政》的译者却表现出截然不同的政治倾向。

《政法哲学》的中国译者较少受到严复译词的影响，没有表现出对和制汉语的抵触情绪。该译者较为准确地理解了斯宾塞的社会进化论、社会有机体论，并且和斯宾塞一样赞成渐进的社会进化。从译文中可以读取到他对清末新政的期待。

可是，以清末新政为背景，《原政》的译者杨廷栋并未接受《天演论》中严复的渐进思想，他只是从《天演论》里继承了严复的译词和危机意识。杨廷栋虽然执着于使用传统的文体，但是相比斯宾塞的渐进论，他更加期待急剧的变化，因为他通过进化论强烈地感受到中国所面临的存亡危机。于是，他频繁使用严复译词，试图像《天演论》那样给予读者强烈的冲击感，并且添加自己的语句，想要向读者传达革命思想。不过，由于杨廷栋并不知晓严复译词对应的原词（英语词汇），因此出现了误用的情况。

在近代，中国知识分子通过转译日语译书，迅速引入西方思想。但是很多人认为，转译往往会导致人们难以准确地理解西方思想。本章围绕原著《政治制度论》、日译本《政法哲学》以及两部中译本展开比较研究，发现日译本《政法哲学》相对忠实地翻译了原著，反而是实施转译的中国译者出于各自的政治立场对译文进行了"加工"。如此看来，对于日译书籍这个转译过程中的"中转站"，或许应该重新进行评价。

　　值得一提的是，当中国知识分子自 19 世纪 90 年代末掀起翻译斯宾塞著作的热潮时，日本的"斯宾塞热潮"却在急速衰退，一方面是伴随着全球范围内"斯宾塞热潮"的衰退，另一方面，斯宾塞思想与走上帝国主义道路的日本愈发相悖。① 从这点来看，日本和中国在吸收进化论思想时不仅存在"时间差"，而且在同一时期表现出强烈的"温差"。

---

① 关于"斯宾塞热潮"在日本的衰退及其具体原因，详见，クリントン・ゴダール：《ダーウィン、仏教、神：近代日本の進化論と宗教》，碧海寿広訳，京都：人文書院，2020 年。

终　章

第一节　本书结论

黄克武指出，"从 1895 年到 1930 年代的 40 余年之间，中国可谓是以《天演论》所主导的一个'社会达尔文主义时代'"。① 进化论，特别是社会进化论，作为最早被系统传入近代中国的西方思想，在清朝末年声势浩大地涌入中国社会，直到民国时代依然长期保持着影响力。故而研究"翻译"这个进化论传播的起点具有重要的意义和价值。

因此，本书聚焦清朝末年进化论思想的翻译，重点考察经由西方与日本的进化论传播路径。各章要点如下。

第一章考察了中日两国进化论翻译的历史背景。中国的进化论翻译史和传播史是中国的近代社会科学翻译史乃至近代翻译史的一环，与日本的翻译史密切相关。综观两国近代翻译史，二者都是在西方的威压下开国；都受到西方的强烈影响；在翻译领域上呈现出相似的推移顺序；并且都没形成统一的翻译规范；存在"文言译—口语译"的对立；都对社会各方面产生了极大的影响。其中，关于

---

① 黄克武：《何谓天演？严复"天演之学"的内涵与意义》，《台湾"中央研究院"近代史研究所集刊》第 85 期，2014 年 9 月，第 132 页。

社会科学翻译史，两国都将焦点集中在法学、政治学领域，在吸收西方文化、引入译词等方面存在相互影响的关系。以此为背景，正是在中国进化论翻译史系统展开的几乎同一时期，中国开始经由日本引入西方思想，于是，中国的进化论翻译史不仅与日本的进化论翻译史存在诸多共同点，而且中国受到了日本的巨大影响。也就是说，除了直接翻译日本人的进化论相关著作以外，还出现了另一条翻译路径，即，转译日文译本，经由日本渠道间接引入西方的进化论思想。

　　第二章聚焦率先系统引入进化论思想的严复，他是从西方直接引入进化论思想的代表性人物。严复在同一时期连载了两部译作，分别为《天演论》与《斯宾塞尔劝学篇》。本章通过对比《天演论》与赫胥黎的原著《进化与伦理》，《斯宾塞尔劝学篇》与斯宾塞的原著《社会学研究》，指出两部译作存在着严复自己的相似的政治思想，并且潜藏着相当大的矛盾。严复受到斯宾塞社会有机体论、社会进化论的启发，变得重视"民种"素质的提高。他羡慕英国人的自治能力和近代意义上的爱国心，在译文中模糊了英国的相关负面信息，从中可以管窥到他对英国的憧憬。另一方面，他强调了由封建国家统治者主导的"民种"素质的提高，并且要求唤起民众的忠诚。原因在于，英国式的近代化需要漫长的岁月及沉淀，而中国没有那么多时间可以等待。理想是理想，现实是现实。于是，他在译文中暗示两个阶段的发展观，试图将彼得一世主导的俄国作为第一阶段的政治模型，将英国作为第二阶段的模仿对象。

　　第三章分析了加藤弘之的著作为何被广泛翻译成中文，又是怎样被译者加工的。加藤弘之是日本进化论思想的代表性学者，其著作的中译本共有 9 部，约有一半与保皇派的梁启超相关，另一半与革命派的戢翼翚相关。本章主要关注革命派的翻译活动。中国早期留日学生杨荫杭与杨廷栋同在戢翼翚主持的译书汇编社担任译者，也都曾在戢翼翚创办的《国民报》担任主笔。通过对比加藤弘之的原著《强者之权利之竞争》与杨荫杭的译本《物竞论》，发现杨荫杭在译文中发出了与加藤不同的政治信息。概括而言，杨荫杭认为人种的优劣是可以发生变动的，弱者具有变为强者的可能性，他在译文中穿插了自己的政治思想，包括对立宪君主制等专制制度的反感，以及对民主主义的高度评价。接着，本章还比较分析了加藤弘之的原著《道德法律之进步》与杨廷栋的译本《政教进化论》，指出杨廷栋为了表达自己的政治主张，故意扭曲加藤弘之的主张。在杨廷栋的"加工"下，加藤弘之成为催促弱者奋进、反对忠君思想的人物。

第四章主要关注在日本掀起热潮的斯宾塞著作是如何被翻译成日语，又是如何被转译成中文的。本章选取了一个经典案例，考察了以斯宾塞原著《政治制度论》为底本的两个日译本——《政体原论》（大石正巳译）与《政法哲学》（滨野定四郎、渡边治译），以及以日译本《政法哲学》为底本的中译本——《政法哲学》（译者佚名）与《原政》（杨廷栋译）。大石正巳为了寻找有利于支撑自由民权运动的理论，翻译了斯宾塞的著作；滨野定四郎和渡边治也对斯宾塞的政治理论颇感兴趣。并且，大石正巳的译作并非全译本，没有受到太大的关注；全译本的《政法哲学》则通过内容、译笔、营销等挑起了日本读者的兴趣，很快出版到第三版，同时引起了中国译者的关注。中译本《政法哲学》和《原政》的译者在翻译该书之前早已阅读了《天演论》，然而前者没有表现出对和制汉语的抵触，后者则常常活用严复的译词。不仅如此，前者表达了对清末新政的期待，后者则试图在译文中传达译者自身的革命思想。

毋庸赘言，把进化论思想系统引入中国的严复及其译著《天演论》居功甚伟。除了本书重点关注的杨荫杭、杨廷栋、《政法哲学》的佚名译者以外，梁启超、章太炎、马君武等曾翻译过进化论著作的知名学者都曾读过《天演论》。可是，他们未必全都从《天演论》中继承了严复的政治思想。毋宁说，他们中的很多人通过《天演论》深刻地认识到中国面临着怎样危急存亡的困境，抑或受到严复的文体、译词的强烈影响。

本书选取的《天演论》《物竞论》《政教进化论》《政法哲学》《原政》等都是进化论译书中比较受欢迎的读物。此外，在《国闻汇编》停刊这个时间节点，《斯宾塞尔劝学篇》仅仅呈现了原著《社会学研究》的第一章内容，其影响力虽然称不上巨大，但是后来的全译本——严复翻译的《群学肄言》（1903 年）在当时也是被广泛阅读的译著。从这点来看，可以说，在进化论传播的起点，即，进化论著作被翻译的时间节点，进化论思想已经被众多译者扭曲，理所当然的，其后中国人在吸收进化论思想时也发生了扭曲。

虽说如此，笔者绝不是在负面评价清末进化论思想的翻译。当今社会，不能忠实再现原著的译者必然会受到批评，可是在近代，译者绝不仅仅承担着"译者"这一个身份，他们还扮演着启蒙思想家、思想传播者的角色。译者们通过翻译进化论的相关著作，试图寻找拯救中国的道路，并把他们各自找到的道路编织进译文当中，展示给中国的读者们。因此，他们的翻译活动可谓具有重要的历史意义。

第二节 其他进化论著作的翻译

通过把《天演论》《斯宾塞尔劝学篇》《物竞论》《政教进化论》《政法哲学》《原政》这 6 部中文译著和其底本进行细致的比较，可知中国译者将各自的政治立场、政治思想等巧妙地穿插进译文当中。这种翻译加工在现今必不可行，但是在近代确实发挥了巨大的作用。

然而，并不是所有翻译进化论相关著作的中国译者都把自己的主张穿插进译文。笔者虽然在本书具体分析了以上 6 部中文译著，但实际上逐字逐句对比了陈尚素的译本《人权新说》（1903 年）与加藤弘之的原著《人权新说》第一版（1882 年）和第三版（1883 年），梁启超的译本《各国宪法异同论》（1899 年）、作新社的译本《各国宪法之异同》（1902 年）与加藤弘之的原著《各国宪法之异同》（1895 年）。结果发现，陈尚素的译本《人权新说》是以原著第一版为底本；梁启超翻译的《各国宪法异同论》与作新社翻译的《各国宪法之异同》都可谓比较忠实的译作。

具体可参见例 5 - 1、例 5 - 2。①

---

① 例 5 - 1 引自以下原著和译本。加藤弘之：《人権新説》，東京：谷山楼，1882 年；加藤弘之：《人权新说》，陈尚素译，東京：译书汇编社，1903 年。例 5 - 2 引自以下原著和译本。加藤弘之：《各国憲法の異同》，《東京学士会院雑誌》第十七編之五，1895 年 5 月；加藤弘之：《各国宪法异同论》（《清议报》第十三册，光绪二十五年三月二十一日），梁启超译，《清议报》报馆编：《清议报》第一册，北京：中华书局，1991 年；加藤弘之：《各国宪法之异同》，作新社译，《加藤弘之讲演集》第二册，上海：作新社，1902 年 12 月。

例 5−1：加藤弘之的原文（《人权新说》）：蓋シ此ノ如キ野蛮世界ニ於テハ、邦国ノ制度未タ立タス、分業ノ法未タ起ラス、教育ノ道未タ開ケサレハ、社会ノ組織ハ最モ簡単ナルモノニシテ、其人民中貧富知愚等ノ別未タ著名ナラス、唯男女長幼ノ別ト及ヒ体力強弱ノ差アルノミト云フモ可ナル有様ナラン、即他語以テ之ヲ説ケハ、純乎タル天然ノ差別アルノミニシテ、未タ世道ノ開明ヨリ生シタル差別アラスト云フヘキ有様ナラン。（第 27—28 页）

陈尚素的译文（《人权新说》）：盖在野蛮世界，邦国之制度未立，分业之法未起，教育之道未开，社会之组织最为单简，人民中贫富知愚之别尚未著名，惟男女长幼之别，体力强弱之差而已。以他语明之，则纯乎天然之差而已。因世道开明而生之差别，盖无有焉。（第 17 页）

例 5−2：加藤弘之的原文（《各国宪法之异同》）：上院の組織は各国の性質に随ひ、右の如く数種ありと雖、下院の組織に至りては、之に反して各国の性質並に君主国なると共和国なるとを問はず、概して一様にして皆人民の選挙に係り、且つ直接に人民を代表するものとなすなり。（第 224—225 页）

梁启超的译文（《各国宪法异同论》）：上院之制，随各国之国体而异，既已详之。至下院之制，则不然。无论君主国、共和国，虽国体大异，其制皆如出一辙，皆由人民之公举，为人民之代表。（第 744 页）

　　　　作新社的译文（《各国宪法之异同》）：上院之**制度**，随各
国情势而异，其别已略述如右。至下院制度则反之，不问各国
之情势若何，或为君主之国，或为共和之国，俱由人民公选者
也。下院议员，则俱径为人民之代表者也。（第 67 页）
　　　　【注：本章所有例文当中，直线和粗体表示需要注意的部
　　　　分，波浪线表示译者自行增添的部分。】

　　在例 5－1 里，笔者没有解释原文的意思。因为如直线所示，
陈尚素或是删除了汉文训读体里的假名，或是用汉字"之""而已"
来替换假名"ノ""ノミ"，并将大多数汉字直接照搬。这可谓是极
端的逐字逐句翻译，因此相当"忠实"。在日语速成的时代，出现
诸如例 5－1 这样的逐字逐句翻译也不是奇事，甚至可以说，这种
翻译方式非常"高效"。
　　与此相比，在例 5－2 里，梁启超与作新社都忠实地翻译了原
文的意思（因此笔者无须另行解释原文），但是并非毫无抵触地使
用原著词汇。特别需要注意的是"組織"（组织）这个和制汉语的
中文译词。黄克武指出，英语的"organize"（组织、安排）和
"organization"（组织、机构）被翻译成日语的"組織"（组织），
"组织"容易使人联想到纺织品的编织，严复明明知道这个译词，
却在 1903 年的《群学肄言》里采用"部勒"这一传统词汇。① 如
例 5－2 所示，梁启超把日语的"組織"（组织）翻译为"制"，作
新社则将其翻译为"制度"。此外，在本书第四章例 4－4 当中，

————————
① 黄克武：《新名词之战：清末严复译语与和制汉语的竞赛》，第 25—26 页。

《政法哲学》的中国译者把日语的"組織"（organization）翻译为"制度"，杨廷栋在译著《原政》中把"政治ノ組織"（政治组织，political organization）翻译为"政纲"。换言之，在这些译文、译著出版发行的 1899 年、1901 年、1902 年、1903 年，除了精通英语的严复以外，许多留日、访日的中国知识分子也表现出对"组织"这个和制汉语的抵触。然而结果却是，像陈尚素这样无抵触地使用和制汉语的译者们向中国传播了大量的和制汉语（例 5 - 1）。如今，"组织"等和制汉语在中国得到广泛使用，毫无疑问，近代译者给中文词汇带来了不可估量的影响。

　　另外，加藤弘之在文章《各国宪法之异同》中分析了立宪君主国与共和国在宪法上的异同，他高度评价了英国的立宪政体，认为英国没有发生急剧的变动，而是逐渐进步发展，同时批判了像法国大革命那样的现象。[1] 梁启超在翻译这篇文章时添加了注解，也进行了增删等加工，但是总体没有大改原文的意思。可是，梁启超并非秉持忠实翻译的方针。作为"豪杰译"的代表，他翻译了不少政治小说。根据蒋林的研究，东海散士（柴四郎）在《佳人之奇遇》（1885—1897 年）中声称甲午中日战争爆发的责任在于中国，梁启超则在译本《佳人奇遇》（1898—1900 年连载）中删除该内容，并大幅增添笔墨，表示朝鲜原本是中国的"属地"，战争责任在于日本。[2] 由此看来，或许是因为梁启超对加藤弘之的《各国宪法之异同》没有太大异议，所以才比较忠实地翻译了原文。

---

[1] 加藤弘之：《各国宪法の異同》，第 218 页、227 页。
[2] 蒋林：《梁启超"豪杰译"研究》，上海：上海译文出版社，2009 年，第 59—60 页。

第三节 今后的研究课题

本书主要考察了中国译者严复、杨荫杭、杨廷栋等的政治思想。严复作为早期留英学生，于 1877 年至 1879 年留学。杨荫杭与杨廷栋作为早期留日学生，于 1899 年至 1902 年留学。也就是说，他们都是在 1905 年科举制度废除之前出国留学，走上了与当时大多数中国学子截然不同的人生道路。那么，1905 年科举制度的废除又给早期中国留学生带来怎样的变化？

科举制度作为选拔官吏的制度诞生于隋唐，其后延续上千年，给中国带来了极为深远的影响。① 在清朝，虽然也有不少人利用家世、人脉等成为官员，但此种晋升方式被认为是"异途"，唯有通过科举考试成为官员才是"正途"。1878 年，驻日公使何如璋与大河内辉声（源桂阁）笔谈时称，"吾国服官者，如读书得贡举为官者，即算正途；其他保举捐纳为官者，算异途"。②

乡试的合格者被称为"举人"，拥有称为官吏的资格。然而若要青云直上，还需成为"进士"。以洋务运动的代表人物曾国藩、左宗棠、李鸿章、张之洞为例。曾国藩（1811—1872 年）于 1838 年，也就是 27 岁时成为进士，自此活跃在政治舞台。另一方面，比曾国藩小一岁的左宗棠（1812—1885 年）于 1832 年成为举人，

---

① 关于科举制度发源于哪个朝代有各种学说。本书采用主流学说，认为科举制度始于隋唐。

② 黄遵宪：《戊寅笔话　第二十六卷 第一七八话》（1878 年 12 月 15 日），陈铮主编：《黄遵宪集》第三册，北京：中华书局，2019 年，第 1233 页。

此后三次在会试折戟，后来以太平天国运动为契机，终于从 1852
年起崭露头角。由此可见"进士"这一身份对于想要出人头地的人
而言是多么重要的存在。李鸿章（1823—1901 年）于 1847 年考上
进士，张之洞（1837—1909 年）于 1863 年考上探花。也就是说，
除了左宗棠以外，其他三人都是在二十多岁的青壮年时期考上进
士，此后在较短的时间内晋升高位。此外，将成绩排名第一的严复
录入福州船政学堂的沈葆桢（1820—1879 年），以及与严复在英国
相识并对其高度评价的郭嵩焘（1818—1891 年），都是在 1847 年考
上进士。这两位二十多岁考上进士的俊才后来都成为清朝的重臣。①

　　如此看来，科举就是学子们出人头地、平步青云的踏板。而那
些从科举考试中脱颖而出成为官员的人们，可谓是"学者"。由此
不难想象他们对自身学识的自负、对自身所学的认同。正如小岛祐
马所述，中国的旧体制是由"知识阶级"所支配。②

　　转向西学的严复由于并非科举出身，其政治才能难以得到清政
府的认同。在北洋水师学堂从事教育事业的他决定参加科举考试，
相继于 1885 年、1888 年、1889 年、1893 年参加乡试，结果都是落
榜。1895 年 5 月，严复在天津《直报》发表文章《救亡决论》，对
八股文展开尖锐的批判，并呼吁尽早废除八股。③ 从该论述可以看
出，严复已经放弃科举之念。

① 以上 6 名官员的相关情况参见，赵尔巽等撰：《清史稿》第 39 册，北京：中华书局，
　1976 年，第 11907、12011、12023、12043 页；赵尔巽等撰：《清史稿》第 41 册，北
　京：中华书局，1976 年，第 12377、12473 页。
② 参见，小岛祐马：《中国の革命思想》，東京：弘文堂，1950 年，第 54—57 页。
③ 参见，严复：《救亡决论》（1895 年 5 月 1 日—8 日），王栻主编：《严复集》第一册，
　北京：中华书局，1986 年，第 40—54 页。

　　严复留英之后又过了大约二十年，一些中国学子选择留学日本。他们在回国后同样受到轻视。根据韩策的研究，与杨荫杭、杨廷栋同时被南洋公学派往日本的章宗祥，主持杨荫杭、杨廷栋所在译书汇编社的戢翼翚，这两人都于1904年被清政府招入进士馆，负责教授进士们法律、日语等。除此二人以外，还有不少留日归国学生在进士馆任教，然而他们没有得到进士们足够的尊重。① 虽说如此，归国留学生能够被赋予教授进士的资格，这件事本身就意味着留学生地位的提高。另外，如第三章所述，自1905年起，归国留学生只要通过"游学毕业生考试"就有可能成为进士、举人。严复曾在1906年、1907年、1908年为"游学毕业生考试"出考题、评分，并且在1910年，不经考试即获得文科进士的身份。②

　　总而言之，清朝末年的早期留学生们一方面是国家急需的人才，另一方面又长期难以得到世俗的认可。以1905年科举制度的废除为契机，留学反而成为出人头地的阶梯，归国留学生的地位终于上升。

　　需要留意的是杨荫杭与杨廷栋在政治立场上的转变。邹振环指出，主张革命的杨荫杭为躲避清廷的通缉，于1906年留学美国，没多久就从激进派转变为温和派。③ 并且在1979年，中国社会科学

---

① 参见，韩策：《科举改制与最后的进士》，北京：社会科学文献出版社，2017年，第195—211页。另外，进士馆是清政府自1904年设立的机构。以往，进士可以直接成为官员，1904年以后，进士首先要进入进士馆学习。

② 参见，刘晓琴：《严复与晚清留学生归国考试研究》，《南开学报（哲学社会科学版）》2014年第1期，2014年1月，第114—125页。

③ 邹振环：《辛亥前杨荫杭著译活动述略》，《苏州大学学报（哲学社会科学版）》1993年第1期，1993年2月，第123页。另外，可参见，杨绛：《回忆我的父亲》，罗俞君编，杨绛著：《杨绛散文》，杭州：浙江文艺出版社，1994年，第89—94页。

院近代史研究所曾给杨荫杭之女杨绛致信称，"在补塘先生一生中，有过一个重大的变化，即从主张革命转向主张立宪。这中间的原因和过程如何，是史学界所关心的，盼望予以介绍"。① 另外，大约自 1906 年起，杨廷栋开始明确主张立宪，他"加入张謇等发起成立的预备立宪公会"，"积极从事立宪活动和国会请愿运动，与雷奋同成为张謇之左右手"。② 除此以外，严复一贯认为君主的存在是必要的，他在这一时期也是作为立宪派开展活动。

　　他们对立宪制的支持应该是受到日俄战争后清政府政策的影响。简而言之，关于日本在日俄战争中取得胜利的原因，许多中国知识分子将其解读为立宪战胜专制，而清政府在 1906 年 9 月 1 日颁布诏书，宣布要仿行宪政。③ 虽说如此，杨荫杭和杨廷栋从革命派转变为立宪派，其原因想必也和留学生地位的提升有关。也就是说，当留学生的发声得到政府重视，当留学生能够在政府占据一席之地时，留学生看到了在现有政治框架下实施改革的可能性。现实的政治体制的变化给知识分子的政治理念带来了诸多影响，可将该过程作为今后的研究课题，继续展开具体分析。

---

① 杨绛：《〈回忆我的父亲〉前言》，罗俞君编，杨绛著：《杨绛散文》，杭州：浙江文艺出版社，1994 年，第 82 页。另外，杨荫杭，字补塘。

② 孙宏云：《杨廷栋：译介西方政治学的先驱者》。另外参见，曹丽国：《浅析杨廷栋的救国历程》，《邢台学院学报》第 28 卷第 1 期，2013 年 3 月，第 41 页。再者，雷奋的人生经历与杨廷栋乃至杨荫杭非常相似，他和杨廷栋、杨荫杭一同被南洋公学派往日本留学，先入日华学堂，再入东京专门学校，并且一同加入译书汇编社、《国民报》，回国后曾入职南洋公学译书院，参与《大陆报》的编辑。

③ 参见，市古宙三：《1901—1911 年政治和制度的改革》，刘坤一译，费正清（John King Fairbank）、刘广京编：《剑桥中国晚清史：1800—1911 年》下卷，中国社会科学院历史研究所编译室译，北京：中国社会科学出版社，1985 年，第 381 页。

附录一　日本译中国社会科学书目
（1840—1911 年）

	《日本译中国书综合目录》的分类	书　名	编著者	译者	出版社	出版年
1	社会科学（政治·国际关系）	《海国图志籌海編訳解》（3卷）	（清）魏源（編）	南洋梯谦	再思堂蔵版	1855 年
2	社会科学（政治·国际关系）	《清英交際始末》（上·下）	編著者不詳	松田晋斉	東京：尚古堂	1869 年
3	社会科学（政治·国际关系）	《清魯関撃論》		中島雄	東京：木平讓	1881 年
4	社会科学（政治·国际关系）	《劉張変法奏議：清国改革上奏》	劉坤一、張之洞（著）	東亜同文会	東京：東亜同文会	1902 年
5	社会科学（法律）	《万国公法釈義》（4册）	（米）丁韙良（William A. P. Martin）将该书翻译为中文	堤毅士志（訳編）	東京	1868 年

《日本译中国书综合目录》的分类	书　名	编著者	译者	出版社	出版年
6	社会科学（法律）	《（和訳）万国公法》	（米）丁韪良（William A. P. Martin）将该书翻译为中文	重野安繹（訳述）	東京	1870 年
7	社会科学（法律）	《支那古代万国公法》	（米）丁韪良（訳）		東京	1886 年
8	社会科学（法律）	《大清律》		東亜同文会	東京：東亜同文会	1904 年
9	社会科学（军事・国防）	《海国図志訓訳》	（清）魏源（編）	服部静遠		1855 年
10	社会科学（军事・国防）	《中東戦紀本末》	蔡尔康・Y・J・アレン（林楽知・Young John Allen）（著）	藤野房次郎	東京：博文館	1898 年

附录一为笔者查询《日本译中国书综合目录》的书目后制作的表格。参见，実藤恵秀監修、譚汝謙主編、小川博編輯：《日本訳中国書総合目録》，香港：中文大学出版社，1981 年，第 136、149、158、166、171、173、205、206 页。

附录二 《天演论》中的"圣人"

【注：直线和粗体表示需要注意的部分，波浪线表示严复自行添加的部分。】

英文原文引自：Thomas H. Huxley, *Evolution & Ethics and Other Essays*, London：Macmillan, 1894。

中文现代文翻译引自：赫胥黎：《进化论与伦理学（全译本）》，宋启林等译，北京：北京大学出版社，2010 年。

严译引自：赫胥黎（Thomas Henry Huxley）：《天演论》（1898年），严复译，王栻主编：《严复集》第五册，北京：中华书局，1986 年。

1	**原文（《进化与伦理》）**：... man, physical, intellectual, and moral, is as much a part of nature, as purely a product of the cosmic process, as the humblest weed. (p. 11) **原文意思**：有躯体、智力和道德观念的人，与最低等的杂草一样，既是自然的一部分，又纯粹是宇宙过程的产物。（第 6 页） **译文（《天演论》）**：由斯而谈，则虽有出类拔萃之圣人，建生民未有之事业，而自受性降衷而论，固实与昆虫草木同科。贵贱不同，要为天演之所苞已耳……（导言四·人为，第 1332 页） **"圣人"的意思**：伟大的统治者。 严复改变了原文的意思。原文把"人"（man）类比为杂草，译文把"圣人"类比为昆虫草木。

2	**原文（《进化与伦理》）**：Let us now imagine that <u>some administrative authority</u>, as far superior in power and intelligence to men, as men are to their cattle, is set over the colony … <u>he</u> would, as far as possible, put a stop to the influence of external competition by thoroughly extirpating and excluding the native rivals, whether men, beasts, or plants.（pp. 17 - 18） **原文意思**：现在我们设想<u>有一位行政长官</u>，其能力才智远胜于常人，就像常人远胜于家畜一样。他当上了**殖民地的首领**……他全面毁灭和驱赶本地的竞争对手，不管是人还是野兽抑或植物，尽可能地制止外部竞争的影响。（第8 页） **译文（《天演论》）**：又设此数十百民之内，而有首出庶物一人，其聪明智虑之出于人人，犹常人之出于牛羊犬马，幸而为众所推服，立之以为**君**……**圣人**欲其治之隆，凡不利其民者，亦必有以灭绝之，禁制之，使不克与其民有竞立争存之势。（导言八·乌托邦，第1338 页） **"圣人"的意思**：伟大的统治者。严复把"圣人"作为"行政长官"（administrative authority）的译词。
3	**原文（《进化与伦理》）**：With every step of this progress in civilization, the colonists would become more and more independent of the state of nature; more and more, their lives would be conditioned by a state of art. In order to attain his ends, <u>the administrator</u> would have to avail himself of the courage, industry, and co-operative intelligence of the settlers …（p. 19） **原文意思**：文明的步伐每向前迈进一步，殖民者的生活受自然状态的影响便减少一分，而受人为状态的影响就增加一分。为了达到他的目的，<u>行政长官</u>就必须利用移民的勇气、勤勉和集体智慧。……（第9 页） **译文（《天演论》）**：凡如是之张设，<u>皆以民力之有所屈，而为致其宜</u>，务使<u>民之待于天者，日以益寡；而于人自足恃者，日以益多。且**圣人**知治人之人，固赋于治于人者也</u>。凶狡之民，不得廉公之吏；偷懦之众，不兴神武之君。故欲郅治之隆，必于民力、民智、民德三者之中，求其本也。故又为之<u>学校庠序焉。学校庠序之制善，而后智仁勇之民兴</u>。（导言八·乌托邦，第1339 页） **"圣人"的意思**：伟大的统治者。严复把"圣人"作为"行政长官"（the administrator）的译词。

4	**《天演论》的按语**：此篇所论，如"圣人知治人之人，赋于治于人者也"以下十余语最精辟。（导言八·乌托邦·复案，第 1339 页） **"圣人"的意思**：伟大的统治者。
5	**原文（《进化与伦理》）**：Thus, as soon as the colonists began to multiply, the administrator would have to face the tendency to the reintroduction of the cosmic struggle into his artificial fabric, in consequence of the competition, not merely for the commodities, but for the means of existence. When the colony reached the limit of possible expansion, the surplus population must be disposed of somehow … (p. 21) **原文意思**：这样一来，只要殖民者开始繁殖，就会引起竞争，不仅为日用品竞争，还为生存资源竞争。于是摆在**行政长官**面前的，就是宇宙斗争将重返他管理的人为社会。一旦殖民地的人口增长到环境可承受的极限，就必须设法处理掉多余的人口。……（第 9 页） **译文（《天演论》）**：设前所谓首出庶物之圣人，于彼新造乌托邦之中，而有如是之一境，此其为所前知，固何待论。然吾侪小人，试为揣其所以挽回之术，则就理所可知言之，无亦二途已耳。一则听其蕃息，至过庶食不足之时，徐谋所以处置之者……（导言九·汰蕃，第 1341 页） **"圣人"的意思**：伟大的统治者。严复把"圣人"作为"行政长官"（the administrator）的译词。
6	**原文（《进化与伦理》）**：Supposing the administrator to be guided by purely scientific considerations, he would, like the gardener, meet this most serious difficulty by systematic extirpation, or exclusion, of the superfluous. (p. 21) **原文意思**：如果**行政长官**完全按照科学思维的指导行事，那么他就会像园丁一样，采取系统根除或驱逐过剩者的办法，来应对这个极为严重的困难。（第 9 页） **译文（《天演论》）**：圣人治民，同于园夫之治草木。园夫之于草木也，过盛则芟夷之而已矣，拳曲拥肿则拔除之而已矣。（导言九·汰蕃，第 1341 页） **"圣人"的意思**：伟大的统治者。严复把"圣人"作为"行政长官"（the administrator）的译词。

续　表

7	**译者添加语句（《天演论》）**：……一群既涣，人治已失其权，即使圣人当之，亦仅能集散扶衰，勉企最宜……（导言十六·进微，第1353页）〔《天演论》导言十六第一段全都是严复自行添加的内容，例句7就在第一段中。另外，导言十六第二段为原著《导论》第ⅩⅢ节第2、3、4段的译文。参见，Thomas H. Huxley, *Evolution & Ethics and Other Essays*, pp. 37–40〕**"圣人"的意思**：伟大的统治者。
8 9 10 11 12 13	**译者添加语句（《天演论》）**：夫转移世运，非圣人之所能为也。圣人亦世运中之一物也，世运至而后圣人生。世运铸圣人，非圣人铸世运也。使圣人而能为世运，则无所谓天演者矣。（论二·忧患，第1362页）〔此处译者添加语句位于《天演论》论二第1段，该段有许多译者添加语句。本例句后面是原著"罗马尼斯"讲稿第9段译文。参见，Thomas H. Huxley, *Evolution & Ethics and Other Essays*, p. 51〕**"圣人"的意思**：伟大的统治者。
14	**《天演论》的按语**：民智之开，莫盛于春秋战国之际。中土则孔、墨、老、庄、孟、荀以及战国诸子，尚论者或谓其皆为圣人之才。而泰西则有希腊诸智者，印度则有佛。（论三·教源，第1365页）**"圣人"的意思**：道德最高尚、智慧最高超的人，具有极高学识的哲学家。
15	**《天演论》的按语**：此篇之理，与《易·传》所谓：乾坤之道鼓万物，而不与圣人同忧。（论五·天刑，第1370页）**"圣人"的意思**：道德最高尚、智慧最高超的人。
16	**原文（《进化与伦理》）**：In the doctrine of transmigration, whatever its origin, Brahminical and Buddhist speculation found, ready to hand, the means of constructing a plausible vindication of the ways of the cosmos to man. (p. 60)**原文意思**：不论轮回学说起源于何时，婆罗门教徒和佛教徒在思考轮回学说时，找到了一个得心应手的方法，为宇宙对待人的方式作了一个似乎有理的辩护。（第26页）**译文（《天演论》）**：而天竺之圣人曰佛陀者，则以是为不足驾说竖义，必从而为之辞，于是有轮回因果之说焉。（论六·佛释，第1370页）**"圣人"的意思**：道德最高尚、智慧最高超的人，具有极高学识的哲学家。

17	**原文（《进化与伦理》）：** However this may be, Gautama doubtless had a better guarantee for the abolition of transmigration, when no wrack of substance, either of Atman or of Brahma, was left behind when, in short, a man had but to dream that he willed not to dream, to put an end to all dreaming. (pp. 67 – 68) **原文意思：** 无论怎样，当不再有本体——不论是"阿德门"还是"婆罗门"——的残余留下时，简言之，当一个人只有去梦想他不愿意梦想的东西以结束一切梦想时，乔答摩无疑就更有把握消除轮回。（第 28 页） **译文（《天演论》）：** 顾世尊一大事因缘，正为超出生死，所谓廓然空寂，无有圣人，而后为幻梦之大觉。大觉非他，涅槃是已。（论十·佛法，第 1378 页） **"圣人"的意思：** 道德最高尚、智慧最高超的人。
18	**《天演论》的按语：** 苏格拉第，希腊之雅典人。生周末元、定之交，为柏拉图师。其学以事天修己、忠国爱人为务，精辟肫挚，感人至深，有欧洲圣人之目。（论十一·学派，第 1383 页） **"圣人"的意思：** 道德最高尚、智慧最高超的人；具有极高学识的哲学家。
19	**原文（《进化与伦理》）：** It demands that each man who enters into the enjoyment of the advantages of a polity shall be mindful of his debt to <u>those who have laboriously constructed it</u>; and shall take heed that no act of his weakens the fabric in which he has been permitted to live. (p. 82) **原文意思：** 它要求每个分享政治组织的利益的人，都不应忘记<u>那些辛勤建设它的人</u>的恩惠，应当警醒自己不要去做有损于接纳他的社会的行为。（第 34 页） **译文（《天演论》）：** <u>前圣人既竭耳目之力，胼手胝足，合群制治，使之相养相生，而不被天行之虐矣。</u>则凡游其宇而蒙被庥嘉，当思屈己为人，以为酬恩报德之具。（论十六·群治，第 1395 页） **"圣人"的意思：** 伟大的统治者。

参考文献

一、本书比较分析的原著与译本

（一）第二章

Thomas H. Huxley, *Evolution & Ethics and Other Essays*, London：Macmillan, 1894.

赫胥黎（Thomas Henry Huxley）:《天演论》（1898 年），严复译，王栻主编:《严复集》第五册，北京：中华书局，1986 年。

赫胥黎:《进化论与伦理学（全译本）》，宋启林等译，北京：北京大学出版社，2010 年。

Herbert Spencer, *The Study of Sociology*, London：Henry S. King& Co.，1873.

斯宾塞尔（Herbert Spencer）:《斯宾塞尔劝学篇》，严复译（《国闻汇编》第一册、1897 年 11 月 24 日），孔祥吉、村田雄二郎整理:《国闻报：外二种》第十册，北京：国家图书馆出版社，2013 年。

斯宾塞尔（Herbert Spencer）:《斯宾塞尔劝学篇》，严复译（《国闻汇编》第三册、1897 年 12 月 28 日），孔祥吉、村田雄二郎整理:《国闻报：外二种》第十册，北京：国家图书馆出版社，2013 年。

斯宾塞尔（Herbert Spencer）:《斯宾塞尔劝学篇》，严复译（《国闻汇编》第四册、1898 年 1 月 7 日），孔祥吉、村田雄二郎整理:《国闻报：外二种》第十册，北京：国家图书馆出版社，2013 年。

赫伯特·斯宾塞（Herbert Spencer）:《社会学研究》，张宏晖、胡江波译，北京：华夏出版社，2001 年。

（二）第三章

加藤弘之:《強者の権利の競争》，東京：哲学書院，1893 年。

加藤弘之:《物竞论》，杨荫杭译，上海：作新社，1903 年。

加藤弘之:《道徳法律之進歩》，東京：敬業社，1894 年。

加藤弘之：《政教进化论》，杨廷栋译，上海：出洋学生编辑所，1902 年。

（三）第四章

Herbert Spencer, *Political Institutions: Being Part V of The Principles of Sociology*, New York：D. Appleton and Company, 1882.

斯邊鎖：《政体原論》，大石正巳译，东京：西村玄道出版，1883 年。

ハーバート・スペンサー：《政法哲学》，浜野定四郎、渡辺治译，东京：石川半次郎出版，1886 年。

斯宾塞尔：《政法哲学》第一卷，佚名译（坂崎斌编《译书汇编》第二期，1901 年 1 月 28 日），坂崎斌编：《译书汇编》，台北：台湾学生书局，1966 年。

斯宾塞尔：《政法哲学》第二卷，佚名译，坂崎斌编：《译书汇编》第三期，东京：译书汇编发行所，1901 年 4 月 3 日。

斯宾塞尔：《原政》第一册，杨廷栋译，上海：作新社，1902 年。

（四）终章

加藤弘之：《人権新説》，东京：谷山楼，1882 年。

加藤弘之：《人权新说》，陈尚素译，东京：译书汇编社，1903 年。

加藤弘之：《各国憲法の異同》，《東京学士会院雑誌》第十七编之五，1895 年 5 月。

加藤弘之：《各国宪法异同论》（《清议报》第十二册，光绪二十五年三月十一日），梁启超译，《清议报》报馆编：《清议报》第一册，北京：中华书局，1991 年。

加藤弘之：《各国宪法异同论》（《清议报》第十三册，光绪二十五年三月二十一日），梁启超译，《清议报》报馆编：《清议报》第一册，北京：中华书局，1991 年。

加藤弘之著，作新社译：《各国宪法之异同》，《加藤弘之讲演集》第二册，上海：作新社，1902 年 12 月。

加藤弘之：《各国宪法之异同》，作新社译，《加藤弘之讲演集》第二册，上海：作新社，1902 年 12 月。

二、中 文 文 献

（一）一手资料

艾儒略：《西学凡》，黄兴涛、王国荣编：《明清之际西学文本：50 种重要文献汇编》

　　第一册，北京：中华书局，2013 年。

杨伯峻编著：《春秋左传注》下，北京：中华书局，2018 年。

达尔文：《新派生物学（即天演学）家小史》（1902 年），马君武译，《新民丛报》
　　第八号，光绪二十八年四月十五日。

达尔文：《达尔文物种由来》卷一，马君武译，上海：文明书局、开明书局，
　　1903 年。

达尔文：《达尔文物种原始》第一册，马君武译，上海：中华书局，1920 年。

达尔文：《物种起源（附〈进化论的十大猜想〉）》，舒德干等译，北京：北京大学
　　出版社，2018 年。

《大清高宗纯（乾隆）皇帝实录》（十一）卷五百五十·二十四（乾隆二十二年十一
　　月），台北：台湾华文书局，1968 年。

《大清德宗景（光绪）皇帝实录》（七）卷四百七十六·九（光绪二十六年十二
　　月），台北：台湾华文书局，1968 年。

冯自由：《革命逸史》初集，北京：中华书局，1981 年。

冯自由：《革命逸史》第二集，北京：中华书局，1981 年。

冯自由：《革命逸史》第三集，北京：中华书局，1981 年。

冯自由：《革命逸史》第四集，北京：中华书局，1981 年。

高一志：《童幼教育》，黄兴涛、王国荣编：《明清之际西学文本：50 种重要文献汇
　　编》第一册，北京：中华书局，2013 年。

顾燮光：《译书经眼录》（杭州金佳石好楼 1934 年石印版），熊月之编：《晚清新学书
　　目提要》，上海：上海书店出版社，2007 年。

郭嵩焘：《伦敦与巴黎日记》，长沙：岳麓书社，1984 年。

赫伯特·斯宾塞：《社会静力学》，北京：商务印书馆，1996 年。

赫胥黎（Thomas Henry Huxley）：《天演论悬疏卷上》，严复译（《国闻汇编》第二册，
　　1897 年 12 月 4 日），孔祥吉、村田雄二郎整理：《国闻报：外二种》第十册，北
　　京：国家图书馆出版社，2013 年。

赫胥黎（Thomas Henry Huxley）：《悬疏三》（《国闻汇编》第四册，1898 年 1 月 7
　　日），严复译，孔祥吉、村田雄二郎整理：《国闻报：外二种》第十册，北京：国
　　家图书馆出版社，2013 年。

赫胥黎（Thomas Henry Huxley）：《天演论悬疏七》（《国闻汇编》第六册，1898 年 2
　　月 15 日），严复译，孔祥吉、村田雄二郎整理：《国闻报：外二种》第十册，北
　　京：国家图书馆出版社，2013 年。

胡适：《四十自述》，北京：中国文联出版公司，1993 年。

黄遵宪：《戊寅笔话 第二十六卷 第一七八话》（1878 年 12 月 15 日），陈铮主编：《黄遵宪集》第三册，北京：中华书局，2019 年。

加藤弘之：《十九世纪思想变迁论》（《清议报》第五十二册，光绪二十六年七月一日），佚名译，《清议报》报馆编：《清议报》第四册，北京：中华书局，1991 年。

加藤弘之：《物竞论》（坂崎斌编：《译书汇编》第八期，1901 年 8 月 28 日），杨荫杭译，坂崎斌编：《译书汇编》，台北：台湾学生书局，1966 年。

加藤弘之：《加藤弘之讲演集》第一册，作新社译，上海：作新社，1902 年 9 月。

加藤弘之：《加藤弘之讲演集》第二册，作新社译，上海：作新社，1902 年 12 月。

加藤弘之：《加藤博士天则百话（一）》（《新民丛报》第二十一号，光绪二十八年十一月一日），梁启超译，梁启超主编：《新民丛报》第四册，北京：中华书局，2008 年。

加藤弘之：《自然界之矛盾与进化》，王璧如译，上海：世界书局，1931 年。

贾谊：《新书校注》，阎振益、钟夏校注，北京：中华书局，2000 年。

焦循撰，沈文倬点校：《孟子正义》，北京：中华书局，1987 年。

《孔子家语》，郭沂编撰：《子曰全集》，北京：中华书局，2017 年。

梁启超：《论译书》（1896 年），梁启超：《饮冰室合集》第一册，北京：中华书局，1989 年。

梁启超：《论变法必自平满汉之界始》（《清议报》第一册，光绪二十四年十一月十一日），《清议报》报馆编：《清议报》第一册，北京：中华书局，1991 年。

梁启超：《论强权》（《清议报》第三十一册，光绪二十五年九月二十一日），《清议报》报馆编：《清议报》第二册，北京：中华书局，1991 年。

梁启超：《论学日本文之益》（《清议报》第十册，光绪二十五年二月二十一日），《清议报》报馆编：《清议报》第一册，北京：中华书局，1991 年。

梁启超：《中国史叙论》（《清议报》第九十一册，光绪二十七年八月初一），《清议报》报馆编：《清议报》第六册，北京：中华书局，1991 年。

梁启超：《绍介新著：原富》（《新民丛报》第一号，1902 年），梁启超主编：《新民丛报》第一册，北京：中华书局，2008 年。

梁启超：《天演学初祖达尔文之学说及其略传》（1902 年），（《新民丛报》第三号，1902 年），梁启超主编：《新民丛报》第一册，北京：中华书局，2008 年。

梁启超：《五十年中国进化概论》（1923 年），《饮冰室合集》第五册，北京：中华书局，1989 年。

刘成禺：《述戡翼羣生平》，《世载堂杂忆》，沈阳：辽宁教育出版社，1997 年。

刘真主编，王焕琛编著：《留学教育：中国留学教育史料》第二册，台北：台湾省编
　　译馆，1980 年。

马君武：《达尔文》，上海：商务印书馆，1933 年。

沈兆祎：《新学书目提要》（上海通雅书局 1903—1904 年版），熊月之编：《晚清新学
　　书目提要》，上海：上海书店出版社，2007 年。

斯宾塞尔：《原政》第二册，杨廷栋译，上海：作新社，1903 年。

斯宾塞：《群学肄言》，严复译，北京：商务印书馆，1981 年。

斯宾塞尔：《斯宾塞尔劝学篇》，严复译，汪征鲁、方宝川、马勇主编：《严复全集》
　　第 5 卷，黄国盛、庄明水、方宝川点校，福州：福建教育出版社，2014 年。

孙宝瑄：《忘山庐日记（上）》，上海：上海古籍出版社，1983 年。

汪征鲁、方宝川、马勇主编：《严复全集》第 7 卷，李帆、李学智编校，福州：福建
　　教育出版社，2014 年。

严复：《原强》（1895 年 3 月 4 日—9 日），王栻主编：《严复集》第一册，北京：中华
　　书局，1986 年。

严复：《辟韩》（1895 年 3 月 13 日—14 日），王栻主编：《严复集》第一册，北京：中
　　华书局，1986 年。

严复：《救亡决论》（1895 年 5 月 1 日—8 日），王栻主编：《严复集》第一册，北京：
　　中华书局，1986 年。

严复：《原强修订稿》（1896 年 10 月以后），王栻主编：《严复集》第一册，北京：中
　　华书局，1986 年。

严复：《驳英〈太晤士报〉论德据胶澳事》（1897 年 11 月 24 日），王栻主编：《严复
　　集》第一册，北京：中华书局，1986 年。

严复：《与四弟观澜书·四》（1896 年），王栻主编：《严复集》第三册，北京：中华
　　书局，1986 年。

严复：《与五弟书》（1897 年），王栻主编：《严复集》第三册，北京：中华书局，
　　1986 年。

严复：《中俄交谊论》（1898 年 1 月 15 日—17 日），王栻主编：《严复集》第二册，
　　北京：中华书局，1986 年。

严复：《拟上皇帝书》（1898 年 1 月 27 日—2 月 4 日），王栻主编：《严复集》第一
　　册，北京：中华书局，1986 年。

严复：《译斯氏〈计学〉例言》（1901 年 9 月），王栻主编：《严复集》第一册，北京：中华书局，1986 年。

严复：《与梁启超书·二》（1902 年），王栻主编：《严复集》第三册，北京：中华书局，1986 年。

杨绛：《〈回忆我的父亲〉前言》，罗俞君编，杨绛著：《杨绛散文》，杭州：浙江文艺出版社，1994 年。

杨绛：《回忆我的父亲》，罗俞君编，杨绛著：《杨绛散文》，杭州：浙江文艺出版社，1994 年。

杨绛编：《杨荫杭集（上·下）》，北京：中华书局，2014 年。

佚名：《檀香山保皇会宴会记》（《清议报》第五十二册，光绪二十六年七月一日），《清议报》报馆编：《清议报》第四册，北京：中华书局，1991 年。

章炳麟：《俱分进化论》（章炳麟编辑《民报》第 7 号，民报发行所，1906 年 9 月 5日），《民报》合订本第 1—7 号，北京：科学出版社，1957 年影印本。

赵尔巽等撰：《清史稿》第 39 册，北京：中华书局，1976 年。

赵尔巽等撰：《清史稿》第 41 册，北京：中华书局，1976 年。

周作人：《和文汉读法》（1935 年），《苦竹杂记》，石家庄：河北教育出版社，2002 年。

佚名：《广智书局已译待印书目》（《清议报》第一百册，光绪二十七年十一月十一日），《清议报》报馆编：《清议报》第六册，北京：中华书局，1991 年。

京塞尔发行兼编辑：《国民报》第一至四期，国民报社，1901 年，收录于，《辛亥革命时期期刊汇编》编纂委员会编：《辛亥革命时期期刊汇编（100 册）》第一册，北京：首都师范大学出版社，2011 年。

佚名：《已译待刊各书目录》（坂崎斌编：《译书汇编》第一期，1900 年 12 月 6 日），坂崎斌编：《译书汇编》，台北：台湾学生书局，1966 年。

（二）二手资料

坂野润治：《未完的明治维新》，宋晓煜译，北京：社会科学文献出版社，2018 年。

本杰明·史华兹：《寻求富强：严复与西方》，叶凤美译，南京：江苏人民出版社，2010 年。

曹丽国：《浅析杨廷栋的救国历程》，《邢台学院学报》第 28 卷第 1 期，2013 年 3 月。

陈力卫：《词源（二则）》，孙江、刘建辉主编：《亚洲概念史研究》第 1 卷，北京：商务印书馆，2018 年。

陈力卫：《东往东来：近代中日之间的语词概念》，北京：社会科学文献出版社，2019 年。

陈鹏、韩祥、张公政：《百年"清帝逊位"问题研究综述》，《清史研究》第 4 期，2012 年 11 月。

陈润：《中日近代史上的翻译活动对比》，《中国西部科技》第 9 卷第 11 期，2010 年 4 月。

陈希天：《辛亥革命重要文献——〈秋夜草疏图卷〉》，《民国档案》，1991 年 10 月。

川尻文彦：《"进化"与加藤弘之、严复、梁启超：近代日中之间关于"进化"的"概念"关联》，郑大华、黄兴涛、邹小站主编：《戊戌变法与晚清思想文化转型》，北京：社会科学文献出版社，2010 年。

丁文江、赵丰田编：《梁启超年谱长编》，上海：上海人民出版社，1983 年。

冯天瑜：《新语探源：中西日文化互动与近代汉字术语形成》，北京：中华书局，2004 年。

冯友兰：《从赫胥黎到严复》，商务印书馆编辑部编：《论严复与严译名著》，北京：商务印书馆，1982 年。

葛奇蹊：《明治时期日本进化论思想研究》，北京：东方出版社，2016 年。

郭道平：《"群学"与"道统"：严复和张之洞的思想交锋——从两种〈劝学篇〉说起》，《华南师范大学学报（社会科学版）》2015 年第 6 期，2015 年 12 月。

郭延礼：《中国近代翻译文学概论》，汉口：湖北教育出版社，1998 年。

韩策：《科举改制与最后的进士》，北京：社会科学文献出版社，2017 年。

韩承桦：《斯宾塞到中国：一个翻译史的讨论》，《编译论丛》第三卷第二期，2010 年 9 月。

侯宜杰：《二十世纪初中国政治改革风潮——清末立宪运动史》，北京：中国人民大学出版社，2011 年。

侯宜杰：《逝去的风流：清末立宪精英传稿》，北京：北京师范大学出版社，2013 年。

黄福庆：《清末留日学生》，台北：台湾"中央研究院"近代史研究所，1983 年。

黄克武：《走向翻译之路：北洋水师学堂时期的严复》，《台湾"中央研究院"近代史研究所集刊》第 49 期，2005 年 9 月。

黄克武：《新名词之战：清末严复译语与和制汉语的竞赛》，《台湾"中央研究院"近代史研究所集刊》第 62 期，2008 年 12 月。

黄克武：《晚清社会学的翻译——以严复与章炳麟的译作为例》，孙江、刘建辉主编：《亚洲概念史研究》第 1 卷，北京：商务印书馆，2018 年。

黄克武：《何谓天演？严复"天演之学"的内涵与意义》，《台湾"中央研究院"近
　　代史研究所集刊》第 85 期，2014 年 9 月。

纪丽君：《清末留学生考试及奖励任用制度：从詹天佑担任归国留学生考试官角度的
　　观察》，《中国国家博物馆馆刊》2013 年第 11 期，2013 年 11 月。

蒋林：《梁启超"豪杰译"研究》，上海：上海译文出版社，2009 年。

金耀基：《中日之间社会科学的翻译（代序）》，实藤惠秀监修、谭汝谦主编、小川
　　博编辑：《中国译日本书综合目录》，香港：中文大学出版社，1980 年。

李冬木：《关于〈物竞论〉》，《鲁迅研究月刊》，2003 年 3 月。

李恭忠：《Society 与"社会"的早期相遇：一项概念史的考察》，《近代史研究》2020
　　年第 3 期。

李楠：《生物进化论在中国的传播（1873—1937）》，博士学位论文，西北大学，
　　2012 年。

李喜所、元青：《梁启超传（修订本）》，北京：人民出版社，2010 年。

李运博：《中日近代词汇的交流：梁启超的作用与影响》，天津：南开大学出版社，
　　2006 年。

廖七一：《严译术语为何被日语译名所取代?》，《中国翻译》，2017 年第 4 期，2017
　　年 7 月。

林美茂：《"哲学"的接受与"中国哲学"的诞生》，《哲学研究》第 4 期，2021 年。

刘晓琴：《严复与晚清留学生归国考试研究》，《南开学报（哲学社会科学版）》
　　2014 年第 1 期，2014 年 1 月。

彭春凌：《章太炎译〈斯宾塞尔文集〉原作底本问题研究》，《安徽大学学报（哲学
　　社会科学版）》，2017 年 5 月。

彭春凌：《章太炎译〈斯宾塞尔文集〉研究、重译及校注》，上海：上海人民出版社，
　　2021 年。

任达（Douglas R. Reynolds）：《新政革命与日本：中国，1898—1912》，李仲贤译，南
　　京：江苏人民出版社，2006 年。

三谷博：《黑船来航》，张宪生、谢跃译，北京：社会科学文献出版社，2017 年。

沈国威：《"一名之立、旬月踟蹰"之前之后：严译与新国语的呼唤》，《東アジア文
　　化交涉研究》1，2008 年 3 月。

沈国威编著：《汉语近代二字词研究——语言接触与汉语的近代演化》，上海：华东
　　师范大学出版社，2019 年。

沈国威：《一名之立 旬月踟蹰：严复译词研究》，北京：社会科学文献出版社，

2019 年。

沈国威：《新语往还——中日近代语言交涉史》，北京：社会科学文献出版社，2020 年。

市古宙三：《1901—1911 年政治和制度的改革》，刘坤一译，费正清（John King Fairbank）、刘广京编：《剑桥中国晚清史：1800—1911 年》下卷，中国社会科学院历史研究所编译室译，北京：中国社会科学出版社，1985 年。

实藤惠秀监修、谭汝谦主编、小川博编辑：《中国译日本书综合目录》，香港：中文大学出版社，1980 年。

石云艳：《梁启超与日本》，天津：天津人民出版社，2005 年。

孙宏云：《杨廷栋：译介西方政治学的先驱者》，《中国社会科学报》，2015 年 3 月 6 日，第 B03 版。

孙宏云：《杨廷栋译〈原政〉的底本源流考》，《政治思想史》2016 年第 1 期，2016 年 3 月。

孙应祥：《严复年谱》，福州：福建人民出版社，2003 年。

谭汝谦：《中日之间译书事业的过去、现在与未来》，实藤惠秀监修、谭汝谦主编、小川博编辑：《中国译日本书综合目录》，香港：中文大学出版社，1980 年。

王飞：《翻译与现代白话文的形成》，《安庆师范学院学报（社会科学版）》第 27 卷第 1 期，2008 年 1 月。

王健：《沟通两个世界的法律意义：晚清西方法的输入与法律新词初探》，北京：中国政法大学出版社，2001 年。

王栻：《严复在〈国闻报〉上发表了哪些论文》，王栻主编：《严复集》第二册，北京：中华书局，1986 年。

王中江：《严复与福泽谕吉：中日启蒙思想比较》，开封：河南大学出版社，1991 年。

王中江：《进化主义在中国的兴起：一个新的全能式世界观（增补版）》，北京：中国人民大学出版社，2010 年。

魏映双：《浅析中日近代翻译小说的差异》，《山东商业职业技术学院学报》第 7 卷第 5 期，2007 年 10 月。

吴丕：《进化论与中国激进主义 1859—1924》，北京：北京大学出版社，2005 年。

萧公权：《中国政治思想史》，北京：新星出版社，2010 年。

徐志民、孙安石、大里浩秋等：《团体与日常：近代中国留日学生的生活史》，北京：社会科学文献出版社，2022 年 8 月。

姚纯安：《社会学在近代中国的进程：1895—1919》，北京：生活·读书·新知三联书店，2006 年。

九玉淇：《三生花草梦苏州》，南京：江苏古籍出版社，2000 年。

俞政：《严复著译研究》，苏州：苏州大学出版社，2003 年。

张朋园：《广智书局（1901—1915）：维新派文化事业机构之一》，《台湾"中央研究
　　院"近代史研究所集刊》第 2 期，1971 年 6 月。

章清：《清季民国时期的"思想界"》，北京：社会科学文献出版社，2021 年。

张耘田、陈巍主编：《苏州民国艺文志》上卷，扬州：广陵书社，2005 年。

赵稀方：《翻译现代性——晚清到五四的翻译研究》，天津：南开大学出版社，
　　2012 年。

郑匡民：《梁启超启蒙思想的东学背景》，上海：上海书店出版社，2003 年。

邹振环：《辛亥前杨荫杭著译活动述略》，《苏州大学学报（哲学社会科学版）》
　　1993 年第 1 期，1993 年 2 月。

邹振环：《影响中国近代社会的一百种译作》，北京：中国对外翻译出版公司，
　　1996 年。

邹振环：《戢元丞及其创办的作新社与〈大陆报〉》，《安徽大学学报（哲学社会科
　　学版）》2012 年第 6 期，2012 年 11 月。

三、日 语 文 献

（一）一手资料

有贺长雄：《增补　社会進化論（抄）》，松本三之介、山室信一编：《日本近代思想
　　大系 10・学問と知識人》，東京：岩波書店，1988 年。

伊藤博文：《特命全権使節の使命につき意見書》（1872 年），芝原拓自、猪飼隆
　　明、池田正博編：《日本近代思想大系 12・対外観》，東京：岩波書店，
　　1988 年。

井上哲次郎、有賀長雄：《哲学字彙》改訂増補，東京：東洋館，1884 年 5 月。

ヴィクトル・ド・ラブレー（Emile Louis Victor de Laveleye）：《欧州戦国策》，渡辺
　　治译，東京：小柳津要人出版，1887 年。

エドワルド・エス・モールス（Edward Sylvester Morse）口述、石川千代松筆記：《動
　　物進化論》，東京：東生亀治郎出版，万巻書楼蔵版，1883 年。

大石正巳：《手段ノ為ニ目的ヲ誤ル勿レ》，大竹亀之助編：《国友会員学術演説筆

　　記》，東京：大竹亀之助出版，1883 年。

丘浅次郎：《進化論講話》，東京：東京開成館，1940 年。

小野梓：《東京専門学校開校祝詞》（1882 年），松本三之介、山室信一編：《日本
　　近代思想大系 10・学問と知識人》，東京：岩波書店，1988 年。

加藤照麿、加藤晴比古、馬渡俊雄編：《加藤弘之講論集》第四冊，東京：敬業
　　社，1899 年。

加藤照麿、加藤晴比古、馬渡俊雄編：《加藤弘之講演全集》第二冊（東京：丸善株
　　式会社，1900 年），大久保利謙、田畑忍監修，上田勝美、福嶋寛隆、吉田曠二
　　編：《加藤弘之文書》第三巻，京都：同明舎，1990 年。

加藤弘之：《疑堂備忘　第一冊》（1877 年 12 月~1879 年 5 月），大久保利謙、田畑
　　忍監修，上田勝美、福嶋寛隆、吉田曠二編：《加藤弘之文書》第一巻，京
　　都：同朋舎，1990 年。

加藤弘之：《自由論（三-1）》（1885 年 8 月 16 日~9 月 6 日），大久保利謙、田畑忍
　　監修、上田勝美、福嶋寛隆、吉田曠二編：《加藤弘之文書》第二巻，京都：
　　同朋舎，1990 年。

加藤弘之：《雑居尚早》，東京：哲学書院，1893 年。

加藤弘之：《経歴談》（1896 年），植手通有編：《日本の名著 34：西周；加藤弘
　　之》，東京：中央公論社，1984 年。

加藤弘之：《天則百話》，東京：博文館，1899 年。

加藤弘之：《北清事変に於ける列国の動作は悪と言はむよりは寧ろ拙と謂ふべ
　　し》，《太陽》第八巻第三号，1902 年 3 月 5 日。

木戸照陽編述：《日本帝国国会議員正伝》，大阪：田中宋栄堂，1890 年。

慶應義塾編：《福沢諭吉全集》第 21 巻，東京：岩波書店，1964 年。

慶應義塾編：《福沢諭吉書簡集　第二巻》，東京：岩波書店，2001 年。

篠田正作編：《明治新立志編》，大阪：鍾美堂，1891 年。

シモントス：《海産論》，浜野定四郎、伊東茂右衛門訳，開拓使，1881 年。

斯辺瑣：《社会平権論》巻一，松島剛訳，東京：報告社，1881 年。

スペンサー：《社会学》第一冊，大石正巳訳，東京：大石正巳出版，1883 年。

チャーレス・ダーヰン：《生物始源：一名種源論》，立花銑三郎译，東京：経済
　　雑誌社，1896 年。

トーマス・ハックスレー：《生種原始論》，伊沢修二译，東京：森重遠出版，
　　1879 年。

徳富猪一郎：《新日本之青年》，東京：集成社，1887 年。

鳥谷部銑太郎：《明治人物評論》，東京：博文館，1898 年。

新島襄：《同志社大学設立之主意之骨案》（1882 年），松本三之介、山室信一編：
　　《日本近代思想大系 10・学問と知識人》，東京：岩波書店，1988 年。

馬場辰猪：《『スペンサー氏原著　万物進化要論』序》（1884 年），《馬場辰猪全
　　集》第二巻，東京：岩波書店，1988 年。

福沢諭吉：《学問のすゝめ》，東京：岩波書店，1942 年。

墨堤隠士：《大臣の書生時代》，東京：大学館，1914 年。

モース：《日本その日その日 2（全 3 巻）》，石川欣一译，東京：平凡社，1970 年。

谷津直秀：《石川千代松博士略伝》，東京《動物学雑誌》第 47 巻第 562・3 号（故
　　石川千代松博士記念号），1935 年 9 月 15 日。

矢野文雄：《訳書読法》（1883 年），吉野作造編：《明治文化全集第十六巻・外国
　　文化篇》，東京：日本評論社，1928 年。

山崎謙編：《衆議院議員列伝》，東京：衆議院議員列伝発行所，1901 年。

山崎俊彦、中久喜信周：《政界之五名士》，東京：文声社，1902 年。

横山健堂：《現代人物管見》，東京：易風社。

渡辺修二郎：《今世人物評伝叢書》第二冊，東京：民友社，1896 年。

《時事新報》，東京：時事新報社。

《東京日日新聞》，東京：日報社。

（二）二手资料

井田進也：《兆民をひらく：明治近代の「夢」を求めて》，東京：光芒社，
　　2001 年。

井田進也：《歴史とテクスト——西鶴から諭吉まで》，東京：光芒社，2001 年。

井田進也：《辛亥革命前夜中国におけるルソー『民約論』の数奇な運命》，《大妻
　　比較文化：大妻女子大学比較文化学部紀要》8，2007 年。

伊藤敏彦編：《マイクロフィルム版　明治期社会科学翻訳書集成　別冊》，東京：
　　ナダ書房，1988 年。

伊藤秀一：《清末における進化論受容の諸前提：中国近代思想史における進化論
　　の意味（1）》，《研究》22 号，1960 年 3 月。

伊藤秀一：《進化論と中国の近代思想（一）》，《歴史評論》123 号，1960 年 10 月。

井上清：《日本の歴史　中（全三冊）》，東京：岩波書店，1965 年。

岩崎家伝記刊行会編：《岩崎弥太郎伝(下)》，東京：東京大学出版会，1979 年。

植手通有：《明治啓蒙思想の形成とその脆弱性——西周と加藤弘之を中心とし
　　て》，植手通有編：《日本の名著 34：西周；加藤弘之》，東京：中央公論
　　社，1984 年。

上山春平、川上武、筑波常治：《生物系科学者の思想》，上山春平、川上武、筑波
　　常治編：《現代日本思想大系 26・科学の思想 II》，東京：筑摩書房，
　　1964 年。

鵜浦裕：《近代日本における社会ダーウィニズムの受容と展開》，柴谷篤弘、長野
　　敬、養老孟司編：《講座進化 2・進化思想と社会》，東京：東京大学出版会，
　　1991 年。

区建英：《自由と国民：厳復の模索》，東京：東京大学出版会，2009 年。

区建英：《厳復：国民の自由を探し求めた非主流の思想家》，趙景達、原田敬
　　一、村田雄二郎、安田常雄編：《文明と伝統社会：19 世紀中葉～日清戦
　　争》，東京：有志社，2013 年。

大澤博明：《朝鮮駐箚弁理公使大石正巳：その任免と反響》，《熊本法学》127，
　　2013 年 3 月。

小島祐馬：《中国の革命思想》，東京：弘文堂，1950 年。

小野川秀美：《清末の思想と進化論》，《東方学報》21，1952 年 3 月。

小野川秀美：《清末政治思想研究》，東京：みすず書房，1969 年。

小野秀雄：《大阪毎日新聞社史》，大阪：大阪毎日新聞社同東京日日新聞社，
　　1925 年。

開国百年記念文化事業会編：《鎖国時代日本人の海外知識》，東京：乾元社，
　　1953 年。

加藤周一：《明治初期の翻訳——何故・何を・如何に訳したか》，加藤周一、丸山
　　真男校注：《日本近代思想大系 15・翻訳の思想》，東京：岩波書店，
　　1991 年。

木村毅：《日本翻訳史概観》，木村毅編：《明治文学全集 7・明治翻訳文学集》，
　　東京：筑摩書房，1972 年。

桐村彰郎：《加藤弘之の転向》，《法学雑誌》14(2)，1967 年 11 月。

工藤豊：《明治維新前後の日本の啓蒙思想：加藤弘之の初期思想を中心とし
　　て》，《佛教経済研究》44，2015 年 5 月。

倉知典弘：《明治初期における「通俗教育」の用例について——渡辺治訳『三英

双美政海之情波』における「通俗教育」の検討》，《吉備国際大学研究紀要（人文・社会科学系）》25，2015 年 3 月。

クリントン・ゴダール：《ダーウィン、仏教、神：近代日本の進化論と宗教》，碧海寿広訳，京都：人文書院，2020 年。

クリントン・ゴダール：《近代日本の進化論と宗教》，《日本思想史学》第 54 号，2022 年。

高坂史朗：《西周の「哲学」と東アジアの学問》，《北東アジア研究》14・15，2008 年 3 月。

坂元ひろ子：《中国民族主義の神話——進化論・人種観・博覧会事件》，《思想》849，1995 年 3 月。

佐藤慎一：《『天演論』以前の進化論——清末知識人の歴史意識をめぐって》，《思想》792 号，1990 年 6 月。

佐藤慎一：《梁啓超と社会進化論》，《法学》59(6)，1996 年 1 月。

佐藤慎一：《近代中国の知識人と文明》，東京：東京大学出版会，1996 年。

佐藤太久磨：《加藤弘之の国際秩序構想と国家構想——「万国公法体制」の形成と明治国家》，《日本史研究》557，2009 年 1 月。

さねとう・けいしゅう：《中国人日本留学史》増補版，東京：くろしお出版，1970 年。

実藤恵秀監修、譚汝謙主編、小川博編輯：《日本訳中国書総合目録》，香港：中文大学出版社，1981 年。

清水幾太郎：《日本文化形態論》，金沢：東西文庫，1947 年。

朱琳：《梁啓超における中国史叙述：「専制」の進化と「政治」の基準(1)》，《人文学研究所報》52，2014 年 8 月。

沈薇薇：《中国との初対面——犬養毅の第一回、第二回中国遊歴について》，《東アジア文化交渉研究》5，2012 年 2 月。

鈴木修次：《日本漢語と中国》，東京：中央公論社，1981 年。

銭国紅：《日本と中国における「西洋」の発見：十九世紀日中知識人の世界像の形成》，東京：山川出版社，2004 年。

高田淳：《中国の近代と儒教》，東京：紀伊国屋書店，1970 年。

田中友香理：《加藤弘之『人権新説』の再検討》，《近代史料研究》9，2010 年。

田中友香理：《『人権新説』以後の加藤弘之：明治国家の確立と「強者ノ権利」論の展開》，《史境》64，2012 年 3 月。

田中友香理：《加藤弘之による雑誌『天則』の創刊》，《メディア史研究》37，
　　2015 年 3 月。

田中友香理：《日清戦争前後の「道徳法律」論：加藤弘之における進化論的国家
　　思想の展開》，《史境》72，2016 年 9 月。

田畑忍編、加藤弘之著：《強者の権利の競争》，東京：日本評論社，1942 年。

張嘉寧：《万国公法》，加藤周一、丸山真男校注：《日本近代思想大系 15・翻訳の
　　思想》，東京：岩波書店，1991 年。

手代木有児：《厳復『天演論』におけるスペンサーとハックスリーの受容——中国近代
　　における「天」の思想》，《集刊東洋学》58，1987 年 11 月。

寺崎修：《立志学舎と慶應義塾——派遣教師を中心に》，《法学研究》68(1)，1995
　　年 1 月。

田頭慎一郎：《加藤弘之と明治国家：ある「官僚学者」の生涯と思想》，東京：
　　学習院大学，2013 年。

中川清：《文人実業家高橋義雄の生涯》，《白鴎法学》第 6 号，1996 年 10 月。

中里理子：《森田思軒の周密文体の特徴「探偵ユーベル」に見る文章表現上の特
　　色》，《学校法人佐藤栄学園埼玉短期大学紀要》2，1993 年 3 月。

中野目徹：《洋学者と明治天皇——加藤弘之・西村茂樹の「立憲君主」像をめぐっ
　　て》，沼田哲編：《明治天皇と政治家群像——近代国家形成の推進者たち》，
　　東京：吉川弘文館，2002 年。

永田圭介：《厳復：富国強兵に挑んだ清末思想家》，東京：東方書店，2011 年。

長沼美香子：《訳された近代：文部省《百科全書》の翻訳学》，東京：法政大学
　　出版局，2017 年。

巴兆祥：《清末郷土志考》，佐藤仁史訳，《史学》73(1)，2004 年 6 月。

林教子：《中国古典の世界から〈道徳〉を考える》，《早稲田教育評論》30(1)，
　　2016 年 3 月。

ピーター・J・ボウラー：《進化思想の歴史(下)》，鈴木善次ほか訳，東京：朝日
　　新聞社，1987 年。

平山洋：《石河幹明入社前『時事新報』社説の起草者推定——明治十五年三月か
　　ら明治十八年三月まで》，《国際関係・比較文化研究》13(1)，2014 年 9 月。

福沢諭吉事典編集委員会編集：《福沢諭吉事典》，東京：慶應義塾，2010 年。

方光鋭：《中国清末民初期の修身教科書と日本》，博士学位論文，名古屋大学，
　　2013 年。

松崎欣一編集・解説：《三田演説会資料》，東京：慶応義塾福沢研究センター，
　　1991 年。

松崎欣一：《三田政談会・政談社演説会について：明治十年代前半における慶應
　　義塾系演説会の研究》，《近代日本研究》第 12 巻，1995 年。

松崎欣一：《三田演説会と慶應義塾系演説会》，東京：慶応義塾大学出版，
　　1998 年。

松永昌三：《福沢諭吉と中江兆民》，東京：中央公論新社，2001 年。

松本三之介：《加藤弘之における進化論の受容》，《社会科学論集》9，1962 年
　　3 月。

松本三之介、山室信一編：《日本近代思想大系 10・学問と知識人》，東京：岩波
　　書店，1988 年。

松本三之介：《近代日本における社会進化思想(一)》，《駿河台法学》7(1)，1993
　　年 10 月。

松本秀士：《神経の概念の初期的流入に関する日中比較研究》，沈国威編著：《漢
　　字文化圏諸言語の近代語彙の形成：創出と共有》，吹田：関西大学出版部，
　　2008 年。

丸山真男、加藤周一：《翻訳と日本の近代》，東京：岩波書店，1998 年。

水野的：《近代日本の文学的多元システムと翻訳の位相――直訳の系譜》，《通訳
　　翻訳研究への招待》1 号，2007 年 1 月。

溝口元：《日本におけるダーウィンの受容と影響》，《学術の動向》15 巻 3 号，
　　2010 年。

村上陽一郎：《日本人と近代科学》，東京：新曜社，1980 年。

村田雄二郎：《清末の言論自由と新聞――天津『国聞報』の場合》，孔祥吉、村田
　　雄二郎：《清末中国と日本――宮廷・変法・革命》，東京：研文出版，
　　2011 年。

森本あんり：《進化論の受容と明治キリスト教》，《創文》381 号，1996 年 10 月。

八杉龍一：《日本の思想史における進化論――ボウラー〈進化思想の歴史〉の訳
　　書に寄せて》，ピーター・J・ボウラー：《進化思想の歴史(上)》，鈴木善次
　　ほか訳，東京：朝日新聞社，1987 年。

柳父章：《翻訳語成立事情》，東京：岩波新書，1982 年。

柳父章：《近代日本語の思想：翻訳文体成立事情》，東京：法政大学出版局，
　　2017 年。

山下重一：《ベンサム，ミル，スペンサー邦訳書目録》，《参考書誌研究》第 10
　　号，1974 年 11 月。

山下重一：《明治初期におけるスペンサーの受容》，日本政治学会編：《日本にお
　　ける西欧政治思想》，東京：岩波書店，1976 年。

山下重一：《高知の自由民権運動と英学——立志学舎と高知共立学校》，山本大
　　編：《高知の研究　第 5 巻　近代篇》，大阪：清文堂出版，1982 年。

山下重一：《スペンサーと日本近代》，東京：御茶の水書房，1983 年。

山下重一：《厳復訳『天演論』(1898 年)の一考察(上)》，《国学院法学》38(3),
　　2000 年 12 月。

山下重一：《厳復訳『天演論』(1898 年)の一考察(下)》，《国学院法学》38(4),
　　2001 年 3 月。

山室信一：《五科口訣紀略(西周)・解題》，松本三之介、山室信一編：《日本近代
　　思想大系 10・学問と知識人》，東京：岩波書店，1988 年。

山室信一編集：《明治期社会科学翻訳書集成(マイクロフィルム版)》，東京：ナ
　　ダ書房，1988 年。

山本芳明：《社会平権論(山本芳明)》，加藤周一、丸山真男校注：《日本近代思想
　　大系 15・翻訳の思想》，東京：岩波書店，1991 年。

吉澤誠一郎：《近代中国における進化論受容の多様性》，《メトロポリタン史学》
　　7，2011 年 12 月。

吉武好孝：《明治・大正の翻訳史》，東京：研究社，1974 年。

李暁東：《制度としての民本思想：梁啓超の立憲政治観を中心に》，《思想》
　　932，2001 年。

李暁東：《近代中国の立憲構想：厳復・楊度・梁啓超と明治啓蒙思想》，東京：
　　法政大学出版局，2005 年。

劉建雲：《中国人の日本語学習史：清末の東文学堂》，東京：学術出版会，
　　2005 年。

渡辺和靖：《加藤弘之の初期思想——西洋的政治原理と儒教》，《日本思想史研
　　究》4，1970 年 8 月。

渡辺和靖：《加藤弘之の所謂「転向」：その思想史の位置付け》，《日本思想史研
　　究》5，1971 年 5 月。

渡辺和靖：《加藤弘之の後期思想——近代日本に於ける「儒教」の運命》，《日本
　　思想史研究》6，1972 年 12 月。

渡辺憲正：《明治期日本の「文明と野蛮」理解》，《経済系：関東学院大学経済学
　　会研究論集》第 257 集，2013 年 10 月。

渡辺正雄：《明治初期のダーウィニズム》，芳賀徹、平川祐弘、亀井俊介、小堀桂
　　一郎編：《講座比較文学 5・西洋の衝撃と日本》，東京：東京大学出版会，
　　1973 年。

渡辺昌道：《明治 10 年代前半における政局とイデオロギー状況：加藤弘之『人権
　　新説』発刊経緯を通して》，《千葉史学》44，2004 年 5 月。

（三）辞典

相賀徹夫編集：《日本大百科全書》11，東京：小学館，1986 年。

フランク・B・ギブニー編集：《ブリタニカ国際大百科事典　小項目事典》3，東
　　京：ティビーエス・ブリタニカ，1988 年。

フランク・B・ギブニー編集：《ブリタニカ国際大百科事典》10，東京：ティビー
　　エス・ブリタニカ，1988 年。

四、英 语 文 献

James Reeve Pusey, *China and Charles Darwin*, Cambridge（Massachusetts）and London：
　　Harvard University Asia Center, 1983.

Tsuen-Hsuin Tsien, *Western Impact on China Through Translation*, Chicago：The University
　　of Chicago, Master's thesis, 1952.

五、其　　他

明治期出版広告データベース：http：//base1. nijl. ac. jp/infolib/meta_pub/G0037150
　　meijisub。

Oxford English Dictionary オンライン版：http：//www. oed. com/。

東亜学園高等学校，《沿革》：https：//toagakuen. ac. jp/introduction/history/。

后　记

　　这本书的书稿其实是在 2023 年完成并提交的，然而直到 2024 年盛夏，拙著即将付梓之时，我才将后记补好，拜托编辑老师添加进去。对于后记，我总有种无从下笔之感，因为这本书脱胎于我在日本名古屋大学完成的博士论文《清末进化论的翻译：来自西洋与日本路径的进化论》（《清末における進化論の翻訳：西洋と日本からの進化論導入》），书稿的写作、翻译、修改、出版贯穿于我试图兼顾学业（事业）与育儿（家庭）的过程中，我不认为自己真正做到了"兼顾"，也无意分享过多私人的、与研究无关的回忆，于是只好不断拖延下去。

　　我在四川大学读研的第三年，决定将近代社会科学翻译史定为博士时期的研究方向。当年有幸获得国家建设高水平大学公派研究生项目的资助，得以前往名古屋大学攻读博士学位。抵达名古屋大学之后，经历了一系列的摸索，我的导师前野みち子（MAENO Michiko）教授建议我进一步聚焦研究课题，毕竟，我不太可能搜集到海量的近代社科书籍，且日本学界往往倾向于关注历史中的种种细节。在前野老师看来，相比宏大的翻译史，从翻译中解读思想似乎更为有趣。也正因此，拙著的第一章包含了许多有关近代翻译史，特别是社会科学翻译史的内容。它是我研究的起点，并在后来的若干年中不断被充实。博士论文答辩之后，我将第一章翻译成中文并反复修改，请我先生帮忙润色，最终以论文的形式在《复旦学报（社会科学版）》上刊载，并得到中国人民大学复印报刊资料《中国近代史》全文转载，题目为《状况的共有与分歧：近代中日社会科学翻译史比较研究》。在此衷心感谢《复旦学报（社会科学版）》陈文彬老师为论文的编辑修改提供的大力协助。

　　或许是因为严复翻译的《天演论》太过耀眼，我的研究视角逐渐聚焦到进化论的翻译史上。可是，有关严复和《天演论》的既有研究数不胜数，且生育消耗了我太多的精力，我迟迟找不到合适的切入点写出新意。我的论文不断被导师打回要求修改，那段经历让我颇为沮丧。我深感不能一事无成，于是不务正业地开启翻译活动，在第二、三章的构思、写作过程中，承蒙后浪出版公司方丽老师、李雪梅老师的关照，我翻译了大约四本与自己的研究领域没有多少关联的日文著作——《深度案例思考法》（合译）、《完美母女关系的秘密》（独译）、《规则颠覆者》（独译）、《精准表达》（独译）。《深度案例思考法》后来被改版为《复盘的技术》，《完美母女关系的秘密》则被改版为《结不了婚都怪老妈？》。如今回想起来，如果不翻译那四本著作，或许我能更早完成第二章，抑或那几年就真的一事无成了。最终，第二章的主要内容被刊载在《爱知大学国际问题研究所纪要》上，题目为《『天演論』と『勧学篇』の関連性から見た厳復の政治思想：二段階的発展及び各段階の政治モデル》。这篇论文实在太长，难以压缩，能够以 41 页的体量发表颇为不易。我甚至曾嘱托我先生，倘若我有不测，勿忘将此文投稿。经年之后，此事已成为我们夫妻之间的笑谈。

第三章与第二章的研究时间部分重合。在第三章的起步阶段，我把加藤弘之的《人权新说》作为首选研究对象，并花费大量时间将原著第三版（1883 年）与陈尚素的译本《人权新说》（1903 年）进行对比。在对比过程中，我兴奋地发现其中存在大量差异，本以为能构思出一篇论点新颖、论据丰富的论文，逐字逐句比较整本书之后才恍然发现陈尚素译本是以《人权新说》第一版（1882 年）为底本。于是，我又对比原著第一版与译本，最后的分析结果却只能凝缩为短短一句话——"这可谓是极端的逐字逐句翻译，因此相当'忠实'"。其中辛酸，至今难忘。第三章的主要内容最终发表于日本爱知大学国际中国学研究中心的期刊《ICCS 现代中国学ジャーナル》，论文题目分别为《清末における加藤弘之の著作の翻訳および受容状況：『強者の権利の競争』とその中国語訳を中心に》《清末知識人における進化論の受容と抵抗：加藤弘之著，楊廷棟訳『政教進化論』を中心に》。后者的中文版被收录在北京大学臧运祜教授、武汉大学吴文浩老师主编的"北京大学史学丛书"之一《近百年中日关系史论——中国青年学者的视角》中，在此深表谢意。

爱知大学是日本中国学的研究重镇之一，是我接触日本的中国研究领域的一个重要窗口。在此，谨向爱知大学国际问题研究所、国际中国学研究中心的黄英哲、李春利、加治宏基等教授表达由衷的感谢。

或许是因为经历了第二、三章的长期磨砺，第四章的产出较快。当时，爱知大学马场毅教授问我是否有兴趣参加日本日中关系学会举办的宫本赏（学生悬赏论文）比赛。在截稿期限的压力下，

我相对迅速地完成了论文《スペンサーの進化論の翻訳と重訳 ～日本語訳『政法哲学』とその二つの中国語訳をめぐって～》，并荣获特别奖。感谢马场毅教授的热心指点，感谢日本日中关系学会为在读学生提供发表与竞技的舞台。该论文被收录在日本前驻华大使宫本雄二监修、日本日中关系学会主编的《日中経済とシェアリングエコノミー》里，后来成为拙著第四章的一部分，其后，中文版被收录在复旦大学张骥教授、邢丽菊教授主编的"复旦大学中国周边外交研究丛书"之一《人文化成：中国与周边国家人文交流》中，在此致以诚挚的谢意。

2017 年末，我有幸获得为社会科学文献出版社"启微"系列丛书翻译《未完的明治维新》的宝贵机会。此时正值我的博士论文进入最后阶段。由于作者坂野润治先生是研究日本近代史的知名学者，且该书与我的研究领域相关，我再度开启"双线作战"模式。"启微"系列创始人李期耀老师是我学术书籍翻译出版的领路人，他在历史学领域的学术素养使我受益匪浅。若干年后，我的研究兴趣从进化论过渡到人种论，又在李老师的支持下翻译了真嶋亚有老师的著作《"肤色"的忧郁：近代日本的人种体验》。与"启微"系列结缘是一段弥足珍贵的回忆。

我的导师前野老师是一位非常认真负责的教授。她热爱教书育人这个行业，既有严格指导论文写作的一面，也有与学生们友善互动的一面。我是前野老师指导的最后一名博士生，随着师姐们陆续毕业，老师和我常有寂寥之感。她总是在我的论文里手写大量的批注，不厌其烦地为我提供各种帮助。在前野老师的允许下，我在博士论文的最后阶段常常夜访其住宅。有时甚至晚上 10 点踏入她的家门，11 点多才从老师家离开。博士论文即将完稿之时，前野老师认为此文没有辜负国家留学基金委的资助，我忐忑不安的心绪才终于宁静下来。还记得 2018 年的初春时节，我从老师家离开，等车之际惊觉樱花早已盛开，那晚的樱花如此绚烂。

除了前野老师以外，田所光男、胡洁、渡边美树、星野幸代、涌井隆等名古屋大学的教授们给予我诸多指导和支持。感激之情，无以言表。

在我入职上海社会科学院世界中国学研究所之后，我将博士论文翻译为中文，并结合近年新涌现的研究成果进行修改。由于框架难以大动，有时只能"取巧"地在脚注部分提及学界最新研究成果，这是一大憾事。

拙著是"世界中国学系列丛书"之一，也是"上海重点智库丛书"之一。沈桂龙、周武、王健、梅俊杰、焦世新、王圣佳、顾鸿雁、潘玮琳、张焮等所领导和同事总是非常热心地鼓励我、帮助我。曾经在世界中国学研究所工作的吴雪明、姚勤华、王震、胡冯彬等领导和同事也给予我诸多指导和支持。在我修改拙著期间，我的同事耿勇提供了宝贵的建议。对于大家的关怀，我一直铭感于心。此外，感谢上海社会科学院出版社的鼎力支持，刘欢欣和包纯睿两位老师先后细致审校原稿，为拙著的编辑出版付出了大量辛劳。

最后，感谢一直以来包容我、支持我的父母、家人。如果没有家人们的支持，我的学业和事业都难以为继。感谢我的先生王广涛，他总是耐心地听我讲述我读过的书、经历的事、内心的波动，是我几乎每份论文初稿的第一个读者。在他刚从名古屋大学毕业、事业即将起步之际，他把孩子们一起带回上海，为我争取到了将近一年半的独居时光，使我得以专注于我的博士论文。面对学业（事业）与育儿（家庭），我常产生顾此失彼的挫败感，而他总是以强大的毅力尽力做到兼顾。

拙著的撰写、翻译、修改、出版离不开师友、家人、同事等的鼓励和支持。衷心期待读者们的批评与指正。

二〇二四年夏

图书在版编目（CIP）数据

清末进化论翻译的政治思想 ： 西方与日本路径的比较研究 ／ 宋晓煜著 . — 上海 ： 上海社会科学院出版社，2024

ISBN 978－7－5520－3819－4

Ⅰ.①清⋯ Ⅱ.①宋⋯ Ⅲ.①文学翻译—研究—中国—近代 Ⅳ.①I046

中国国家版本馆 CIP 数据核字（2024）第 103296 号

清末进化论翻译的政治思想：西方与日本路径的比较研究

著　　者：宋晓煜
责任编辑：刘欢欣　包纯睿
封面设计：周清华
出版发行：上海社会科学院出版社
　　　　　上海顺昌路 622 号　邮编 200025
　　　　　电话总机 021－63315947　销售热线 021－53063735
　　　　　https：//cbs. sass. org. cn　E-mail：sassp@ sassp. cn
排　　版：南京展望文化发展有限公司
印　　刷：上海盛通时代印刷有限公司
开　　本：890 毫米×1240 毫米　1/32
印　　张：9
插　　页：1
字　　数：207 千
版　　次：2024 年 8 月第 1 版　2024 年 8 月第 1 次印刷

ISBN 978－7－5520－3819－4/I · 541　　定价：59. 00 元